MASQUERADE
HOTEL
KEIGO HIGASHINO

假面饭店

〔日〕东野圭吾 著

宋扬 译

图书在版编目（CIP）数据

假面饭店：新修珍藏版 /（日）东野圭吾著；宋扬译 . — 2版 . — 海口：南海出版公司，2016.8（2018.3重印）
ISBN 978-7-5442-8383-0

Ⅰ . ①假… Ⅱ . ①东… ②宋… Ⅲ . ①推理小说 – 日本 – 现代 Ⅳ . ①I313.45

中国版本图书馆CIP数据核字(2016)第144542号

著作权合同登记号　图字：30-2012-145
MASQUERADE HOTEL by Keigo Higashino
Copyright © 2011 by Keigo Higashino
All rights reserved.
First published in Japan in 2011 by SHUEISHA Inc., Tokyo.
Simplified Chinese translation rights in China arranged by SHUEISHA Inc.
through Nippon Shuppan Hanbai Inc.

JIAMIAN FANDIAN（XINXIU ZHENCANG BAN）
假面饭店（新修珍藏版）

策划制作：北京书锦缘咨询有限公司（www.booklink.com.cn）
总 策 划：陈　庆
策　　划：邵嘉瑜

作　　者：〔日〕东野圭吾
译　　者：宋　扬
责任编辑：张　媛　雷珊珊
排版设计：王　青
出版发行：南海出版公司　电话：（0898）66568511（出版）（0898）65350227（发行）
社　　址：海南省海口市海秀中路51号星华大厦五楼　邮编：570206
电子信箱：nhpublishing@163.com
经　　销：新华书店
印　　刷：北京画中画印刷有限公司
开　　本：889毫米×1194毫米　1/32
印　　张：9.25
字　　数：267千
版　　次：2016年8月第2版　2018年3月第24次印刷
书　　号：ISBN 978-7-5442-8383-0
定　　价：39.80元

南海版图书　版权所有　盗版必究

1

电话铃声响了起来，是内线电话。看了一眼，是从饭店十六层电梯间打过来的。山岸尚美的心中浮现出一种不祥的预感。就在刚才，有一位男客人办理了入住手续，他入住的正是位于十六层的单人间。距离服务生町田拿着行李带着那位客人离开前台、前往房间不过五六分钟的样子。町田是刚刚入职一年的新人。希望他不要犯下什么重大的失误才好，尚美暗自担心道。

"你好，这里是前台。请问有什么事吗？"

"我是町田。我现在刚把客人带到1615号房间，他说房间里有一股臭味。"

"臭味？"

"是烟草的臭味，明明是禁烟的房间，为什么会有烟味呢……"

尚美立即操作起手边的终端机。屏幕上显示出了1615号房间的资料。

那里确实是禁烟房间，清扫工作也已经完成。而且，记录显示，从来没有人反映过这间房间有烟味。

"好的，我知道了。客人在哪呢？"

"正在1615号房间等着呢。"

"那么，你也一起留在那里吧。我马上就过去。"

挂断电话后，尚美再次敲起了终端机的键盘。这次要确认的是入住客人的资料。十六层的客人是来自大阪的公司职员。一周以前就预约了。当时对房间的要求是非吸烟室，房间的窗户不面向大街，房间位置尽量靠边。为他办理入住手续的正好是尚美本人，也并没有察觉出什么古怪。

尚美迅速在前台内环视了一圈。前台经理去办公楼参加一个临时会议了。

尚美挥挥手，把一位叫川本的新手接待员叫了过来。

"1615号房间的客人投诉了，赶快找一间替换的房间。"

"我知道了，是单人间吧？"川本答应着，眼睛已经盯向了预约屏幕。

"单人间和双人间，再找一间豪华双人房。"

尚美边说边拿起万能卡走出了前台，身后传来了川本答应的声音。

坐电梯上到16层，尚美看见服务生町田正站在1615号房间的门口。他也注意到了尚美，朝她走了过来。

"真是奇怪。我刚开始带客人进入房间时，是没有异味的，可是当我在电梯间打完电话返回房间时……"

"这次就有异味了是吗？"

"是啊。"町田讶异地点着头应和道。

"我知道了。川本已经找好了替换的房间，你去一趟前台吧。"

"好的，知道了。"

看着町田转身走向了电梯间，尚美敲响了1615号房间的房门。马上就有人开了门，一个中年男人的四方脸出现在尚美眼前。单眼皮的眼睛很浑浊，嘴角不高兴地向下耷拉着。

尚美首先鞠了一躬。

"真是给您添麻烦了，听说这间房间里有异味。"

男人将脸朝向房间轻慢地扬了扬下巴："嗯，你自己进来看看。"

尚美说了声"打扰了"便进入了房间。

几乎不用怎么费力去闻，尚美马上就感觉出了房间里的异样。确实有一股烟草的臭味。但不像是房间里残留的香烟味，倒像是刚被点燃的香烟冒出的烟味。

恐怕町田的怀疑是正确的。这位客人应该是趁着他去打电话的空当，点燃了自己偷偷带进来的香烟。

"怎么样？有烟味吧。"客人操着一口关西腔用压迫的语气质问着尚美。

尚美再次低下了头："给您带来这么不愉快的经历，我们衷心表示抱歉。已经为您准备好了更换的房间，我现在能打个电话安排吗？"

"嗯，越快越好。"

尚美应了一声，拿出手机给前台拨了过去。川本马上就接起了电话。

"情况怎么样了？"尚美问道。

"同一层的1610、1612号房间还空着，都是禁烟房间，其他条件应该也满足。"

尚美在心里否定了这个提议。这两个房间都是单人间。既然这位客人故意制造了投诉的理由，给他更换相同等级的房间也毫无意义。

"1620，或者是1630号房间怎么样，可以吗？"

川本惊得一时语塞，他应该是理解了尚美的意图了。

"1620号房间目前是空的，清扫也已经完成了。"

"那么，你让町田把房卡拿上来吧。"

"好的，我明白了。"

挂断电话后，尚美笑着迎向客人。

"让您久等了。我们为您准备了新的房间。请跟我来。"

"是无烟房吧？"

"是的，请放心。"尚美说着提起客人放在架子上的旅行包。

两人来到了1620号房间的门前，尚美用万能卡打开了房门。"请进。"尚美让客人先行进入。

看着刚刚迈进房间的客人的背影，尚美察觉到他有些不知所措。他应该没有想到饭店会给自己调换一间套房吧。

"这间房间怎么样？应该没有什么异味吧？"

男性客人故意做了一个闻味的动作后，转身看向尚美。

"我可以住这间房间吗？事先可得说好，我是不会支付追加费用的。"

尚美摆了摆手："费用当然是按原来的标准。由于我们的失误才给您带来这么不愉快的回忆，真是深感抱歉。"

"嗯，以后你们多注意就行了。"男性客人挠了挠自己一侧的眉毛说道，

3

看起来好像有些不好意思了。

这时服务生町田也赶了过来。把房卡交给了客人后，两人离开了房间。

"真是让人气愤。感觉完完全全掉进了他设计的圈套呢，"在走向电梯间的途中町田愤愤道，"绝对是那个家伙点燃了香烟。谋划着制造一个理由，然后再提出投诉。"

"我们又没有证据，还是不要这样说了。客人总是正确的，你不是接受过这样的教育吗？"

"但是，套房也太过了吧，"町田撇着嘴说，"双人间或者是豪华双人间应该就能接受了吧。"

"那要是他不满意呢？他又会找出这样那样的理由刁难我们，最后还得带着他去看各种不同的房间，你不觉得那样做的话更麻烦吗？"

"话是没错。"

"以前，我的前辈曾经教过我，不要和客人进行无谓的讨价还价。"

"哦。"町田点了点头，可脸上俨然一副不认可的表情。

尚美回到前台的时候，前台经理久我正在跟川本说着什么。久我看见了尚美，冲着她点了点头。

"听说有客人投诉了？"

尚美做了一个缩肩的动作。

"已经解决了。不是什么大不了的事情。我马上写份报告。"

久我微微抬起右手阻止了她。

"报告不着急。你去一趟办公楼。总经理在二楼的会议室里等你。"

"欸？总经理在办公楼……是吗？"

尚美有些吃惊，看着久我五官端正的脸庞问道。总经理的办公室，位于前台办公室的内侧。平常的会议都是在那里进行的。

"行为涉及饭店外部人员，才使用了那边的会议室。不用担心。并不是因为你犯了什么错误。"

"久我前辈，你知道是什么事情是吧？"

"嗯，我也是刚刚听说。但是，我现在不能跟你说。因为这是很重要的事情，而且，我也没有自信能够把事情的原委解释清楚。"

尚美微微缩着下巴，抬起眼睛看着久我说："怎么感觉事情很严重呢。"

久我的眼神非常认真。

"是的。确实是非常严重的事情。所以需要借助你的力量。"

"我的力量？为什么是我？"

"那是因为——"话说了一半久我又摇了摇头，"这个你还是一会儿直接去问总经理吧。"

尚美叹了一口气，说了声"我知道了"。

尚美离开前台，穿过员工专用通道，从紧急出口走出了饭店。东京柯尔特西亚大饭店主要的职能部门，都设置在旁边的建筑物中。虽然建筑物上挂着"东京柯尔特西亚大饭店分店"的牌子，但是里面没有用于经营的客房。

尚美来到办公楼，从楼梯上到二层。总务科和人事科都在这一层。尚美敲了敲会议室的门，里面传来了一个男声："请进！"

尚美打开门，低头走进了房间。首先映入眼帘的是总经理藤木的身影。平日里总是和颜悦色的藤木，现在却眉头紧锁。在他右边，坐着客房部部长田仓。田仓是久我和尚美的直属上司。原本是爱开玩笑、开朗活泼的性格，此刻却和藤木一样，用严肃的眼神看着尚美。

在藤木左侧的是总务科长片冈。尚美虽然不了解他平素里的样子，但想来应该不会一直挂着一副严厉的表情吧。

会议桌的另一侧，坐着警卫和房间保洁的负责人。他们应该也是被叫过来的。

尚美再一次在心里暗想，"这次绝不是一般的事情。"

"这么急着把你叫过来真是不好意思。你先坐下吧。"片冈说道。

于是尚美坐到了警卫负责人的旁边。

"实际上这次是有事情想要拜托你们。但由于这个问题十分敏感，在现阶段，饭店外部人员自不必说，即便饭店内部人员也不能随意透露。"

尚美放在膝盖上的双手紧握，眼睛盯着说话的藤木。藤木依然保持着认真严肃的表情轻轻对她点了点头。

"直截了当说吧，这次我们不得不配合警方的调查。而且很棘手，是关于杀人案件的调查。"

听了片冈的话，尚美倒吸了一口气。真是出乎意料的内容。尚美能够感觉到制服里面扑通扑通的心跳声。

"最近的新闻节目和报纸上已经频繁报道过了，你们可能有所了解，最近一段时间，在都内多个地方都发生了杀人事件。虽然对案情的公开有所保留，但好像其中的三个案件，被界定为很有可能是同一凶手所为的连环杀人事件。而且，传说近期内将会出现第四起杀人事件。那么，问题的重点在于，接下来的杀人事件会在哪里发生呢——"片冈用指尖敲了两下桌面，接着说道，"警察说杀人案会在我们饭店发生。"

"欸？"尚美不禁发出了声音，"为什么？"

片冈摇了摇头。

"关于这个，警察也不肯透露更多的细节。说是搜查过程中的重大保密事项。但是，可以确定的是，犯人会在这间饭店进行下一次行动。参考前几件案件的案发时间间隔，下一起案件很可能在未来十天之内发生。"

尚美舔了舔自己的嘴唇。嗓子里仿佛在冒火。

"既然警察已经掌握了这么多信息，嫌疑犯应该也有线索了吧？"

尚美的问题，让片冈像是被抽空了力气似的皱起了眉头。

"并非如此，警方虽然进行了多方调查，但到目前为止还不能锁定嫌疑犯的身份。"

"那么，凶手接下来下手的目标人物可以锁定吗？"

"没有，这个好像也没有头绪。"

"啊？"这次是坐在尚美旁边的警卫负责人杉下发出了一声惊呼。

"没有掌握犯人的任何信息，也不知道他接下来的目标是谁，只知道下一件杀人案会在我们饭店里发生。这到底是怎么一回事？"杉下简直是替尚美问出了她的心里话。

"我刚才不是说过了吗,警方没有告诉我们。"

"我们连这一点都不知道,怎么去协助他们的调查呢?"尚美的口气不由自主有些强硬。说完后尚美意识到自己的脸颊有些僵硬。

"山岸,"藤木此时接口道,"你们有这样的疑问也是理所当然的,我们刚听说这件事时也有同样的想法。可是,警察有警察的难处。如果他们说不能说明更多的情况,我们也只能接受。而我们,无论有什么样的理由,只要知道有可能发生那样危险的事件,就无论如何要想办法阻止它发生。虽然说这次是警察来找我们协助调查,可是我们又何尝不需要借助警察的力量。我说的你们都明白了吧?"

平日里说话声音就很沉稳的藤木,这次的语气显得更加低沉有力。藤木的一席话,使得房间里的空气更加凝重了。

"真的会发生那么可怕的事件吗?而且是在我们饭店。"尚美又把视线转向了片冈。

"在警方看来发生的几率很高。我也只能说这些了。"

尚美做了一个深呼吸。她还没能真切地体会到这个事实。现在的心情就像是梦里站在悬崖峭壁边上。

"那么……我们能做些什么呢?"

片冈缩了缩下巴。

"刚才也说过了,具体的情况我们都不了解。据警方说,近期将会在饭店里发生杀人事件,但也只是说有人会下手杀了某人。这种情况下,我们单纯加强警卫是没有意义的。遗憾的是,以住宿客人为主,包括饭店里的所有访客都是有嫌疑的。话虽如此,我们外行人能做的事情是有限的。极端点说,一旦发生了什么事情再联络警察就来不及了。"

听了片冈的话,尚美也明白了他的意思。

"是要让警方的人入驻我们饭店吗?"

"用一句话来说的话是这样的,但进驻的方式有很多。比如说在餐厅和酒吧,搜查员伪装成客人在里面用餐就可以了。宴会场地的调查也一样,只要穿着正式,在宴会场地周围随意走动也没有人会觉得奇怪。问题在于入住客人。要想观察到随时入住饭店里的客人,更为了能够时时掌握发生在客房内的大事小情,刑警们只靠伪装成客人住进来是无法达到目的的。刑警也必须和你们一样站到台面上才行。"

"台面上?"尚美歪着头说,"什么意思?"

这时田仓发出了微弱的哼哼声,大家的视线都集中到了他身上。

"失礼了,"田仓清了清嗓子说道,"片冈科长,请继续。"

片冈点了点头,再次开口道:"这是警视厅那边提出的建议,简单来说,就是想让刑警潜入我们的工作岗位中。"

"潜入……"

"就是刑警们穿上工作人员的制服,出现在饭店大门入口以及前台的位置。根据需要也可偶尔进入客房。"

"这太可笑了。"尚美不禁笑了起来。在她看来这一定是个恶意的玩笑。可是,看着片冈和藤木等人依然一脸严肃地保持着沉默,尚美也马上调整了脸上的表情,问道:"警察是真的打算这么做吗?"

"应该是真的。"片冈回答。

"那么,饭店方面是怎么回应的?"

"已经和会长还有董事们商量过了。结论是,接受警察提出的要求。"

尚美眨着眼睛,看向藤木。藤木也缓缓地眨了一下眼睛,作为肯定的回应。

"那我想先确认一下,"尚美又将目光转向了片冈,"计划潜入这里的刑警,有饭店的工作经验吗?"

片冈耸了耸肩:"怎么可能会有呢?完全是外行人。"

"那潜入的刑警人数呢?"

"前期是五个人。后续根据需要有可能会增加。先是前台一人,服务处一人,房间清扫三人。"

尚美感觉到坐在自己身边的警卫负责人杉下的身体明显紧张了起来。因为自己工作的部门也被提到了。

"话说到这里,你们应该明白发生了什么事了,也应该明白为什么要叫你们过来了吧。"片冈继续说道,"希望你们担任刑警们的指导,更要辅助他们进行调查。虽然这些很难,但还是拜托你们。"

"请等一下,为什么是我?"尚美交替看着片冈和藤木二人,最后将目光落到了田仓身上,"杉下先生他们被叫过来我还能理解,可是,为什么还有我呢?前台还有很多比我有经验的人啊。而且刑警多半是男警官吧?如果安排一个女性来指导他,我觉得对方也会有抵触感的。"

"是我推荐了你。"藤木开口道,"和田仓也商量过了,相信你能够胜任。"

尚美摇了摇头:"您应该知道。我并不擅长指导新人。"

"你可不能一直把这样的话挂在嘴上。而且,选中你并不是因为期待你的指导能力。理由只有一个,就是你是女性。"

"这是什么意思?"

藤木慢慢地向前挪了挪身子。

"有一点我们不能忘记,即使是为了阻止犯罪的发生,也绝对不能给客人添麻烦,更不能给他们造成不愉快的回忆。警视厅的刑警潜入饭店这些事情,跟客人们并没有关系。不能因为这些影响我们的服务质量。一开始商量这件事时,我曾经提出能不能只在服务处和房间清扫处安排他们的人。我本来是反对在前台也安插刑警的。因为前台是接触客人最频繁的一个场所,还要与钱打交道。临阵磨枪随便接受一下培训的人是无法担任这项工作的。"

"我也有同感。"

"可是警方认为,作为信息集中地的前台是不可或缺的。如果从搜查目的的角度来看,也确实如此。于是我和田仓就考虑了一下应该怎么办。考虑的结果是,只能在化装成前台接待员的刑警旁边,安排一个人时时刻刻帮忙提醒他。"

"这些我明白,可为什么是我呢?"

"你想想看吧。如果有两个穿着同样制服的男前台接待员一直站在一起的话,怎么看都有些奇怪吧。但如果其中一位是女性,那么这两人就会被当成是拍档。即使两人一直在一起工作,也不会让人觉得有什么异常。"

"也就是说，社会上大多数人都觉得女性扮演的角色就是男性的助手，对吗？"尚美感觉到自己的声调提高了。

"山岸。"田仓有些责备似的叫住了尚美。藤木说了句"没关系"安抚住了田仓，又对尚美说道："我并没有这么想。但是大多数的人，恐怕已经见惯了这样的光景。这就是现实。所以我才想要利用这一点，渡过这次的难关。这也不是什么别的事。都是为了使我们饭店的客人们好。难道你放心让穿着我们饭店制服的警官独自一人安排客人去入住皇家套房吗？"

"不，这个嘛……"尚美低下了头。如果说是为了客人，尚美就无法反驳了。

这时，响起了一阵敲门声。片冈说了声请进，一位男性员工进来后在片冈的耳边说了些什么。

片冈听后对部下说了声"知道了"，然后和藤木、田仓小声地进行了简短的对话，好像在确认着什么事情。

片冈再次看向尚美等人。

"实际上，警视厅的人已经来了，正在另外的房间里等着呢。如果可以的话，现在立刻安排你们见见面。能让他们进来吗？"

尚美和警卫负责人杉下等人对视了一下。看另外两人的表情好像已经放弃了。虽然说突然加入一个外行人对于他们的工作岗位很困难，但究其难易度还是不能和前台相提并论。尚美意识到现在自己已经成为了掌舵人。

"我知道了，"尚美认命似的答道，"也没有其他办法了。"

片冈对刚才进来的部下点了点头。那名员工迅速走出了房间。

"你们将会面对许多困难。但为了饭店的安全，努力吧！"

藤木都这么说了，尚美只能应道："好的。"自从入职以来藤木就很关注自己，越是这种时候自己越要助他一臂之力。

"我已经跟久我说过了，"田仓说，"不会把事情全部压在你一个人身上。大家都会支持协助你的，不用太担心。"

"谢谢。"

两位上司的话都说到这个份儿上了，自己也不能再抱怨了。相反，在这件事上自己要尽量成为他们的依靠。

"刚才您说过是十天吧？"警卫长杉下说道，"十天之内可能会发生案件。"

"按照警察的说法，是这样的。"片冈说道。

"那么，也就是说忍受十天就可以了吧？"

"这可说不好，"藤木说道，"在抓住犯人，或者是能够确保我们饭店安全之前，刑警们都会驻扎在这里。"

"这样啊。"警卫长嘟囔着。

敲门声再次响起，门被推开了。刚才那名员工把头探了进来："把他们带过来了。"

"让他们进来吧。"片冈说道。

首先进来的是一位五十岁上下、脸盘很大的男性。虽然脸上挂着稳重的笑容，眼中却闪烁着仿佛能够看穿世间一切黑暗面的令人畏惧的光芒。在他身后，走进了四名男性和一名女性。尚美站起身来注视着四位男士。前台接待员应该是他们其中的一位。

片冈向尚美等人介绍了中年男性——来自警视厅搜查一科的稻垣系长。

"稻垣系长，他们就是刚才说到的三个人。事情的原委已经说明过了。三个人都爽快地答应了。"片冈又向稻垣介绍起尚美等人。

"啊，这可真是……"稻垣笑容满面地说道，"这次非常感谢你们能够接受我们这么无理的要求。虽然肯定会给你们带来一些麻烦，但是这是为了阻止穷凶极恶的犯罪所使用的计策，请协助我们。"稻垣的声音很低，穿透力却很强。他的言辞很客气，但透露出一种不容对方反驳的压迫感。尚美等人，只是沉默着低下了头。

片冈从口袋里掏出了便笺纸："那个，警卫巡查是……"

"是我。"一位男性边说边上前了一步。是一个身材高大魁梧的年轻人，比起警察更像是运动员。

"就由你来担任警卫员。他是警卫长杉下先生。"

"请多多关照。"年轻的警察向杉下低头致意。

接着片冈又说出了三个人的名字,其中的女性和两位男性应了下来。他们应该是要扮成房间保洁员。

也就是说剩下的那个人就是前台接待员了。尚美微微瞟了他一眼。三十五岁上下的模样,五官英气十足。但是并不会给人野蛮的感觉,尚美先是松了口气。

"最后是新田警官,由你来担任前台接待的工作。她就是负责指导你的山岸小姐。有任何不明白的事情都可以问她。"

听了片冈的介绍,名叫新田的警官走到了尚美面前。说着"多关照",递上了名片,名片上写着新田浩介。

接下来还要从我这里学东西呢,怎么能随便地只说声"多关照"呢?尚美一边想着一边接过名片,挤出了一个笑容作为回应。

"那么也请您多多关照,新田警官。"尚美故意放缓了语速,礼貌地回复道。

可是新田好像完全没有意识到尚美是在讽刺自己,反而傲慢地点了点头。"这家伙是笨蛋吗?"尚美边想边陷入了不安。

"那么,接下来就请接受各自的培训吧。你们也希望早日开始搜查,经过培训后,由我们判断达到一定的水平后,就会让你们进入各自的岗位了。——这样可以吧?"

片冈又向稻垣系长示意,这名警视厅的系长回答"可以"。随后他面向部下,用洪亮又有穿透力的声音继续说道:"你们这帮人,不能给饭店的专业人员添麻烦,给我好好干。无论如何都要阻止罪案的发生,找到破案的线索,知道了吗?"

警官们用充满激情的声音回答道:"是!"但是有一个细节没有逃过尚美的眼睛。就在稻垣系长转身准备走出房间的一瞬间,新田仿佛泄了气似的叹了一口气。

客房部的办公室在事务楼的三层。办公室的里面是更衣室。尚美等人每次出勤之前,都要经过那里。

尚美坐在公共桌子旁边，翻看着服务手册。所谓的服务手册，就是记载着饭店服务方式的手册，新人培训的时候也会使用。尚美心想，要想使这位警视厅的刑警至少从外观上看起来像是一名饭店从业者，按照这本手册开始指导应该是最好的。

这时从更衣室里传来了声音。新田浩介，穿着饭店前台接待员的制服现身了。

"这个制服和西装差不多真是太好了。如果是门童的话，就要穿上那种像玩具兵队一样的制服了，我可接受不了。"新田用随意的语气说道。

"衬衫的第一颗扣子，"尚美指着他的领口说道，"衬衫的扣子要系好。领带也不能系得那么松。还有发型需要修整一下。地下一层就有理发店，只要说剪成服务员的发型他们就明白了。"

新田将双手插到西裤兜里，缩着肩膀说："留着长发的饭店人员也是有的吧。"

尚美使劲摇了摇头："没有。我们饭店是没有的。也没有把双手插在裤子口袋里说话的服务人员。新田先生也请遵守这些规定。"

新田别过头去，皱了皱鼻子。

"请把衬衫的扣子扣好。"

"好吧好吧。"

看着新田一脸不情愿地系上了扣子，尚美深呼了一口气。

"你的仪态很不好看。先纠正一下仪态吧。还有你走路的方式也要改正。"

"不好意思，我生下来就是这么走路的。两只脚左右交替迈出的方法。"

"我来给你训练一下，你到走廊里来。"尚美说着向门口走去。但是她注意到身后的新田并没有跟上来，于是停了下来，转过身问道："有什么问题吗？"

新田挠着头走上前来。

"是山岸小姐是吧，你是不是有些误会？"

"什么误会？"

"我到这家饭店来的目的是阻止杀人事件的发生，并不是来接受饭店人员培训教育的。"

"这个我知道。"

"所以,我的发型啊,走路方式啊这些事情不是随便怎样都可以吗。反正,实际上的业务是由你们来处理的。我呢,只要出现在前台,用眼睛盯住来往的住宿客人,这样就可以了。谁也没有让你把我打造成一个真正的饭店服务员吧。"

尚美拼命压制住心中的怒火,咽了一口口水,调整了一下呼吸,重新盯着新田的脸说道:"如果以你现在的状态站到前台去,无论对饭店还是警视厅,都不会有什么好结果的。"

"为什么这么说?"

"因为不管怎么看,你都不像是饭店工作人员。一流的饭店里是不会有你这种仪容仪表差,态度傲慢,目中无人的服务员的。虽然对于案件的搜查我是个外行,但是如果我是罪犯,如果我对周围警察的存在很敏感,首先就会觉得你很可疑。还有就算不是罪犯,作为一名普通的客人,如果看到有你这样的服务人员出现在前台,恐怕不会想要入住这家饭店吧。"

新田瞪圆了眼睛。看起来马上就要爆发了。可尚美却抢先一步继续说道:"如果你不想让罪犯注意到你,就请听从我的指示。如果你连这个都做不到的话,那么就请尽早放弃这次离奇的搜查吧。怎么样?"

新田咬住了自己的嘴唇。尚美心想,他想要发火就随便他吧。

可是新田却呼出了一口气,开始动手重新系好领带。

"你可别对我说过于琐碎的事情哦。不管怎么说,我可是警察。"

"即使你不说,现在的你不管怎么看都只能说是个警察。要想让你无论怎么看都像个饭店服务员的话,越是细微的事情越显得重要。请跟我来吧。"

尚美再次转身向门口走去,新田边挠头边跟了上去。

2

看着镜子里自己的新发型,新田顿时觉得有气无力。曾经让自己引以为傲的充满锐气的面孔,已经变成了毫无攻击力的一脸憨相。

这张脸孔实在是缺少压迫感,让新田不禁担心会不会在自己问讯嫌疑犯时产生负面影响。

"您觉得怎么样?"同样梳着整齐的三七分发型的理发师微笑着问道。

"不是挺好嘛,"新田无力地说,"应该是吧……"

"在这里工作的人,基本上都梳着这种发型。"

"是吗,那就好。"

按照山岸尚美的嘱咐,新田要求理发师帮自己理了一个适合服务人员的发型。理发师应该把新田当成中途录用的新员工了。因为怕麻烦,新田也就没有解释。

理发店设置在饭店的地下一层。新田走出理发店,正准备乘自动扶梯时,听见有人从扶梯上面叫自己的名字。抬头一看,一个大个子门童正乘着扶梯往下走呢。仔细一看,原来是关根。

"喂,你干什么呢?在休息吗?"

"我正在找你呢。问过了山岸小姐,她说你在地下一层。"关根边说边像走台阶似的从扶梯上往下走。

"嗯,不管怎么说,你穿这身还挺适合……"新田压抑不住内心的笑意。

"是嘛,"关根听了反而很高兴似的说,"新田你也是啊,剪短了头发像一个饭店服务员了。"

"有人让我剪掉的,就是那个很啰唆的女服务员。"

"是山岸小姐吗?看来她的训练很严格。"

"见面之后,你知道她最先让我做的是什么吗?她给我上了一堂关于站姿和行走姿势的课。一会儿说我的姿势不对,一会儿说我的重心不稳,喋喋不休地挑剔着细枝末节的事情。那个结束后,又开始矫正我鞠躬的姿势和说话的方式。这里是幼儿园吗?最后,竟然还让我去理发店。她到底以为自己是谁啊。"

关根控制住了上扬的嘴角,眼睛里的笑意却无法隐藏。

"山岸小姐在前台接待员中好像是相当优秀的。听说她对新人的教育非常严格。"

"都是因为她单身的缘故。绝对不会错。"新田断言道,"虽然打扮得很年轻,但应该已经超过三十岁了。因为她没有男人,无论是心灵还是外表都得不到滋润。我一想到接下来不得不整天和她待在一起,就觉得很郁闷。"说到这里,新田不由自主提高了音量。从旁边经过的看似上班族的男人还瞟了新田一眼。

"是吗?看到你能和美女组成一队我还很羡慕呢。"

"你喜欢那种类型啊?我随时愿意跟你换。不过嘛,我可不当玩具兵。"

"玩具兵?"

"没什么。比起这个,你来找我有什么事啊?"

"啊,对了,"关根说着从上衣内兜里掏出了一张折叠好的纸,"我来是想把这个交给你。"

新田展开那张纸,是一张饭店一层大堂的平面图。上面有几处用黄色的记号笔做了标注。仔细一看,原来是摆放着桌子和椅子的位置。

"就在刚才,安排好的便衣警察已经到位了。这些标注的地方就是他们的位置。因为不可能每个人都认识,为了让大家都清楚彼此的存在,才准备了这个东西。"

在标记的旁边,还写着文库本、杂志、右手腕表、眼睛等词。"这是什么意思?"

"这些是记号。因为他们每隔一到两个小时就要换人,刑警的面孔会经常变更。每次变化都要通知周边其他人太烦琐了,就索性做了几个记号。"

"原来如此。埋伏便衣已经就位了啊。"

"已经开始了。在一层的大堂里有三个刑警。这里面还有你认识的哦。"

"知道了。"新田说着把图纸收到了口袋里,"还有其他联络事项吗?"

"今晚十点在办公楼好像要开个会。尾崎管理官会过来。"

新田耸了耸肩膀。

"想出这个荒诞计划的本尊要出场了嘛。不过就算他突然过来,我这里能作为成果汇报的也只是我学到了基本的走路和说话的方法。再者就是,向大家展示一下我的新发型。"

"我想他只是想确认一下现场的情况吧。"

两人一起乘着扶梯回到了一楼。关根返回警卫服务台之后，新田开始观察大堂里埋伏的便衣的情形。

因为剪了头发的缘故，新田觉得脖子凉凉的，非常不自在。可是当他意识到这一点时，却不可思议地挺直了后背。等回过神来，发现自己已经按照山岸尚美交待的方式在走路了。

按照这样的方式查下去，真的能够抓住罪犯吗——到目前为止，新田对案件的原委都是了解的，但仍旧不能消除心中的疑问。这次发生了史上难得一见的疑难案件，单凭埋伏在这里真的能够解决吗？

是的，这次的事件以前从未发生过。虽然已经明确了案件是连环杀人案，但是被害者之间没有任何关联，凶手的作案手法也不尽相同。能够将这几起案件定义为连环杀人案，是因为凶手在作案现场留下了相同的信息。

第一起案件发生在十月四日的夜里。晚上八点二十三分110接到了报案电话，说是有人死了。电话是从公共电话打来的。报案人只说出了案发地点，没有留下自己的名字就挂断了电话。案发现场在距离临海线品川海滨车站步行约五分钟的月租停车场。离那里最近的岗亭里的巡警赶到时，发现在一辆包月的沃尔沃XC70的驾驶位上，有一位三十多岁的男子已经死亡。

死者是被勒死的。在他的脖子上还清晰地残留着细绳的痕迹。另外，后脑有被钝器击打过的痕迹。

死者的身份立刻就得到了确认。就是沃尔沃汽车的车主，一个叫冈部哲晴的上班族。

他在附近的公寓租了一个房间，这天夜里正准备去上高尔夫练习课。沃尔沃的后备箱里还装着高尔夫练习的器具。

他应该是在正准备出发的时候遭遇了突如其来的袭击。没有随身物品失窃。但是，在副驾驶位置上留下了一张奇怪的卡片。上面印着两行数字。

45.761871

143.803944

这究竟是什么意思，没有人明白。也不能断定与凶案是否有关。根据上面的指示，先不要把它当成什么重要的线索。特搜本部设立在品川警察署。新田等人也被集中到了那里。

新田负责调查被害者冈部哲晴的人际关系，在调查中他发现了一位可疑的男性——被害者公司的同事。他认为那位同事有作案动机。于是开始着手调查那人的不在场证据。

但是那个男人有不在场证据。被推定为案发的时间段，那个男人在自己家中接了座机电话。而且电话很明显是偶然打过来的。

至此新田并没有放弃，又做出了各种各样的推理假设，就在这时，发生了一件彻底推翻他的推理的事件。又发生了第二起凶杀案。

尸体是十月十一日清晨，在千住新桥附近的一个建筑物的施工现场被发现的。尸体上面盖着青色的薄布。被害者是一位叫野口史子的四十三岁的家庭主妇。她的丈夫在足立区内经营着一家街道工厂。据她丈夫说，野口史子是在十月十号的傍晚，说是要回趟娘家，于是出了门。之后她的丈夫约了朋友一起喝酒，凌晨一点左右回到家中。发现史子并没有回来，以为她住在了娘家，所以没有过于担心。

野口史子的尸体解剖结果显示，死亡时间为前一天下午的六点到九点之间。也就是说史子刚出家门没多久就遇害了。死者的脖子上有被掐过的痕迹。应该是从背后遭到了袭击。随身物品没有遗失的痕迹，可是在被害者的衣服下面发现了一张纸。纸上粘贴着从杂志或者报纸上裁剪下来的印刷字。就好像很久以前流行的恐吓信的样式。被剪下来使用的印刷字，只有数字和小数点。具体内容是这样的：

45.684055

149.850829

这个肯定不是被害者本人为了表达什么装进去的，而是凶手为了传达某种信息而放进去的。但是，如果这样想的话就不得不考虑这件案子和发生在品川的那件案子之间的关联了。这两串数字到底是什么意思？两件案子之间究竟有什么关联。

警方启用了大量的刑警，但无论从哪个方面怎么调查，都找不出两个案子之间的关联性。

　　最后在刑警中间，也出现了会不会只是相似的数字偶然留在了现场，两件案子本来就没有关联这样的看法。或者是说，某位品川案件的知情者不经意间将案情泄漏了出去，听到这个消息的千住新桥案件的凶手就利用了这一点混淆视听。

　　可是，即使说是偶然，两个案发现场留下来的数字也太像了。而且，也没有发现任何数字信息外泄的痕迹。

　　就在这时，更大的冲击袭击了调查人员。发生了第三起案件。在十月十八日的晚上。

　　被害者是一位名叫畑中和之的五十三岁的高中老师。凶案现场是首都高速中央环线的葛西立交桥下的路面上，那里是被害者每天晚上跑步的必经之地。被害者全身都有被钝器袭击过的痕迹，致命伤是后脑勺上的一击。没有被勒过或掐过的痕迹。

　　被害者穿着紧身运动衫，外面套着运动外套。在外套口袋里，发现了一张纸。上面印着以下两行数字：

　　45.678738

　　157.788585

3

　　在饭店大堂里的沙发上，坐着一位正在看文库本的男士。但是没有必要确认标志物了。这个人，正是和新田隶属于同一个系的刑警本宫。本宫消瘦得仿佛都能看出头盖骨的形状，漆黑的头发梳成大背头固定在后面，再加上细细的眉毛上面有一道五厘米左右的伤疤，简直可以立即化身为黑社会成员。这副容貌是无论怎么改造都成为不了饭店服务人员的。本宫注意到新田后，露出了意味深长的笑容。

　　"这个发型很适合你嘛。感觉怎么样啊？"

　　"糟透了，"新田隔着一张桌子在本宫对面的座位上坐了下来，"说句实话，我已经厌烦了。可能的话，真是希望有人来替换我。"

本宫把手中的书放到了桌子上。因为包着书店的书皮，所以看不到是什么书。

"你想想我们系里其他那些家伙的尊容吧，有一张饭店服务人员的脸吗？英语交流也是完全不行。从这方面来看，你长得还不错，因为有海外经历，英语也没问题。再说这都是已经决定了的事情了，事到如今你就别废话了。"

"我只是在这里抱怨几句。"新田将桌子上的书拿了起来，翻开一看，原来是《铁臂阿童木》的漫画。

本宫从身边的包里拿出了一个文件夹，对新田说："你看看这个！"

"是什么啊？"新田接过了文件夹。里面贴着各种各样人的照片。有一些是快照，还有一些是某种证件照。照片的下面标记着名字和与三名被害者之间的关系。

"这就是到目前为止三起案件的相关人士。照片的数量是五十七张。"

新田已经理解了这个文件夹的用途。

"万一有照片中的人出现，就要作为目标坚决盯住吧？"

"就是这么回事。不止是这里。紧急通道和员工通道都安排了便衣，所有人手里都有这个文件夹。"

"可是说是万全的准备了吧。"

对于新田的说法，本宫瘪了瘪嘴，把文件夹装回到了包里。

"不管我们怎么盯梢监控，如果真正的罪犯是从没有出现过的人，我们是毫无办法的。那家伙可以堂堂正正地从我们眼皮底下走过。如果他入住了客房，我们就更没有机会动手了。也没有办法调查谁是可疑人物。可以这么说，你们才是破案真正的希望。"本宫边说边耸着肩膀，脸上露出了一丝苦笑，"其实也用不着我过多地分析，系长应该早就给你们打气动员过了吧。"

从这位前辈刑警的口气里，能够微妙地听出一丝抱歉和无可奈何。也许他正深切地感受到自己的无力吧。

"我完全理解这次任务的重要性。"新田站起身来。

根据从关根那里看到的平面图显示，这一层还有两处安排了便衣盯梢。一处在卫生间旁边，还有一处是在前台的前方不远处。新田分别确认了一下这两个地方。两处都安排了不知在哪里见过一两次的同事，都向新田投来了意味深长的眼神。对方当然知道有哪些警察被安排潜入饭店内部了。

前来办理入住的客人好像多了起来，在前台前方排起了长队。大概因为是周末，情侣和携家带口的客人比较多，不过商务人士模样的男士也不少。再者因为这里距离机场巴士站很近，还能看见许多外国客人。

这时从隔壁传来了一阵英语的嘟囔声，意思是"还是老样子啊"。说话的人是一位高个子的金发男士，手里拿着行李箱。

"老样子是什么意思？"新田用英语问道。

男子夹杂着一丝苦笑歪着头说："我每次都是坐同一个航班，这个时间到达饭店，从来就没有碰到过轻松的办理入住的情况。特别是星期五，永远都有这么多人。"

"是吗？"

金发男子不可思议地看着新田说："你不知道吗？"

"不好意思，我还是个新人。今天是过来实习的。"

"是这样啊。能够在这么好的地方找到工作真的很不错。在我经常入住的饭店当中，这里能排到前五名。"

"非常感谢！"

"那么，你加油吧，我也要加油排队了。"男子说着拉起了行李箱，向队尾走去。

目送着男子离去的背影，新田的脸上不由自主地露出了微笑。能排进前五名——虽说这跟自己没什么关系，可是听到这样的赞赏心情却不错。

就在这个时候。

旁边忽然传来了一个声音，"喂，你！"新田没有理会，那个声音又说道："喂！说你呢！"

新田朝着声音的方向看去，发现一位五十多岁的胖胖的男士正不快地瞪着自己。

"有什么事吗？"新田问道。

"就这个啊。你不能想想办法吗？"男士说着，微微抬起双下巴指向了长队的方向。

"你是想说什么？"

"我现在很着急。我约了客户六点钟在这里的日本料理店见面。在那之前我想办好入住手续。"

新田看了看腕表。距离六点只差五分钟了。看队伍的情况，排到他的时候恐怕要过六点了。

"那么等您吃完饭再来办理入住手续怎么样？"新田试着建议道。

"要是不事先办理好入住，就不能把餐费计入房费了，不是吗？我会很不方便的。你倒是快点想想办法啊。"

"对不起，我也没有什么办法。其他人都在规规矩矩地排队呢。"

"我可是这里的常客，"男人的声音里透露出一种胁迫，"而且这一次，我预约的也是行政房！"

"你说的这些都没什么关系。不能只对你……不能只对客人您开特别通道。都是成年人了，这点道理还是懂的吧？"

身材肥胖的客人瞪大了眼睛，不敢相信似的抬头看着新田。

"你说的这是什么话，你把客人当作什么了！"

"即使是客人也不能无视规则吧——"

"客人您好。"这时一个声音打断了新田，同时在他的左侧出现了一个黑色的身影。一瞬间的工夫，山岸尚美的背影已经挡在了新田面前，"请问发生了什么事？"

"简直太过分了。这家伙也太没礼貌了。"

身材肥胖的客人语气激动，把自己的要求和对新田的不满混杂在一起一股脑儿说了出来。言语间逻辑混乱，完全不得要领。

"原来是这样啊。真是太抱歉了，在您着急的时候给您造成不快。"让人有些吃惊的是尚美似乎搞清楚了事情的来龙去脉,并开始向客人道歉:"如果是这样的话,我们来替您办理入住手续吧。您可以先去日本料理店。等手续办好,会有工作人员把房卡和住宿登记表给您拿过去,到时您只要签个字就可以了。"

"我可以先去餐厅是吧?"男人板着脸确认道。

"当然了。但是有一点要麻烦您,您能先告诉我您的姓名吗?"

确认了男人的姓名后,尚美转身面向新田。

"你先去前台后面吧,我也马上过去。"尚美低声对新田说。

新田点了点头,瞪了男人一眼。那个男人吃惊得向后仰了一下身子。

新田拉开柜台里面的门,进入前台后面的办公室。不一会儿,一脸严肃的山岸尚美也进来了。

"新田,你这样做我们很困扰。"尚美提高了声调。

"什么?是那个客人很奇怪好吗?"

尚美缓缓地眨了一下眼睛,坚定地摇了摇头。

"他并不奇怪。如果很着急想快点办好入住手续却办不了,理所当然想要寻求我们的帮助。"

"但是其他客人不是都在老老实实地排队嘛。这种只对发牢骚的客人特别对待的做法合适吗?即使对方是客人,不对的事情就应该说不对,不是吗?"

听完这番话后,尚美用细长而清秀的眼睛直视着新田:"我倒想问问新田先生。警察的工作就是要抓住做坏事的人吧。那么,一种行为是正确还是错误,又是怎样来判断的呢?"

新田迎着尚美的目光。

"我不明白你的意思。正确的事情与错误的事情之间的区别,一个正直的人用他的常识就可以判断。"

尚美冷淡地扬起了下巴,微微一笑。

"那么我继续问你。以前边开车边接打电话是没有问题的,可是现在不行了。以前坐在汽车后座的乘客可以不系安全带,现在也不行了。原本不是错误的事情，不知从什么时候开始变得错误了。这难道不奇怪吗？"

"你这是在诡辩。法律改变了，规则也随着改变了。所以，违反规则就是错误的行为。"

"那么，我是不是可以这么理解。警察根据是否遵守规则来界定正确和错误——不是吗？"

"嗯，可以这么说吧。"新田挠了挠鼻尖周围。

"如果是这样的话，那么我们也是一样的。作为饭店工作人员，我们也非常重视我们的规则。"

"是这样吗，那你为什么允许刚才那位客人不遵守规则？来晚了是他自己的错，按照顺序排队才是正确的规则不是吗？"

尚美摇了摇头。"我们没有那样的规则。"

"你说什么？"

"我们的规则是由客人来决定的。在以前的职业棒球比赛中，有一位裁判对外宣称自己就是规则手册，我们也一样。客人就是规则手册。所以客人是不可能违反规则的，而且我们也要去遵守他们定下的规则。绝对遵守。"

这一番言论让新田感到震撼，他竟一时语塞，刚整理好的新发型都被他抓乱了。

"也就是说客人就是上帝，是绝对不能忤逆的是吗？但是如果我们对客人的无理要求也全部满足的话就失去底线了。如果你也说，他也说，所有的人都随便提要求的话，事情会变得不可收拾的。"

"妥善处理这些事情正是我们的工作职责。如果所有的客人都既有教养，又理智，还有耐心的话，那就没有比饭店服务员更轻松的工作了。"

一席话说得新田又无法反驳了，只得深深地叹了口气。

"虽然你这份心思很了不起，可是有必要做到那种程度吗？"

就在新田歪着头纳闷时，从身后传来了一个声音，"这就是饭店啊"。新田回过头，看见一位三十五岁左右的清瘦男士，身上穿着前台接待员的制服。

"不好意思，我就在里面所以听到了你们的谈话。"

男士自称久我，是前台经理。

"事情的经过已经听说了。作为饭店方我们会竭尽所能协助你们的调查，所以如果有什么需要的话尽管提出来，不要客气。"

"那太感谢了。"新田鞠了个躬。

"新田先生，虽说你化装成了饭店服务员，但也没有必要把它想得太难。"久我笑着说道，"基本上就是给客人提供一个舒心愉悦的氛围，注意自己的仪容仪表和遣词用句也是这个用意。如果自己的话被反驳，几乎所有的人都会感到不高兴。所以饭店工作人员不会去反驳客人的言论。不过，也不是说客人提出什么要求都要满足他。"

"那是什么意思？"

"就像我刚才说过的，让客人感到舒心愉悦是第一要务。反过来说，如果做到了这一点，就不一定要完全按照他们的要求去做。"

"这是什么跟什么啊。简直就像打禅语一样。"

"总有一天你会明白的。只要跟山岸在一起工作。因为她很优秀。"

听完久我的话，新田将目光转向了尚美。尚美一脸冷淡的表情迎上了新田的目光，可又马上垂下了她那细长清秀的眼睛。

简单地吃过晚饭后，新田在山岸尚美的催促下去了前台工作区。一时半会儿新田也不可能上手办理入住手续，今天的任务就是站在后面观察其他接待员是怎么工作的。当然了，新田的目光实际上一直盯着每一位办理入住的客人。此时一脸无辜、若无其事的客人中，很可能隐藏着企图策划第四起凶杀案的人物。

可是就算是这样——

客人的数量也太多了，新田心里想。即使都是商务人士，给人的感觉也千差万别。有浑身上下都是名牌的人，也有穿着寒酸、表情疲惫不堪的男士。有对饭店服务人员态度傲慢无礼的人，也有莫名其妙显得卑微胆怯的人。

可能因为是周末，今天旅行的客人比商务人士更多一些。很明显是带着孩子出行的四人家庭，多半是从寒冷地区过来的，一直念叨着"还是东京比较暖和"。看起来应该是父亲的男士，还没有在住宿登记表上签名，就向山岸尚美询问了去东京迪士尼乐园的路线。尚美呢，当然没有催促那名父亲签名，而是拿着观光地图开始了认真详细的讲解，没有流露出一丁点焦急的情绪。

还有一位一眼看上去就像是黑社会的男子。气势汹汹地迈着步子向前台走过来，嚼着口香糖直接扔下一句"我姓佐藤"。名叫川本的年轻接待员询问他的名字，男子细细的眉毛立刻拧了起来，嘟囔道："我就是刚才打电话的人。快拿表格来。我给你填上！"

在男子填写住宿登记表时，川本小声地问山岸尚美是否需要收取这位客人的保证金，也就是押金。山岸尚美立刻简短地回答"不用"。

这时服务生也向前台走了过来。川本正准备把房卡递给他。可是男子说着"不用了，别跟过来"就一把抢过房卡，转身离开了。新田的目光跟随着男子，忽然看见一位打扮花哨穿着入时的女人，左手挎住男子的右臂。两人一起朝着电梯间走去。

趁着客流中断的空当，新田问山岸尚美刚才为什么不收取保证金。尚美轻描淡写地回答："理由很简单。因为我觉得多半会被拒绝。"

"就因为这个？"

"当时还有别的客人在等候。如果跟他起争执，会给其他客人带来不愉快的经历。也会给久等的客人添麻烦。根据情况随机应变也是对我们这一行的要求。"

"也许那位客人会抱怨。可因为这个就能打乱程序吗？就算客人就是规则手册，该收钱的时候不收钱不是很奇怪吗？如果客人发牢骚就什么都听他们的，那万一他们不想支付住宿费了，你怎么办呢？"

对于这个问题，尚美的回答更是简单明了。

"不支付住宿费的话就不是客人。因此，就不必遵从他们的规则了。我们这边会按照正常的流程采取措施。首先会劝说客人支付费用，如果无法说服的话我们会报警。"

"那为什么在押金的问题上不用同样的方式——"

"押金只是一种保证金。即使不收，用其他形式保证客人能够支付也是可以的。"

"其他的形式是指？"

"凭我经验的感觉。"尚美说这句的时候微微挺起了胸膛，"刑警也有凭直觉查案的时候吧？我们也一样，我凭感觉判断那位客人不会是霸王住客。"

"霸王住客？"

"是指不支付房费而直接溜走的客人。"

"啊……你还真是充满了自信。有什么根据吗？"

"因为他很招摇，引人注目。"尚美淡然地回答说，"他很努力地彰显自己的存在。这类人，不会是霸王住客。"

"是吗？"

看着新田纳闷的表情，尚美从柜台下面的收纳柜里拿出了五厘米厚的文件夹。

"这个资料本来是绝对不能给本部门以外的人看的，对新田你例外一次吧。这个是从东京都内各大饭店收集整理的霸王住客的资料汇编。遭遇霸王住客的饭店发现被骗后，马上就会公布住客的资料。性别、推定年龄、长相和身体特征，使用了什么化名，登记了哪里的住址，点了些什么东西等等，会尽可能详细地公开所有的信息。"

新田翻开了文件夹，被深深地震撼了。正如尚美所说，里面有从各种饭店发过来的传真。原来饭店之间还有这样的信息共享，他是第一次听说。

"你看了资料大概就会明白了。霸王住客的行事手法大致相似。往往是入住前一天或者当天预约，然后延长入住时间，把饮食消费和一些其他消费全部计入房费中，装作外出的样子之后就行踪不明，这些都是典型的手法。大部分是中年男性，伪装成普通的上班族。这些人有一个共通点，就是绝不会引起别人的注意。如果给人留下什么印象，就无法再去其他饭店行骗了。"

新田的目光浏览了几份报告资料。跟尚美分析的完全一样，在记录人物特征的栏里，罗列的都是沉默寡言，声音很小，总是低着头，穿戴打扮很朴素这样的描述。

"当然也是有例外的。曾经碰到过全身名牌的美女霸王住客。但是，他们的共同点都是不想引起饭店方面的警戒心。就这一点，刚才那位客人——"

"给人的印象恶劣，形迹可疑。"新田说着把文件夹还给了尚美，"原来如此。这下我心悦诚服了。不过话说回来，真是什么样的客人都有呢。"

"客人也不全都是上帝。他们中间还夹杂着恶魔。能够及时分辨出来也是我们的工作，"尚美说完后，嘴角渐渐松弛下来。

晚上十点，新田来到了办公楼。在总务课的会议室里，管理官尾崎和稻垣已经到了。本宫也来了。新田一进去，立即引起了一阵骚动。

"这身打扮看起来不错啊，"尾崎不住打量着新田穿着制服的样子，"连姿态都改变了。才刚刚过了一天，你伪装得还真是彻底呢。"

"看来被那个女的整得很惨啊。"稻垣暗自发笑，"他们总经理说了，如果是尚美的话，即使对方是刑警也不会手下留情。"

完全正确。新田只能苦笑着作为回应。就在这时，关根推门而入："我来晚了，非常抱歉。"他还穿着门童的制服。

这次就不仅仅是骚动了，房间内一阵爆笑。

但是轻松的气氛到这里就结束了。随着尾崎的一声"开始吧"，所有人都敛起了脸上的笑容。稻垣点了点头，环视了一圈屋内的人。

"饭店方面出于好意提供了这个房间，供我们作为现场指挥处。刑警可以在这里待岗、交换信息。但是，行动要注意隐秘。不能被凶手察觉到有警察进入饭店。今天最大限度地缩小参加会议的人员范围，也是因为这个。目前为止发生的三起杀人案的关联，犯人准备谋划第四起杀人案以及我们已经明确了下一个案发地点等消息在案件告破之前都不能对外公布。大家千万不要稀里糊涂走漏了风声。接下来，先是饭店方面的消息——本宫！"

"是。"本宫答应着站起来。

"我先汇报一下一周之内将在饭店里举行的活动。工作日的晚上，几乎每天都会有宴会、庆祝会等活动。大多数都是企业举办的，参加人数从两百人到三百人不等。工作日的白天，未来一周内预计不会有什么大型活动。但是到了周末，结婚典礼和婚宴安排得满满当当。明天周六，饭店里将要举行八场结婚典礼。详细的内容我已经汇总在这里了，请过目。"

A4纸大小的资料也传到了新田手里。将要在饭店里举行的宴会、结婚典礼等活动信息，排成了一大串。上面不仅有举办宴会的企业的相关信息，就连准备举行结婚典礼和男女主角的姓名和观礼者名单，也都作为参考资料被附在后面。

"饭店方面真是帮忙，连婚礼的宾客名单都提供给我们了。"尾崎说道。

"他们本来是极不情愿的，我强调是为了加强警备才说服了他们。但是，资料严禁外传。"

"这是当然。大家也注意一下。姑且不说这个，参考凶手以往的行事手法，这次凶手选择在宴会或者婚礼现场进行犯罪的可能性应该比较小，大家怎么看？"尾崎也没有特定去问谁，自顾自地说道。

"这是因为之前的几起案件，凶手都是选择被害人单独一人且在不容易被发现的隐蔽场所时下手的。"稻垣回应道，"但是我认为凶手很有可能借着活动的时机下手，因为是一群不认识的人混在一起，这一点对于凶手来说很有利。"

"确实是这样。看来凶手还是会伪装成客人，以客人的身份进入饭店吧。"

"虽然很有可能，但我认为一半一半吧。"

"什么意思？"

"伪装成客人的话，不可避免地要和服务人员碰面。而且，在饭店里能活动的范围也是有限的。要想达到在隐秘之处杀人的目的，伪装成饭店的员工或相关业务人员更容易些吧。"

尾崎向后拢了拢修剪得很短的白发。

"那样的话，凶手就可以使用相关人员专用出入口了。那边的警备安排得怎么样？"

"员工出入口，大大小小共计五处。所有地方都安排了警察穿着警卫员的制服在现场执勤。员工在穿着便服出入的时候会要求他们提供证件。供应商方面呢，要求他们每次尽量安排同一个人来，如果实在需要换人时也要求他们提前知会我们。"

"那本有照片的名单呢？"

"进驻饭店的警察人手一份。"

带照片的名单，应该就是指本宫拿着的那个文件夹吧。

尾崎将双肘支在桌面上，十指交叉托着下巴。

"饭店相关人员出入口这样安排就可以了。剩下的就是正面大门了。一层大堂里，应该一直会有三名刑警盯着吧。为了能够检查进入饭店的人员，这个环节是不可或缺的……"

"只要有名单上的人出现，就一定能发现。"稻垣在尾崎说完了以后又做了补充。

之后，屋内陷入了一阵莫名的沉默。新田想起了自己和本宫之间的对话。两位上司，是在考虑如果凶手不在名单上应该怎么办吧。如果凶手是完全不在搜查范围内的人，无论怎么部署盯梢都是没有用的。

"问题是如果我们事先不能确认凶手的长相，他一旦进入饭店该怎么办，"尾崎开口说道，"监控摄像头的事安排得怎么样了？"

"一层大堂目前安装着三个摄像头，可以覆盖全部范围。宴会厅、婚礼厅、餐厅、客房、电梯间和走廊里都装有摄像头。找到了几个死角，预备加装几个摄像头。在能够看监控的警备室里也安排了刑警。"稻垣马上回答道。

"加装的摄像头显眼吗？"

"不显眼，一眼看过去并不知道是摄像头，掩饰得很巧妙。可能饭店觉得装那么多摄像头给人的印象不好吧。"

"应该是这样。不过虽说安装得不明显，但也很难相信凶手不知道有摄像头。他行动之前肯定会来踩点的。在这样一个环境中凶手会怎么策划他的行动呢。首先是作案场所，会选择哪里？"尾崎环视了屋内一圈，像是在征询大家的意见。

一位资深刑警谦虚地举手说道："卫生间应该很有可能吧。"

这个回答似乎出乎了尾崎的意料，他猛的坐直了身体，重复道："卫生间啊……"

"卫生间里没有安装摄像头。如果凶手没有特定的谋杀对象，那里应该是下手最方便的地方了。因为人在上厕所时，往往是最没有防备的。"

"但是，凶手不会考虑厕所随时有人进来吗？"

"这就需要下点工夫了。首先要等到卫生间里只有一个人，而且这个人已经进入单间的时候。抓住这个时机在卫生间门口放上'清扫中'的指示牌，就不会有人进来了。接下来凶手只要等那个人从单间出来就可以了。"

"原来如此。"新田心想。这位刑警年纪较大，属于在行动之前会思考周全的类型。

"有点道理，"尾崎说道，"公共卫生间，一共有几个？"

"一层的大堂里应该有两个，"稻垣回答道，"地下也有，宴会厅、婚礼厅还有餐厅应该都有，全部加起来数量可不少。"

"看来靠巡逻是防不住的。在卫生间也安排人盯梢吧。人手由我来保证安排。还有没有其他罪犯可能下手的场所？宴会会场呢，白天不是基本上没有人使用吗？也就是说基本没有人会注意那里。凶手把人带到宴会会场实施犯罪——有没有这种可能性？"

"虽然说宴会会场里面没人，可是走廊里却会有人陆陆续续经过，而且还有摄像头。所以我认为这种可能性不大。"

新田同意稻垣的意见，这次的凶手，应该不会制定如此草率的作案计划。

"那么，还有什么其他可能性呢？"

稻垣的脸上闪过了一丝踌躇的表情："凶手不想让作案场所被别人看见，就只能选择没有安装摄像头的地方。和公共卫生间一样，要说能够保护隐私的地方——应该就是客房了。"

"客房里确实没有摄像头。但是走廊里不是有吗？案发时只要调出当时的监控录像，就可以知道有哪些人进出房间了，不是吗？"

"当然了，但凶手一定会戴着帽子之类的把自己的脸隐藏起来。"稻垣回答道。

尾崎一边念叨着什么一边将双臂交叉抱在胸前。"凶手的目标锁定在住宿客人的身上啊，是这样吗。"

看来尾崎也多半开始认为这种可能性最大。

"就凶手目前的作案手法来看，他非常大胆。就算有目击者也敢下手。我感觉这一次，凶手也会按照以往的风格赌一赌自己的好运。"稻垣一脸严肃地说道。

"那也就是说……"尾崎将锐利的目光投向了新田和关根等人，"我们也只能靠唯一的救命稻草赌上一把了。"

4

尚美做了一个深呼吸后敲响了门。这是她进入总经理办公室之前的习惯动作。听见里面传来一声"请进"，尚美推开了门。正对面放着一张桌子，藤木就坐在桌子后面。田仓站在他的旁边。

"听说您叫我过来。"

"嗯，进来吧！"藤木说。

"打扰了。"尚美微微鞠躬，进入了屋内。

"工作到这么晚真是辛苦了，很累了吧。"藤木摘下了老花镜说道。

"我没有关系。倒是您二位，应该更加辛苦吧。"尚美交替看着藤木和田仓说道。

"我和田仓没事的。又没有特别做什么。你却从一大早工作到现在，真担心你的身体会吃不消呢。"

"感谢您的关心。但是，我真的没事。"尚美露出了一个微笑。

时钟的指针已经过了午夜零点。在东京柯尔特西亚大饭店实行的是早班、晚班和夜班三班倒的制度，下午五点和晚上十点是交接班时间。今天，尚美上的是早班，本该在下午五点就下班回家的。可是，因为要协助警方搜查，虽然已过了晚班和夜班交接的十点，尚美还是无法下班。理由自不必说，因为新田还待在这里。

"新田警官怎么样了？"田仓问道。

"刚才从办公楼那边回来。现在正在饭店内巡视呢，因为前台现在暂时没什么事了。"

"这样啊，那么我们可以安心地说会儿话了吧。"藤木说着站了起来，朝旁边的沙发走去。

藤木坐在单人沙发上。尚美在他对面的沙发上坐了下来，田仓坐到了尚美的旁边。

"这次，向你提出这么无理的要求真是不好意思了。"藤木柔和的目光投向了尚美。

尚美报以一个苦笑。

"我会当作一场考验，想办法挺过去的。"

"考验吗？确实如此啊。不仅仅是对你的考验，对我们整个饭店来说都是一场磨练。"藤木点头说道，目光再次变得凌厉而认真，"那么，怎么样呢？我想听听你工作了一天以后的真实感受。"

"是关于新田先生吗？"

"当然。希望你能如实回答。"

尚美先是垂下了眼，过了一会儿，她抬起头看着藤木说道："把那位警官培养成饭店工作人员非常难。实际上让他为客人提供服务也是一件危险的事。"

藤木和田仓对视了一下，又看向尚美。

"这是新田警官的个人原因呢，还是所有警察都做不到？"

尚美歪着头思索了片刻。

"我也不知道，说不定在刑警中也有适合做这一行的人。但是，我和新田先生在一起的这一天里认识到的是，他们和我们的价值观和人生观是完全不一样的。"

"你是从哪一点看出来的？"

"所有的一切都能体现出来。我刚刚进入饭店服务行业的时候，被教导要时常怀有感恩之心。只要对客人怀着一颗感恩的心，正确得体的应对、交谈、礼节、微笑等等，即使没有经过特别的训练，也会从身体里自然而然地渗透出来。"

"没错。"

"可是那一位呢……哦，不，应该说是警察这类人，好像只会用怀疑的目光去看待他人。想着这个人是不是要干什么坏事，是不是在打着什么鬼主意，他们的眼睛里满是监视的目光。不过想想也很正常，因为这就是他们的职业。但是，对于只会用那种目光看待他人的人群，再怎么说要对客人怀有感激之心也是徒劳。"

"原来是这样。嗯，可能确实如此。"藤木和田仓相视着点了点头。

"其实，从警卫长杉下那里也听说了一些。"田仓对尚美说道。

"扮成门童的那位刑警……好像叫关根吧。杉下说，那个人手脚麻利，但是眼神不太对劲，老是盯着客人的脸和衣服目不转睛地观察。可能是一种职业病吧。"

"新田先生也是那样，老是盯着来办理入住的客人看，眼神很犀利，怎么看都不像饭店服务人员。我一直担心客人会注意到他。"

藤木的脸色阴沉了下来，将胳膊抱在胸前。

"警察那边说，他们已经在警员中挑选了品性条件比较好的人了呢。"

"这个嘛，可能确实是这样，"田仓接口说道，"从傍晚开始有几名刑警已经开始在大堂和休息室附近巡视了，每个人都是凶神恶煞的模样。比起他们，新田等人确实算是好多了。"

"有这么严重啊。"

"应该说他们身上有种独特的气质，太引人注目，恐怕会吓到其他客人。"

"这样可不行。我直接给稻垣系长打个电话，看看能不能让他们稍微收敛一点。不过听了山岸刚才的一番话,那件事情还是回绝他们比较好吧。"藤木面带忧虑地看向了田仓。

"我也有同感。要照顾新田警官已经让山岸忙不过来了,如果在此基础上再增加一个需要照看的人,那么前台简直要陷入一片混乱了。"

"那个,到底是什么事啊?"尚美交替看着两人的脸问道。

田仓舔了舔嘴唇。

"实际上,警方提出了能不能增加潜入饭店的刑警人数。好像是在办公楼举行搜查会议时,有人提出了这个建议。"

尚美瞪圆了眼睛。

"在此基础上再增加前台的警察吗?这简直太荒唐了。那位刑警……有新田先生一个人就够辛苦的了。"

藤木皱起了眉头,点了点头。

"知道了。这件事我们就拒绝吧。但是又不能完全不让他们增加人数,该怎么办呢?"

"能够妥协一些的应该还得是房间保洁员的职位吧。"田仓说道,"接触到客人的机会很少,实际的工作只要交给真正的保洁员就可以了。我们可以向警方提议,如果想增加房间保洁员多少人都可以。"

"是啊。可是,对方应该不会满意吧。只安排接触不到客人的工作岗位是没有意义的。"

"那就在门童的岗位上再增加一到两个人怎么样?总之,无论如何都要避免在前台增加人手。"

"知道了。就照这个方向跟他们交涉吧。"藤木像是在坚定自己的决心一样反复点了几次头,脸上的表情缓和了不少,重新看向尚美,"在你这么疲惫的时候还说这些真是不好意思。今晚你就先回去吧。这里还有其他人,让新田警官一个人到早上应该没问题。你明天早上九点出勤就可以了。"

"谢谢。"尚美低头致谢。上午九点,正是夜班与白班交班的时间。

尚美站了起来,向门口走去。可是中途又停下了脚步,她转过身,面向两位上司："我可以提一个问题吗？"

藤木有些困惑地眨了下眼睛："什么问题？"

尚美微微吸了一口气。

"您二位应该知道吧。为什么警察认定下一起杀人案会在我们饭店发生。而且，你们应该认为警察提供的依据可信程度很高吧？"

田仓流露出一丝慌乱的神色，刚准备开口，就被藤木用手势制止住了。

"你为什么这样想呢？"藤木问道。

尚美轻轻地摇着头。

"因为我觉得太不可思议了。总经理和田仓部长都是最看重对客人的服务质量的人。这次不仅让刑警穿上了我们的制服，还让他们与客人接触，不论怎么想都不是明智之举。能够让你们做出这样一个不明智的决定，没有极其充分的理由是不可能的。至少，如果警方只是给出这间饭店里有发生凶杀案的可能，这样不清不楚的理由，您二位应该不会接受吧。"

藤木叹了一口气，看向了田仓。田仓面露难色，摸着自己的后脑勺。看了他们的反应，尚美坚定了自己的猜测。

"果然，您早就知道了，对吧。"

藤木微微低下了头："你说得完全正确。关于会在饭店里发生凶杀案的理由，警方对我跟田仓解释过。"

"这个理由是不能告诉我的吧？"

听了尚美的话，藤木闭上了眼睛，陷入了沉思，几秒之后，又重新张开了眼睛："是啊。不能告诉你。这也是为了你考虑。"

"为了我？为什么这么说？"

"太详细的信息我不能透露，这次的连环杀人案的凶手，好像在现场留下了奇怪的留言。一开始警方也不明白信息的含义，最后终于破解了。结果显示，下一次凶杀案的地方将选在我们饭店。这一点作为机密对媒体也没有公布。如果这个消息不小心泄漏出去，而又被凶手知道了会怎么样？凶手恐怕会终止在饭店里的犯罪计划吧。这样一来，警方就完全没有办法找到凶手了。因为他们手里的所有线索，就只有那个留言信息。"

"为了把凶手引出来,才隐瞒了留言信息已经被破解了的事实,对吗?"

"正是如此。可是我们不得不考虑的是——不,说实话是我们不想去考虑的问题,就是万一真的发生了杀人案。我们饭店,不仅会被被害者家属怨恨,还会受到世间所有人的责难吧。既然知道自己的饭店早就被盯上了,为什么不把消息公布出来呢?坦白说,当初警方来找我商量的时候,我确实考虑过公布消息。当然,我也做好了一旦公布消息,近期都不会有客人光顾的心理准备。然而就像刚才说过的,一旦我们公布了,警方就错失了逮捕凶手的良机。凶手更有可能选择其他场所实施犯罪行为。也不是说只要我们的客人平安无事就可以了。为此我烦恼了好一阵子。"

藤木的话,重重地击中了尚美的内心。藤木不是利益至上主义者,而是把社会责任背负到自己身上的人。

"那您烦恼以后的结果,是决定协助警方调查?"

"是的。我选择相信警察许下的绝对会保证客人安全的承诺。即便如此,也有必要做好最坏的打算。就是案件一旦发生了我们应该怎么办。社会和媒体一般来说都会追究饭店方面到底了解多少情况。那个时候,只要他们发现知道内幕的只有极少数人,就会把对饭店的伤害程度降到最低。最后,只要知道实情的人站出来承担责任就行了。"

尚美惊讶地看着藤木,然后又将视线移向田仓。两个人的表情虽然很平静,眼神里却闪烁着毅然决然的光芒。

"不必要的麻烦事还是少让员工们知道一些为好——您就是出于这个考虑吧。您刚刚说的是为了我好,也是这个意思吧。"

"感谢你的理解。"藤木用平静的语气说道。

"我明白了。今后我不会再问了。没有体谅总经理和部长的良苦用心,实在是很惭愧。"尚美低下了头。

"没有必要道歉。明天又将是很辛苦的一天,今天就快点回去吧,好好休息一下。"

"我会的,那么就先告辞了。"尚美打开门走了出去。

离开总经理办公室后,尚美静静地走在万籁俱寂的走廊里,脑海里浮现出了很久以前的一段往事。那是尚美为了考大学而来到东京，入住这间饭店时的事。

在那之前，尚美从来没有住过高级饭店。她想要留下美好的回忆，才选择了这里。第一次进入饭店，尚美就被这里的富丽堂皇震慑住。尚美的直觉告诉自己，这里是上流人群聚集的地方，像自己这样的孩子根本不应该来。

在入住饭店期间，比起其他的一切，最能打动尚美的，就是这里工作人员的飒爽英姿。

无论发生什么都不会惊慌失措，干净利落地处理事情的样子，生动地在尚美面前展示了什么叫专业。一位接待外国客人的前台接待员给尚美留下了特别深刻的印象。当时好像发生了什么冲突，可是他丝毫没有露出狼狈的神色，一直在用流畅的英语向客人解释着什么。终于，那位原本生气的外国客人，不知何时脸上已经露出了笑容，临走的时候甚至还说了感谢的话。然而，那位接待员并没有表现出松了一口气的样子，而是淡定地开始接待下一位客人。尚美觉得那位接待员一定足够自信，才能表现得那么从容淡定。

那个时候，尚美在这间饭店住了两晚。因为连续两天都有考试。考试的第一天，尚美到达考场才发现，自己把母亲为她求的祈祷考试成功的护身符忘在饭店房间的桌子上了。"忘了就忘了吧，反正也不是什么要紧东西，再说自己本来就没想过要依靠神灵保佑。"尚美这样想。

可是就在考试开始前，一位会场女性工作人员走到了尚美身边，递给她一个信封，说是饭店的人送过来的。信封里装着护身符和一张便笺。便笺上写着："我觉得这个东西可能对您很重要，就送过来了。考试要加油哦。"

尚美觉得很感动的同时又觉得不可思议。因为她记得没有跟饭店的人说过自己在哪个大学考试。大学方面应该也不会告诉他们。

考试结束后，尚美回到了饭店。前台接待员看到尚美后脸上露出了笑容，说道："欢迎您回来。您忘记的东西顺利给您送到了吧。"

尚美一脸疑惑地说了句"是的"。"那就太好了。"前台接待员露出了洁白的牙齿。

回到房间后,尚美发现屋内打扫得一尘不染。

床单拉得笔直。浴室里更是一滴水都没有留下。毛巾换成了崭新的。与之相反,尚美留在房间里的衣服和书籍等物品,工作人员在清扫过程中尽量避免了触碰。

刚到房间一会儿,家里就打来了电话,是母亲打过来的。她没问应试的感觉,却问道:"护身符,送到了吗?"

"妈妈,你怎么知道的?"尚美反问道。

"饭店的工作人员给家里打了电话,说你好像把护身符忘在房间里了,能不能告诉他们你在哪个学校考试。我跟他们说没有必要特意送过去,反正那个孩子也不相信这些,是我非要让她带着的。可是饭店的人说如果因此让令千金带着一种不吉利的心情去考试不是很可怜吗?被他们这么一说我想想好像也有道理,就把你的考试地点和准考证号告诉了他们。你已经好好感谢过人家了吧?"

"啊,"尚美手里拿着话筒小声惊呼,"我忘记了!"

电话那头传来了母亲的叹息声。

"就是因为你老是这样,所以才一直被当作是个孩子。一会儿你要正式向人家道谢。还有,考试感觉怎么样?"

告诉母亲考试的感觉不错使她放心后,尚美挂断电话离开了房间。虽说是准备去道谢的,可是当她乘电梯到达一楼后就只能站在原地,因为她不知道应该去向谁致谢。

发现护身符的应该是打扫房间的保洁员。可是往尚美家里打电话确认的恐怕又是别的人。然后肯定又是另外一个人,把护身符送到了学校。

就在尚美站在那里发呆时,一位穿着黑色制服的男士向她走了过来,问道:"请问有什么可以帮忙的吗?"

尚美有些踌躇不安地讲述了事情的经过。男士听了之后似乎明白了,重重地点着头。

"原来您是山岸小姐啊,在考试之前把护身符送到了您的手上真是太好了。"

"所以我才想好好道谢,可是我不知道应该对谁去说……"

"有您这份心意就足够了。包括我在内的全体饭店员工都在共同努力为客人提供优质的服务。也就是说我们是靠团队协作的。所以,如果我们让客人感到了衷心的喜悦,也不能说是其中一个人的功劳。反过来说,如果因为冒冒失失的员工失误而给客人带去了什么麻烦,也不能说是那一个人的问题,而应该是饭店全体工作人员的责任。"

在这一番措辞礼貌、怎么都不像是对一个十几岁的小姑娘说的话语中,饱含着他对自己的工作以及工作场所的自豪与自信,更蕴含着一份责任感。他说话的语气很平和稳重,可尚美却完全被征服了。

"……是这样啊!"尚美用微弱的声音,好不容易才说出了这句。

"这次的事情,如果您觉得还满意的话,"男士保持着笔直不动的站姿继续说道,"那么下次来东京的时候,请一定继续选择我们饭店。"说着对尚美鞠了一躬,然后,又加了一句,"当然了,如果下次您是为了上大学而来东京,那我们就太高兴了。"

尚美听了之后一句话也没说出来。黑衣男士的话语好像具有魔法一样。单单是与他交谈,就会感觉到幸福。这就是他们的工作。这是一种多么美妙的职业啊!

黑衣男士最后的那句预言,最终成为了现实。被大学顺利录取的尚美在入学报到之前,再一次住进了这间饭店。那时尚美为了寻找上次的黑衣男士,在饭店内转来转去,可是始终没有找到。再次与他见面,就是尚美大学毕业后,到这间饭店就职以后的事情了。

他——藤木,已经升职为总经理了。尚美后来才知道,自己第一次见到藤木时他是副总经理。

时间过得真快。转眼间在他手下工作已经有十年了。在此以前虽说也发生了许多事情,但是像这样的危机还是第一次。可是他的姿态,却丝毫没有动摇。作为饭店最高负责人的他已经做好了一力承担的准备。和那种把所有的困难都推给部下,发生冲突时自己就逃得无影无踪、置身事外的经营者的行事风格完全相反。

尚美心想，自己无论如何都要帮助藤木。因为他是引导自己进入这个精彩的行业的恩人。而且为了让饭店继续保持一流的水准，藤木的存在也是不可或缺的。

自己能够做些什么？自己必须要做些什么——回到办公楼换下工作服，直到回家的路上，尚美一直在思考这个问题。

第二天早晨，尚美八点钟就出勤了。虽然和夜班人员的交接九点才开始，可她还是放心不下新田。

尚美来到前台时，前来办理退房的客人已经开始排队了。在忙于工作的接待员的身后，新田也早早站在了那里。他故意站在了最里面，应该是不想给其他人的工作造成妨碍吧，可是他好像没有意识到，他那双猎犬一样的眼睛已经对业务造成了妨碍。

"早上好，来得真早。"从尚美背后传来了一个声音，是久我。

"早上好！"尚美也打了招呼。

"你不用来得这么早。你昨天晚上留到很晚吧？"

"是啊，可是还是坐不住。"

久我苦笑了一下，把目光投向了前台。

"原来是因为要照顾这个棘手的学生而感到忧心啊。我听夜班的那帮家伙说，那位刑警，在饭店内巡视到凌晨三点。然后，小憩了一会儿，六点刚过就爬了起来，开始像那样监视起饭店里的客人来。真不愧是个硬汉子。"

"硬汉子倒是无所谓，问题在于他的态度。"

尚美说完，大步流星地迅速地进入了前台内侧。马上就和新田的目光相遇了。

"跟我过来一下。"尚美说着把新田带到了里面的办公室。

"什么事啊？我正在工作呢。"

"新田先生你现在的工作是饭店员工吧？所以请不要那样盯着客人看。"

新田"哼"的一声用鼻孔出了一口气。

"我是要找出坏人，不知不觉就变成这种眼神了。"

尚美摇了摇头。

"我昨天应该已经说过了。你的这种眼神，只会让人更加警惕。还有，办理退房的客人都是要准备离开饭店了，他们是犯人的可能性应该很小吧。"

"这个可不好说。也有可能在办理了退房手续后再实施犯罪行为。片面的主观臆断是查案的大忌。也正因如此，我才一大早爬起来盯着的。"新田的语气里似乎带着身为刑警的一种气魄。

"……是这样啊。但是不管怎么说，你还是要注意一下你的眼神。"

"嗯，我尽量试试看吧。"新田极不情愿地点了点头。

九点钟交班过后，真正的退房业务高峰期到来了。尚美也在前台忙着办理手续。虽然新田就站在后面，但是尚美并没有工夫去监视新田的眼神如何。

退房业务终于告一段落时，川本走了过来，在尚美的耳边说："山岸前辈，古桥先生退房的时间快到了。"

尚美看了一下时间，已经过了上午十点了。那位叫古桥的客人，和一位女性住在十层的双人房里。

尚美拿起话筒，给行政房保洁员滨岛拨了过去。

"你好，我是滨岛。"电话那头传来一个充满活力的声音。

"我是山岸。昨天和你说过的1025号房间客人的事情。怎么样了？"

"是按照你们那边的指示来做的。现在，客人还在房间里，等他一离开房间，我们就去检查。"

"知道了，那就拜托了！"

尚美挂断电话后，新田问道："是什么事啊？那人有什么问题吗？"

尚美叹了一口气，纠正道，"不是那人，是那位客人，请使用敬语。"

新田不耐烦地挥了挥手。

"我知道了。话说回来，那位客人到底发生了什么事？"

"也没什么特别要紧的。"

"真是让人不安。我感觉到一种危险的气氛。不会是霸王住客吧？"

尚美将目光投向了带着窥探眼神的新田，感受到了警察敏锐的嗅觉。

她确认周围没有人注意到他们之后,放低声音说道:"上个月那位客人住在这里时,我们在他退房之后发现他的房间里少了一件浴袍。"

"浴袍不见了?是说那位客人带走了吗?居然还有这么爱贪小便宜的家伙。"新田一脸意外。

"这可不是什么好笑的事情。我们饭店的浴袍,一件就要近两万日元。如果每个人入住之后都带走一件,我们可受不了。"

"原来如此。那么,你打算怎么办呢?"

"请你拭目以待吧。我们自有我们的处理办法。"

"这样啊,那我就准备领教你们的本事啦。"

新田话音刚落,内线电话就响了起来。川本接起电话,三言两语之后,转身对尚美说:"客人刚刚离开房间,马上安排保洁员进去。"

"知道了,多谢。"尚美回答道。

"你们真是合作无间。这样你们就可以在客人办理退房手续的时候,确认浴袍是否丢失了。"新田似乎很钦佩地说道,"你们是什么时候知道他会在这个时间办理退房的呢?"

"在他办理入住的时候,装作不经意问出来的。"

"哦……"

终于,那位叫古桥的客人从电梯间里走了出来。是一位四十岁左右的大块头,扬着下巴,目光锐利。他身边是一位三十岁左右化着浓妆的女士,正嚼着口香糖。

女士在距离前台不远的沙发上坐下,古桥自己走了过来。女士脚边放着一个运动背包。

"您要退房吗?"尚美问道。

"嗯。"古桥一脸不高兴的把房卡放到了柜台上。尚美开始办理退房手续。

电脑开始打印账单了,但尚美还没接到房间保洁员打来的电话。尚美显得有些焦急,只能故意拖延时间。

"喂!能不能快点,我还着急呢。"不出所料,古桥催促道。

"是，马上就好——"

尚美递上了消费明细，古桥从钱包里拿出了现金支付。只要将零钱找给他，这次就被他侥幸逃脱了。

就在这时，电话铃声终于响了起来。川本马上接起电话，用一只手记下了要点，然后把便笺纸递给尚美。尚美偷偷瞥了一眼上面的内容。

少了一件——上面潦草地写着。

尚美朝川本微微点了点头。这时新田走向川本，从他手里夺过了话筒，开始说着什么，弄得川本摸不着头脑。

新田到底想干什么，尚美心里一边嘀咕着一边将找回的零钱和收据递给了古桥。看着古桥开始将东西放入钱包，尚美开口道："客人您好，我们刚刚接到了房间清扫人员的电话，说是您的行李中很有可能混入了我们饭店的物品。虽然要给您添些麻烦，能不能让我们确认一下您所带的行李呢？"

古桥的眉毛抽搐起来。

"混进了饭店的物品？那是什么意思？怎么可能会混入那种东西，还是说，你们认为我们偷了什么东西？"

"不是的，不是的。"尚美连忙摆着手。

"在我们饭店房间里准备好的物品中，有一些是可以自由拿走的，有的不可以。关于这一点我们没有一一作出说明，所以偶尔会有客人搞错。虽然很麻烦，但还是请您让我们确认一下吧。"

古桥歪着嘴，向前探出身子："你就别兜圈子了，到底是什么不见了？"

尚美略微收了收下巴，直视着对方的视线，说道："是浴袍。"

"浴袍？那种东西，怎么可能装进手提包呢？"

"所以说，我们只是以防万一确认一下。"

"等一下。我可是说过我没有拿。我都这么说了你们还要检查不是很奇怪吗？还是认为我偷了你们的东西吧。"

"不，绝不是这样的。"

"知道了。我去拿包，就由你来确认吧。"古桥折返回去，朝着同行女士的方向走去。

就在这时。新田突然来到了尚美身边说道："客人您好，古桥先生。"叫住了正在离开的古桥。

古桥神色凌厉地转过头："又怎么了？"

"不用确认了。您可以回去了。"

听了新田的话，尚美吃惊地看向他。

"啊？"古桥也吃惊得张大了嘴，"这到底是怎么回事？"

"因为我们相信您。刚才真是失礼了。"

"相信我？可是那个女人——"古桥凶神恶煞般还想说什么，可当他与新田的目光相遇时，好像又被吓得不敢说了。

尚美见此情景，讶异地看着新田。他此刻的眼神比平时更加凌厉，散发着危险的光芒。

古桥反复眨着眼，深深地吸了几口气："……真的可以了是吧？不怀疑我了？"古桥的声音已经失去了平静。

"当然了。请您走好。期待您的下次光临。"新田说完还认真地鞠了一躬。

古桥交替看了尚美和新田几眼，快步回到了同行的女士身边。和刚才的从容镇定截然不同，两个人慌里慌张地朝着饭店大门走去。

尚美盯着新田。"你打算干什么？请解释一下。"

"浴袍没在那个包里。"

"这怎么可能……"

"我向保洁员询问了详细的情形。本来有两件浴袍，一件不见了，另外一件没用过，还挂在柜子里。"

"所以说消失的那件浴袍被偷走了……"

新田微微一笑，摇了摇头。

"如果是我准备偷双人房里的浴袍，会在洗完澡后穿一件，然后把没穿过的另一件装进包里。任何人都会这么做吧。"

"啊！"尚美轻声叫道。确实如此。

电话又响了起来。川本接起电话，简短说了几句之后就挂断了。

"是保洁员打过来的。正如新田先生猜测的，那件浴袍被藏到了床底下。"

"果然是这样。如果要藏的话，也只能藏在床底下了。"新田似乎很满意。

"请等一下，你是说他故意把浴袍藏了起来？"尚美问道。

"恐怕是吧。你说过装作不经意地问过他退房的时间，那家伙应该已经知道了你的意图。所以故意将其中一件浴袍藏了起来。他也算计好了退房时你们一定会检查他的行李。让你们检查了行李，然后再以被侮辱或者名誉被损害之类的借口将事情闹大，企图让你们支付些精神损失费吧。上次偷走浴袍，有可能就是为今天的事情埋下伏笔。说不定，他们在各家饭店都使用这种手段赚些零花钱呢。"

尚美用一只手扶住自己的额头："如果真是这样的话，我们差点就中计了……新田，你是凭什么觉得这件事情有蹊跷呢？"

"在洞悉世人的恶行这点上，我自信要比你们更有眼力。所以我的目光显得有些凌厉也不是故意的。"

新田这后半句话明显是针对尚美的不满。可是尚美这次什么都没说。只是默默地看着新田。

这时，新田的手机响了起来。他接起电话小声说了几句以后，对尚美说："我走开一下。去趟办公楼。"说着走出了前台。

尚美追了出去，喊道："新田！"

新田停下了脚步："怎么了？"

"我有很重要的话要对你说。请给我五分钟。"

"如果你要说我眼神的问题，我会尽量收敛些的。"

"不是这个。有些事情我无论如何都想问问你。关于案件的。"

新田眼中瞬间闪过一道光芒："什么事？"

尚美做了一个深呼吸："信息。犯人到底留下了什么信息？"

新田倒吸了一口气，愣在那里。

5

"到这边来一下。"新田抓住山岸尚美的手腕。迅速环视了周围一圈之后，拉着尚美向通往二层的扶梯方向走去。新田想，在扶梯的后面说话，应该很少有人会注意到。

"请等一下，不要拉着我！"

可是新田完全没有理会尚美的话，拉着她的手腕一直走到了扶梯的下面。再一次确认了周围的环境之后，终于放开了手。

"请不要这么粗鲁，你对我说就可以了。"尚美皱起了眉头，用另一只手揉着刚才被抓住的手腕。

新田俯身怒视着尚美。

"你怎么知道留言信息的事？是谁告诉你的？"

山岸尚美略微清了清嗓子，抬起眼睛看着新田说："从上司那里听说的。"

新田将头别向一边，啧啧咋舌。

"是这样啊，一般人的嘴果然不严。他们还是不习惯于保守秘密。"

"你这种说法对总经理他们是很失礼的。是我反复缠着他们追问，他们才向我透露了有留言信息的事。其他更详细的内容一点都没有告诉我。他们是打算万一事情严重了，由他们独自去承担责任的。"平时说话语气始终云淡风轻的山岸尚美，此时显得很激动。

"这样的话，你就更应该尊重他们的想法。难得上面的人为了不给你们员工带来麻烦，愿意自己去承担责任，你就更不应该浪费他们的一片心意。"

"对于上司的心意我心存感谢，也不打算浪费这份心意。所以，我才没有继续追问下去。但是，这样下去我自己心里怎么都过不去，所以才想问问你。"

"不好意思，你心里过不过得去跟我们没有任何关系。况且对侦查也没有什么帮助。"新田说着将目光落到了自己的手表上，"我要走了，我的上司找我。"

新田迈开大步向通往办公楼的出入口走去。可是山岸尚美又追了上来，挡在他的前面。

　　"昨天我回家以后，想了一下自己究竟能做些什么。虽说有上司愿意出来承担责任，可是我也不能只是机械地重复着日常业务。但是，我想了一晚上也没有答案。"

　　新田叹了一口气："你没有必要想那么多。无论是查案还是防止案件发生都是我们警察的职责。你们只要按照我们的要求协助我们就可以了。这样的话就等于帮助了你的上司了。"

　　"我并不这样想，"尚美挺直了背继续说道，"刚才，我目睹了新田你识穿客人诡计的全过程，感觉到警察跟普通人确实不一样。你们完全在用另一种视角看待他人，这一点我们是怎么也学不来的。"

　　听到赞美之词，新田脸上的肌肉稍微放松了一些："多谢夸奖，不过这也没什么大不了。"

　　"与此同时我也意识到一件事。自己想事情还是太天真了。单凭客人上次偷走了浴袍，就推断他这次会做同样的事情，实在太单纯了。我应该考虑得更周全。"

　　新田看着一脸严肃的山岸尚美，心想，真是一个认真的女人。不，是太过认真了。和她一起生活一定会很拘束吧。

　　"你又不是警察，没有必要钻牛角尖吧。你不是说过嘛，不能带着有色眼镜去看待客人。否则，你的眼神也会变得和我一样。"

　　新田本想开个玩笑，没想到尚美依旧一脸严肃。

　　"我觉得怀疑对方和想弄清楚对方的想法根本是两回事。理解客人的需求本身就是对饭店从业人员的一项要求。新田，你认为现在的做法真的没问题吗？能够防止案件发生，抓到犯人吗？"

　　"你对警察的做法有什么不满吗？"

　　"我并没有想要插手查案的事情。我接到的命令是要辅助你，最开始多少还有些抵触，可是现在我想尽我所能去做一些事情。但是，按照目前的状态我无法充分发挥自己的作用。如果只是含含糊糊地知道接下来饭店可能会发生命案，我根本就不能判断应该警惕什么，应该留意什么。坦率地说，我甚至怀疑饭店里是否真的会有案件发生。"

因为情绪亢奋，山岸尚美的声音提高了不少。新田看了看周围，用食指抵住嘴唇，示意尚美小点声。尚美这才回过神来，小声说道："对不起。"

"犯人下一个犯案地点，在这间饭店。这是一个事实。"新田说道。

"请告诉我根据是什么！"

"非常抱歉，这个我做不到。就连我们警察已经掌握了这个根据这件事，就已经是绝密事项了。"

"但是你不把详细内容告诉我的话，我没有办法帮你——"

山岸尚美话说一半又咽了回去，因为新田伸出手制止了她。

"你不是警察，不需要考虑这些。而且，你对我的帮助已经足够了，我甚至觉得你可以再稍微放松一些。"

山岸尚美听出了新田话中的讽刺意味，一脸严肃地瞪着他。因为眼睛比平时睁得更大，看起来还挺美的，新田被自己的这个想法吓了一跳。

"看来你是怎么都不会告诉我了？"尚美再一次确认。

"不可能。如果我说了，就没有资格做一个警察了。"

留下了沮丧不已的山岸尚美，新田快速朝着通道走去，一边迈着大步，一边在心里埋怨："所以说外行人真麻烦！"只要和警察搭上点关系就跃跃欲试，对查案说三道四，还想学着警察的样子去查案。原本以为那个叫山岸的女人不是这样的人，真是有些意外。

但是，最后她的那个表情还不错——新田想起了山岸尚美生气的脸。

办公楼的会议室里，一如既往地被香烟的白色烟雾笼罩着。因为除了部分餐厅，饭店的大部分区域都是禁烟的，所以负责盯梢的刑警每逢换班都会在这里猛吸烟。现在还有三个人围着烟灰缸吞云吐雾呢。

稻垣和本宫两个人正站在那里说着什么。旁边的白板上虽说贴着几张肖像照，但从旁边寥寥无几的文字中可以看出，并没有确定犯罪嫌疑人。因为只要抓住一点蛛丝马迹，相关人物的资料就会被挖掘出来，写在上面。

稻垣招呼新田过去。

"辛苦了,有什么情况吗?"稻垣问道。

"没什么特别的。这个时间段主要办理退房业务,新一批住宿客人还没有到。"

浴袍事件,新田认为没有必要汇报了。而山岸尚美针对留言信息向自己发问的事情,新田也决定闭口不提。

"这样啊。今天有结婚典礼和婚宴,进出的客人会大量增加。已经加派了盯梢的人手,你在前台也多注意点。"

"知道了。还有其他指示吗?"

"嗯。"稻垣点了点头。

"千住新桥的案子。查到了点有用的线索。"稻垣说着用手指敲了敲白板。

千住新桥案的被害者是名叫野口史子的家庭主妇。到目前为止,没有发现她与他人结怨或发生利益冲突。

"可是她丈夫经营的那间街道工厂,好像情况很不乐观。"

"快要倒闭了吗?"

"不是快要倒闭,"本宫从旁插话,"应该说基本上已经倒闭了。员工工资半年前就发不出来了。银行也拒绝了他们的贷款申请。虽说是汽车零件制造的承包工厂,毕竟经济大环境不好,不知道什么时候才能再接到订单。这种时候,一个中小企业的经营者最先考虑的是什么呢?"

新田双手抱在胸前:"如果银行不肯贷款的话,应该会去找高利贷吧。"

本宫"噗"的轻笑了一下。

"高利贷也是做生意的。如果你一无所有他们也不会借钱给你。万一借款人自杀了损失就更大了。"

听到"自杀",新田的脑海中忽然闪过了一个念头。

"是为了保险金吗?"

本宫"啪"地打了个响指:"完全正确!"

新田吃惊地看着本宫问道:"被害者买了保险吗?"

"买过,而且不止一个,"本宫继续说道,"被害人上了死亡时赔付五千万日元和赔付一亿日元两种保险。赔付五千万日元那种大约十年前就上了。有问题的是一亿日元那份，是近期才买的。虽说不返还本金的类型相对来说比较便宜，可是每个月也要缴纳近两万日元。连员工工资都发不出来了还想着买保险，有这样的经营者吗？"

"你是说丈夫为了保险金杀害了自己的妻子？"新田将目光投向了白板。不用说，被害者的丈夫野口靖彦的照片也在上面。

"工厂有五名员工，也有可能是其中一人干的。但是，嫌疑最大的还是靖彦。"

"案发当日他有不在场证明吗？"

"被害者的死亡推定时间是十月十日下午六点至九点。"本宫看着记录说道，"根据靖彦的口供，被害者说回娘家离开家门之后，他约了几个朋友一起喝酒直到半夜。但是，他和朋友们见面的时间是晚上八点左右，完全有条件实施犯罪。而且案发现场就在他们的住处附近。"

新田低声嘀咕道："确实很可疑，太可疑了。"

"问题就出在这儿。"稻垣说，"作案动机充分，没有不在场证据。可是如果他的丈夫就是凶手，那案情也太简单了。更重要的是，现场留下的那串数字解释不通。也就是说看不出和其他案件之间的关联。"

新田盯着白板。犯人在现场没有留下任何物品。由于物证极度匮乏，单凭有作案动机这一点是不能拘留靖彦的。关键是，正如稻垣刚才说的，因为和其他案件之间的关联不明确，很难进行问讯调查。目前，即使是对被害者家属，现场留有数字的事情也要保密。

"那我该做点什么？"新田问道。

本宫从桌子上拿起一个信封，从里面抽出了一张照片："你好好看看这个！"

这是一张几十个中老年人的集体照，大部分是男性。

"从前数第二排，左边第三个人就是野口靖彦。"本宫指着白板上靖彦的照片说道。

新田对比了两张照片，确实是同一个人。

"这张集体照是？"

"是五年前举办派对时的照片。好像是汽车零件制造商主办的。你再好好看看照片的背景，不觉得在哪里见过吗？"

经本宫提醒，新田仔细观察着照片。最后将目光集中到了人物背后柱子上雕刻着的图案上。

"是在这间饭店拍的。"新田嘟囔着。

"是的，好像就是在大堂拍的。"

"真是不容易，连这样的照片都找出来了。"

"这是负责调查野口的刑警，偶然间发现的。"

"原来如此。"

"你去调查一下当时在这个派对上有没有发生什么特别的事情，"稻垣说，"野口和这间饭店的交集，只有那时的派对了。如果野口真的跟事件相关，那么当时一定发生了什么。已经安排了别人问讯宴会部的工作人员了，你负责向客房部的员工了解一下情况。"

"知道了。我会向前台的人了解一下的。"

"具体内容可不能透露。"

"这个我知道。"新田说着拿过了照片。

回到前台后，新田立刻叫住了尚美，两人来到前台后面的办公室。然后，给尚美看了从本宫那里拿到的、有野口靖彦的那张集体照。

山岸尚美认真地盯着照片看了一会儿后，轻轻地点了点头。

"确实是我们饭店。这个派对每年秋天都会举行一次，直至三年前。近年来受到经济不景气的冲击，已经被迫中止了。"

"那个时候有没有什么事让你印象深刻呢？什么样的事都可以。"

新田的问题，让尚美皱着眉头陷入了思考。

"那个时候我已经在客房部了，所以宴会会场发生的事不是很清楚。况且又是五年前……我们这里几乎每天都在举行同样的派对。"

"这样啊。"新田说着把照片收进了自己的上衣口袋里。尚美的回答在新田的意料之中，所以他并没有觉得很失望。

"那个派对有什么问题吗?"山岸尚美眼中流露出窥探的神色。

"不,没什么。可能和案件并没有什么关系。"

新田的话出自真心。就像尚美说的,这间饭店经常举办各类大大小小的派对。就算被害者的丈夫五年前参加了这里的派对,也没有什么特别值得怀疑的。

然而山岸尚美似乎并不觉得那是新田的真心话。

她长舒了一口气:"你还是什么都不肯告诉我。一直都是你在提问。"语调虽然很平稳,话中却带刺。

新田苦笑了一下。

"警察总是会做大量调查,即使最后没有任何结果。真正和案件有关系的,其实只是其中的一小部分。但是如果不查,就永远无法找出真相。我不告诉你调查这件事情的目的,一是因为这个是查案过程中的秘密事项,还有部分原因是如果我每件事情都要解释就没完没了了。"

山岸尚美深吸了一口气,像是要反驳新田的言论,但最终她只是叹了口气,将目光投向了手表。

"办理入住的客流高峰快要来了,我们赶紧回前台吧。"

"好的,回去吧。"

回到前台,新田按照惯例,站在山岸尚美的背后,观察着前台接待员们接待的每一个客人。距离真正的客流高峰还有一段时间,所以并不是很忙。看见有接待员闲下来时,新田就给他们看野口靖彦的照片。但是所有人都说没见过野口。

这时,一名中年男子来到了前台,正在里面忙活的新田不由自主地睁大了眼睛。那人矮胖的身材,过时的旧西装紧紧裹在身上。男人好像先注意到了新田,目光交错时他微微一笑,轻轻点了点头,露出了如同小孩子恶作剧被揭穿后的腼腆表情。

"山本先生,您今晚入住一个晚上,单人间,对吗?"

听到山岸尚美的询问,中年男子略显尴尬地说:"啊,是的,没问题。"

办好了入住手续后,在服务生的带领下,男人朝电梯间走去。中途,还回过头看了新田一眼。

"刚才的客人,是住在1015吧?"新田向尚美小声确认道。

"是的,有什么问题吗?"

新田没有回答,径直走出了前台。他快速来到了电梯间,按下了上行按钮。但是等了一会儿电梯还没来。新田开始用脚尖轻轻踢着地板。

"新田!"

听到从后面传来的声音,新田一脸不耐烦。看都不用看,就知道是山岸尚美追过来了。

"发生什么事了?那位客人有什么问题吗?"

新田摇摇头。

"他不是客人,是警察。"

"警察?"尚美皱起了眉头。

"而且是我们管区的。那家伙,到这里来打算干什么……"

电梯门终于打开了。新田说了声"失陪"就钻了进去。

电梯一到十层,新田就大步向1015号房间走去。房间在走廊的中间位置。新田用拳头敲响了房门。

"来了。"里面传来了不慌不忙的应答声。

门开了。一张中年男子的圆脸探了出来。脸上挂着笑容。

"你果然来了。如果你不来,我还想给你打电话呢。"

"这是怎么回事?我可没听说刑警还要伪装成住客进入饭店。"新田走进房间,一边环视室内的情况一边问道。单人床上放着男子的手提包和上衣。

"确实如此。这是我的个人行为。"

"个人行为?"

"我不是和新田你分到了一组嘛。可是却什么都做不了,心里实在闷,就想着到现场来亲眼看看。可是从饭店外面什么都看不到,于是就办了手续,预约了一间房。这里真豪华呀。自从结婚典礼以后我就没有住过这么好的饭店了。真是没白费我的期待。这身行头很适合你,不愧是新田!"

圆脸的男子说到这里，本来就很小的眼睛更是眯成了一条缝。

这个男人叫能势，是品川警察署的刑警。第一起案件发生时，搜查本部就设立在那里，而新田和他分到了一组。

能势给人的第一印象，就是一个蠢笨的大叔。他的言语混杂着一丝日本北关东地区的口音。动作也有些迟缓，很多行为让人看着就觉得烦躁。虽说潜入饭店调查有些伤脑筋，可新田当时只想要离开这个搭档。

新田摆了摆手，拒绝了能势的赞美之辞。

"你要做的事很多，现在可不是你在这里自由放松的好时机。"

"我在这里办完事情后，自然会返回警署的。"能势说着把手提包拽了过来，从里面拿出一个记事本。那是一个像电视剧里的刑警会使用的包着茶色封皮的记事本。

"事情？"

"关于被害者的女性关系，我查出了点有意思的线索。还没有向上司汇报呢。我想第一时间告诉你，所以就过来了。"

"你说的被害者是？"

听到新田的疑问，能势有些意外地不停眨着眼："是冈部哲晴啊，第一位被害者。我是品川警署的人嘛。"

"啊，这样啊……"

新田满脑子想的都是执行潜伏在饭店里的任务，对于单个案件的印象已经被冲淡了不少。新田和能势确实接到过调查第一位被害者冈部哲晴人际关系的任务。但是在真正的问询调查开始之前，新田就接到了潜入饭店调查的命令。

能势继续说道："在冈部所住公寓的附近，有一个他经常光顾的小酒馆。那里的服务员——"

"不不，你先等一下，"看着能势自顾自说了起来，新田连忙制止了他，"你对我说这些我会很为难的。"

能势眨了眨他的小眼睛，问道："为什么？"

"你说为什么……因为，你还有其他的搭档吧？"

"其他的？谁啊？"

"就是新和你组成一组的人。我应该有接班人吧。"

但是能势却一脸疑惑地摇了摇头。

"不，我的搭档到目前为止还是你。我并没有接到和其他人组成一组的命令。"

新田将目光投向了那张圆脸。

"就算是这样，我们的搭档关系已经解除这件事，不用想也知道吧。"

能势努力将眼睛睁大了一点，问道："那你接到解除搭档关系的命令了吗？"

"没有，命令倒是没接到……"

"既然是这样，我们依然是搭档啊。你还是先听听吧。在那间冈部经常去的小酒馆里，有一个服务员记得他曾经和一个女人一起来过。据说是今年夏天的事情，两人看起来很亲密，就以为是他的妻子。结账时是那人女人买的单。她从自己的手提包里拿出了钱包。所以服务员才认为他们是夫妻。"

新田在床边坐了下来。反正这位刑警没有要停止汇报的打算。

能势接着说："我觉得到目前为止，那个女人还没有出现很奇怪，既然两人已亲密到被误会成夫妻了，总该以某种形式浮出水面了吧。"

"看来是不想让人知道两人之间有关联。"新田没有深想，随口说道。

"我也是这么想的。所以应该不是普通的恋人关系。肯定是不道德的关系，我猜是偷情吧。"

"有夫之妇啊，"新田缩了缩肩膀，"可能是吧。"

"我还查到了一些东西，被害者是个地道的花花公子。但是，从来不会对想要结婚的对象下手。从这个角度看，与有夫之妇约会倒是省去了不少麻烦。"能势说完后，像是很赞成自己的观点似的点了点头。

"这些，全部都是你查到的吗？"

能势摸着自己头发日益稀疏的脑袋说道："我只有这种靠多跑腿多打听来调查的能耐了。不过，能查到那间小酒馆，多少是因为对附近的地形很熟悉。有什么问题吗？"

"不，没有。"

自从潜入饭店以来，新田从来就没有想过这段时间其他组员都在干些什么。

"那先这样，我走了。"能势拿起了上衣。

"去哪里？"新田问道。

"回警署。我还得继续去走访调查呢。我无论如何得想办法查出那名有夫之妇的真实身份。"

新田摇了摇头："你查这个也没用。"

能势有些意外似的撇着嘴问道："没用？为什么？"

"第一起案件，被害者是被人用钝器打伤后，再用绳子勒死的。可是在案发现场既没有找到钝器也没有找到绳子。也就是说钝器和绳子是凶手自己预备的。如果一个女人要杀死一个男人，准备钝器和绳子做凶器就太奇怪了。如若女人准备行凶，那一定会准备利刃之类的东西。"

"哦……"能势发出了钦佩的感叹声，"被你这么一说，好像确实是这样。"

"所以我才说你去调查女人是没用的。"

"嗯，"能势简短地应和了一声，继续说道，"不过，我还是先去查一下，这是我的工作。"

新田叹了一口气。在心里埋怨道，那就随你便吧。

"这个房间怎么办？你不住了吗？"

"怎么可能。我可不会浪费这么好的机会。深夜我会悄悄回来的。好不容易订了房间，一定要在这张看起来很舒服的床上睡一晚。"能势说着拿起了桌子上的房卡，"那你自便吧。这个房间是自动锁吧，只要关上房门就能自动上锁了？那么晚点联系。"

"啊，能势，等一下。"新田叫住了能势。

能势刚将房门拉开了一半，转过身来。看着他那张圆脸，新田问道："手嶋的事情现在谁在调查？"

"手嶋……是说手嶋正树吧？"能势说。

"是的，现在谁在负责？"新田生生咽下了那句"这还用问吗！"

"哎呀，这个不太清楚……我去问问看吧。"

"不，不用了。你先走吧。"

能势点了点头，走出了房间。新田的目光盯着房门。可脑海里却浮现出了那张面颊消瘦的苍白的脸，嘴唇很薄，眼神里毫无感情。

新田注意到手嶋正树，是因为他觉得被害者冈部哲晴的生活方式很可疑。摆放在客厅里的六十英寸液晶电视，架子上陈列的巴卡拉的杯子，法穆兰的腕表，还有衣柜里的数十件阿玛尼服装。每样东西都和他这个普通上班族的身份不相称。

经过调查，这些奢侈品，都是在近一年内购买的。而且都是直接用现金支付的，可是冈部的现金账户，并没有大笔资金汇入的痕迹。

冈部究竟是从哪里得到的那么多钱。新田将注意力投向了冈部在公司的职位。他在财务部工作。

新田的预测得到了验证。通过对他们公司的内部调查，查明近一年内有二十几笔可疑的资金支出。总金额不下一亿日元。通过检查文件，发现有滥用甚至伪造管理者印章的情况。这件事隐蔽得很巧妙，一旦被蒙混过关，非实际操作者很难发觉责任人的不当行为。

如果冈部哲晴挪用公款了，那他近一年的生活方式就合乎情理了——财务经理紧张地说道，他的鬓角都被汗水浸湿了。

然而，新田考虑的是，能够操作账目的会不会还有其他人呢。如果冈部还有同谋，那么冈部一死，对于他的同谋来说真是少了一个大麻烦。在这个推理之下浮出水面的人物，正是和冈部隶属同一部门的手嶋正树。手嶋大冈部三岁，他的职位比冈部更容易操作这种违法行为。虽然看起来像是个老实人，实际上直到两年前还沉迷于赌博，听说欠下了很多外债。

新田迫不及待地约见了手嶋。他的住所在练马区的住宅街，是一栋很旧的公寓，房间里的壁纸都变色了。与冈部的房间截然不同，一件奢侈品都没有。

手嶋当然已经知道发生了命案。而且，还从经理那里听说了冈部可能挪用公款了。

"真是难以置信。光是听说冈部被杀就让我很震惊了。"手嶋面无表情地摇着头说。

新田接下来又问了关于案件有没有什么线索，最近一段时间冈部的状态如何等一系列问题，想要由此挖出冈部和手嶋两人之间的关系。

可是手嶋的回答始终如一。那就是和冈部在公司以外完全没有交往，工作内容也没有交集，完全没有留意他挪用公款的事情。

"我本来就不属于外向型，而他呢，也不太擅长与人交往。他应该没有关系很好的朋友吧。"手嶋低声叽叽咕咕。

新田想确认他的不在场证明。问他十月四日晚上在哪里。

手嶋说在自己家。被问到有谁能够证明的时候，一开始手嶋说因为自己独居，没人能证明。但是过了一会儿他好像突然想起了什么，说那天有人给他打过电话。而且打的不是手机，是家里的座机。

"给我打电话的，是以前交往过的女人。也没什么重要的事。不过还是闲聊了一会儿。大概五分钟左右吧。"

根据手嶋的回忆，电话是八点钟左右打过来的。

手嶋使用的是电话传真两用机。

"我和前女友交往的时候，住处附近的信号很差，手机经常打不通，才通过座机联络的。那时候也总是她给我打电话。"说完手嶋嘴边隐约露出了一丝胜利的浅笑。

手嶋的前女友名叫本多千鹤。经确认，她确实在十月四日的晚上八点左右用自己的手机给手嶋打过电话。她说当时自己身边还有一个朋友。新田也问询那个朋友。"没错。"那位朋友断言道。另外，通话记录也验证了证言的真实性。

从手嶋的住处到案发现场，无论使用什么样的交通工具都要花费一个小时以上。只要他的不在场证据成立，他是不可能实施犯罪的。

可是新田却没有完全接受。他认为还有两个疑点。第一个疑点是，有人给110打了报警电话。虽说据此推断出了准确的案发时间，但也成为了支持手嶋不在场证据的重要因素。报警人并没透露自己的姓名这一点也很可疑。会不会就是手嶋自己报警的呢？

另外一个疑点就是，与手嶋分别时他的表情。

如果你能解开谜团的话就尽管试试吧——他的表情给人一种这样的感觉。但是这也可能只是新田的错觉。别说第一起案件了，第二起、第三起案件看上去和手嶋都没有什么关系。现场留下的数字也解释不通。

新田用双手抓乱了自己的头发，感觉自己像一只陷入了死胡同的小虫子，一筹莫展。

6

刚刚给一位上班族模样的中年男士办好了入住手续，尚美将目光投向了饭店正门。一个门童正带领一个女人进入饭店大堂。女人戴着墨镜，右手拄着拐杖。谨慎的动作表明她是名视觉障碍者。

看到这里，尚美不自觉地皱起了眉头。因为距离她最近的服务生，偏偏是叫关根的刑警装扮的冒牌货。不出尚美所料，关根从那个女人手中夺过了旅行包，把手搭在女人的后背上推着她向前走。他完全不知道，看不见的人被人从背后推着会感到多么不安。

警卫长杉下好像注意到了事态的严重性，赶了过来和关根交待了一声，便从他手里接过了行李，让他离开。随后杉下抬起女人的手，让她抓住自己的小臂，搀扶着她缓缓向前走来。看到女人嘴边浮起了安心的微笑，尚美也松了一口气。

杉下一直把她带到了前台。虽然墨镜太黑看不清楚长相，不过根据皮肤判断应该在六十岁左右。身材苗条而挺拔，灰黑色的西装很合身。脖子上系着丝巾，头发自然地束在脑后，其中有一半已经花白。

"这位是片桐女士。已经预约过了。"杉下对新人接待员川本说道。

"片桐女士，请您稍等一下。"

就在川本准备开始办理入住手续的时候，"请等一下"，面前这位有视觉障碍的女性微微抬起了左手，声音虽然有些沙哑，却柔和而具穿透力。

"请问有什么事？"川本问道。

老妇人缓缓地环视了左右之后，抬起左手，指向了尚美。她的手上戴着白色手套。

"真是不好意思，能不能让那位来给我办理手续呢？"

"欸？"尚美不自觉地发出了声音。老妇人微微一笑。

"原来是位女士。那就更好了，能不能由你来帮我办理手续呢？"

川本一脸疑惑地停止了手里的工作，尚美也显得不明就里。

"不好意思，我并不是对你不满意。"老妇人用沉稳的语调向川本道歉，"我是一个很看重气场和直觉的人。就请满足一下我这个老人家任性的要求吧。"

川本看着尚美眨了眨眼睛。尚美点点头，面向老妇人的方向。

"知道了，那就由我来为您办理手续。"

"不好意思。"老妇人扶着前台柜台的边缘，移动到了尚美面前，"你叫什么名字？"

"我叫山岸。"

"山岸吗，我会记住的。"

"住宿登记表……如果可以的话，由我来为您代笔吧。"

"没关系的，只要告诉我在哪里写就好了，名字和住址我还是可以自己写的。"

"那么就请您写在住宿登记表的背面吧。"

"好的。"老妇人把拐杖的把手挂在了柜台上。

"这个就是住宿登记表。"尚美抓着老妇人的右手，将已经翻到背面的登记表递到了她的手上。

老妇人用两只手触摸着登记表，把表放在了自己面前。尚美接着说："这是圆珠笔，没有笔帽，请您使用时注意一点。"说完把圆珠笔递到了老妇人的右手上。

"名字和住址就可以了吗？电话号码呢？"

"如果方便的话请您一并写下。"

老妇人点了点头,开始一边用左手确认着登记表的位置,一边用右手写字。她写字的时候脊背挺得笔直,丝毫没有弯曲。老妇人戴着墨镜的脸此时正对着尚美。尽管看不见,老妇人填写的内容完全没有超出表格的位置,她从左至右认真地写下了她的名字、住址以及电话等信息。老妇人名叫片桐瑶子,住址在神户。尚美多少感觉有些意外,因为老妇人讲话时完全听不出关西口音。

"好了,请看看,这样行吗?"

"没问题,请您稍等。"

尚美开始在终端机上操作。片桐瑶子是三天前预约的。要求是可以吸烟的单人房。这一点又让尚美有些意外,因为那个年代的女性,绝大多数都会选择禁烟的房间。

"让您久等了。片桐女士,您今晚预约了一个单人间,入住时间为一个晚上,对吗?"

"没错,拜托了。"

"为您准备了1215号房间,房卡我先交给服务生。"

尚美向杉下递了一个眼神,把房卡给了他。杉下像刚才一样把老妇人的手放在自己的小臂上,慢慢离开了。交给杉下就不会有问题了。房卡的使用方法也会由他来说明的。

正在尚美松了一口气调整呼吸时,她感觉到背后有人在。回头一看,是新田,他的目光投向了远处,看着刚刚离开的片桐瑶子的背影。

"跟你的刑警同事碰完头了?"

但是新田没有理会尚美的问题,继续盯着片桐瑶子的背影。

"你觉得那位客人有问题吗?即使是视觉障碍者,也会像普通人一样住饭店的。"

听了这句话,新田终于将目光转向了尚美,他的眼神里充满了警戒。

"这个当然了。我们当警察的,有时也要与一些视觉障碍者打交道。"

"所以,你没有必要那样盯着人家看吧。"

"我只是在观察。有一点让我觉得很奇怪。"

"是什么？"

"手套。"

"手套？"

"那位老妇人刚才是戴着白手套吧，两只手都戴着。"

"我知道，这有什么问题吗？"

"根据我的经验，"新田继续说道，"视觉障碍者一般是不会戴手套的。因为对于他们来说，触觉和听觉一样，都是非常宝贵的信息来源。而手套只会成为隔离他们触觉的障碍。而且，他们经常会担心自己不小心触摸到湿的东西。这种情况下如果再把手套弄湿了，岂不是不舒服吗？"

尚美若有所思地不停眨着眼睛，经新田这么一分析，好像确实如此。

"但是，"尚美开口道，"那位客人也可能有什么难言之隐吧，手上有伤痕或者是痣之类的，只是为了遮挡一下。"

"当然有这种可能性。所以我也没有断定她一定可疑。只不过是有点在意而已，再说怀疑本身就是警察的工作。"

"那么你怀疑那位客人的什么呢？"

"这个嘛。对那个人我几乎是一无所知。但是她做出了一些不像是视觉障碍者应该有的行为，所以我还是怀疑这件事到底是不是真的。"

听了新田这番绕圈子的解释，尚美直直地盯着他的脸："你是说那位客人在演戏装作看不见？目的何在呢？"

"这个嘛，"新田也百思不得其解，"这个我可不知道，所以说还是留心注意点比较好。因为没有人会无缘无故地伪装成残障人士吧。"

"我觉得是你想得太多了。"

新田撇了撇嘴："总要比考虑不足强得多。"

就在尚美满腔怒火地瞪着新田时，身边的电话响了起来。川本快速拿起话筒，说了两三句之后，招呼道："山岸！是杉下打过来的。刚才那位客人，想叫你过去。"

"我接一下电话。"尚美与意味深长地看着自己的新田对视了一下后，转过身去，将话筒贴到耳边："我是山岸，发生什么事情了？"

63

"不好意思，是刚才那位客人，她想要换一下房间。"

"房间有什么问题吗？"

"这个我也不清楚。她本人也表示无法说清楚理由。"杉下含糊其词。

"我知道了。现在就过去，你跟客人一起等着我吧。"

"好的。"

尚美放下话筒后，马上对川本说："马上查询一下十二层可以供调换的房间。查好后，把房间号用短信发到我的手机上。"

"知道了。"还没等川本说完，尚美就拿起万能卡走了出去。

在通往电梯间的途中，一个脚步声从尚美背后追了上来。

"我也去看看，"新田说着已经站在了尚美身边，"是刚才那位老妇人吧。我可是为了调查可疑的客人才潜入饭店的。"

尚美叹了一口气："随你的便吧。"

电梯门开了，二人走进去，新田按下了十二层的按钮。

"这种事情经常发生吗？客人发牢骚要求换房间？"

"经常会有。昨天还有一位客人说无烟房有烟草的臭味，结果给他换了一间套房呢。"

"欸……想花低价住高级房，原来这么做就可以了。那位老妇人的目的不会也是这个吧？"

新田说话的语气很认真，尚美不由自主地瞪大了眼睛。面对残障人士时，一般人不会怀疑他们的人品。人们往往会认为虽然他们的身体不健全，但精神世界是无比美好的。但眼前这位刑警却不是这样。他认为残障人士不一定就是无辜的。他甚至怀疑残疾这件事本身就是假的。

新田的看法让人觉得心里别扭。但是换个角度，也可以说他秉持了一颗不以貌取人的公正之心。说不定这是作为一个警察的必要资质，也是这个人身上的闪光点，尚美心想。

"我脸上沾了什么东西吗？"

"不是……你们在调查的这件案子，犯人有可能是女性吗？"

"不是完全没有可能。"回答完尚美之后，新田好像后悔了似的皱起了眉头。这样回答就等于承认了女性罪犯的可能性很低吧。

电梯来到了十二层。门打开后，尚美先走了出去。

1215号房间的门敞开着，杉下站在房门口的一侧。他看到尚美后略微露出了吃惊的表情，一定是因为看见新田跟在后面。

片桐瑶子正坐在房间里的单人床上。没有摘下墨镜，手套也依旧戴着。

"山岸过来了。"杉下对片桐瑶子说。

原本低着头的老妇人，微笑着抬起了头。看着她的表情，怎么看都不像是心情不好，尚美放心了。

"您久等了，请问这个房间有什么问题吗？"

片桐瑶子一副不好意思的表情，微微歪着头说："不好意思，这个房间跟我有些不合。能帮我另外找一个房间吗？"

"那么是哪一点让您不满意呢？"

"这个嘛，真的是很难说，这个房间太热闹了。稍微热闹些还能忍受，可是这个房间实在是……"

"热闹……是说噪音太大了吗？"尚美侧了侧耳朵。饭店房间的隔音效果很好，虽说前面就是大马路，可是几乎听不到车辆的噪音。

"我说的不是声音。不是那个意思。"片桐瑶子微微摆了摆手，看起来好像在隐瞒什么。

"到底是什么呢？请您不要有顾虑，只要我们能做到的一定尽力处理。"

老妇人有些困惑似的低下了头。

"真不好意思，要是不说些奇奇怪怪的话就好了，反正只有一个晚上，应该忍一忍的。"

"怎么能这么说呢！客人没有必要忍受自己的不满意。您希望要一间怎样的房间，我马上去为您准备。"

片桐瑶子再次抬起了头，犹豫地歪着头说道："那么，我就直说了。但是，请你们不要觉得别扭。我完全没有妨碍你们营业的意图，也不想给你们造成任何困扰。这个房间，如果换成其他人来住是完全没有问题的。只是对像我这样的人来说不合适。"

尚美和杉下对视了一下，"这是什么意思？"

"是这样。这个房间里有很多人。但是他们都不是坏人。所以也不会给这里的客人添麻烦。但是那些人的思想都会传递到我这里来，让我觉得有些沉重和辛苦。"

尚美终于知道片桐瑶子想说的是什么了。好像与尚美的想法同步，新田在尚美的身后问道："您是在说房间里有幽灵吗？"尚美不知道新田离自己这么近，吓了一跳。

"幽灵……不是的，不过，这样说比较通俗易懂吧。我不太喜欢幽灵这个称谓。"片桐瑶子抱歉地说，"真是不好意思，这样的事，对你们来说是额外的负担吧。"

"不，绝不是这样——"尚美刚说到这里，上衣口袋里的手机震了起来。

"不好意思，我有短信。可能是关于可调换的房间，我可以看看吗？"

"请便，给你们添麻烦了。"

尚美拿出电话看了一下，果然是川本发过来的短信。已经清扫完毕，马上可以安排入住的房间，在这一层共有四间。

"片桐女士，"尚美开口道，"在这一层有几个房间可以供您选择。还要麻烦您过去看看，挑选一个合您心意的房间。"

"选择？我来选吗？"老妇人把右手放在自己的胸前确认道。

"是的。请您自己来挑选。如果由我们决定，到时候房间再不合适的话，还要再给您增添麻烦。"

"这样啊，可是我提出这么无理的要求还是觉得很抱歉。"

"满足客人的要求是我们的责任。那就请您移步去看看房间吧。"

"谢谢。那我就去看看吧。"

"好的。"

尚美说着对杉下使了个眼色。杉下跟片桐瑶子打了招呼后，抓起了她的手。片桐瑶子用拐杖支撑着身体站了起来，像刚才一样挽住了杉下的胳膊。

当片桐瑶子走到走廊里的时候，尚美问道："片桐女士，您对房间的规格有什么要求呢？您现在的房间是单人房，如果您觉得其他类型的房间比较好的话，我就先带您去看。"

片桐瑶子使劲地摇了摇头："什么类型都可以，不过尽量还是单人房吧。"

"我知道了，那么我就先带您去看离得最近的1219号房间。"

尚美来到隔着两间房的1219号房间门前，用万能卡打开了门。随后站在门前等待杉下搀扶着片桐瑶子慢慢走过来，新田跟在两人的后面。

杉下一直把片桐瑶子领到了屋内。

"这个房间怎么样？"尚美问道，"这个房间的规格和结构，与刚才的1215号房间完全相同。"

片桐瑶子就站在那里，好像在用双眼观察着屋内的一切，慢慢环视了一圈。可是她的眼睛却是闭着的。

终于她放缓了嘴角，点了点头。

"这里很安静，好像没有什么人。能把我换到这里来吗？"

"这间房间可以吗？"

"没问题。给你们添了这么大的麻烦，真是不好意思。"

"您不用客气。房卡一会儿就会有人送过来，剩下的事情就交给我们的服务生了。如果您还有其他的要求，不要客气尽管叫我们过来。"

随后尚美对杉下小声说了句"拜托"，又跟客人打了招呼后离开了房间。

在尚美走向电梯间的途中，新田追了上来和尚美并排走着。

"她刚才提到幽灵真是让我吃了一惊，虽然说饭店里都会有这种传说，可是以此来找茬儿我还真是闻所未闻呢。"

"找茬儿这个说法太失礼了。对她本人来说，这可是很严重的问题。"

"你相信吗？刚才她说的那些话。"

尚美按下了电梯的按钮，面向新田："感觉这种东西，本来就是每个人都不同。暂且不说她是不是真的能通灵，只要客人感觉房间和自己的喜好不符，那么我们就理所应当地给他们更换房间。"

"原来如此。不过，看来那位老妇人并不是为了提高房间的等级才提出换房间的。"

"警察的直觉没有应验，你好像有点遗憾啊。"

此时电梯门打开了，里面空无一人。

"我的直觉是不是没有应验现在还不好说。"新田进了电梯后说道。

"你这是什么意思？"

"刚才在你们交涉的中途，我不是插了一句话吗？我问她是不是指幽灵。然后那个女人回答说不是指幽灵对吧。就在那一瞬间，我的心里产生了一个疑问。"

"你对她这个回答有什么不满意的吗？"

"我发现的问题并不在于她回答的内容。让我觉得不可思议的是，我这么突然插上了一句，她却完全没有显露出吃惊的表情。在那之前我可是一句话都没有说过。她要求服务生把你叫了过去。所以，在她的意识里，除了你之外应该没有其他人过来。在这种情况下，如果耳边忽然传来一个陌生的声音，在回答问题之前应该会问上一句吧。例如你是谁啊之类的，但是她却没有问。为什么呢？因为她知道我的存在。也就是说她早就看见我了。她的眼睛看上去像是闭起来的，实际上是不是微微睁开的呢？"

新田的这番见地，让尚美一时之间陷入了沉默。确实是一语中的。

但是尚美马上就想到了反驳的理由："片桐客人可能确实事先已经感觉到了你的存在。身体上有某种缺陷的人其他的感觉往往特别敏锐。根据脚步声应该很容易就能察觉到除了我之外还来了另外一个人。"

新田笑了笑："如果是那样的话，在她意识到有另外一个人时不就应该问除了山岸小姐之外另一个人是谁吗？仅凭脚步声，她是无法判断来者是前台接待员还是服务生的。甚至可能是碰巧从同一个方向走过来的客人。"

电梯到了一层，门开了。有一对年轻的男女等在门口。新田迅速按住了"开"的按钮，对尚美说："你先请吧。"

尚美对着那对情侣微微鞠躬走出了电梯。而新田则等他们上了电梯后，才快速离开电梯，在电梯外面对两人鞠躬直至电梯门关闭。新田鞠躬的角度，和尚美指导的分毫不差。

"看来你要是想做还是能做到的嘛。"尚美说道。

"我看起来像一个前台接待员了吗？"

"你刚才做得很好，已经有那种感觉了。"

"谢谢。但是无论身上带着一种什么气场，如果不开口说话，是无法传达给一个看不见的人的。"

新田似乎还想继续片桐瑶子的话题。

"那位客人装作看不见，能得到什么好处呢？"

"我不知道的。但正因如此我才更加担心。因为没有人会毫无目的地去做这件事。我想要知道她的真正目的。"

"你觉得会和案子有关吗？"

"这个嘛，"新田歪着头说，"不管怎样只要发现了可疑人物就要留心观察，我就是因为这个才来这里的。"

尚美垂下了眼睛，过了一会儿又抬起头，看着新田。

"我明白了，怀疑哪个人是你的自由。但是，有一条希望你能答应我。只要你还没有掌握她与案件相关的确凿证据，就不能给片桐瑶子造成任何不快。如果说……我只是说如果，真的发现片桐客人在伪装成一位视觉障碍者，这件事情本身也没有触犯法律。她还是我们饭店十分珍视的客人，不会有任何改变。"

"但是她给你还有服务生带来了不少麻烦呢。"

"那种程度根本就算不上麻烦。还有很多更加棘手的客人。不管怎样，这一点你一定要答应我。拜托了。"尚美说着低下了头。

"请抬起头来。这件事我答应你。不用你说，我现在也没想对那个人怎么样。只是留心观察而已。"

"拜托你了。观察这种行为，也会让人不高兴。"

"这个我知道，看来还是不相信我。"新田说着露出了不悦的表情，一边挠着鼻子的一侧一边迈着大步走开了。

片桐瑶子再次打电话到前台，是下午六点多。尚美正常的工作时间已经结束了，可是因为新田按照惯例不肯离开前台，尚美也只好陪着。接电话的是一个新手接待员，接起来不久就把话筒递给了尚美，说道："1219

号房间的片桐女士好像有事情要拜托你。"

"电话已经转过来了。我是山岸,请问发生什么事了?"尚美问道。

"不好意思。其实是关于晚饭的事情想要和你商量一下。我听说饭店里有一间特别好吃的法式餐厅,我这样的情况一个人能去吗?以前也问过别的餐厅,有的餐厅是要求有人同行的。"

尚美的耳朵贴着话筒,不住地点头。

"当然没问题,那里应该准备了盲文菜单。"

"那太好了。"

"您预约了吗?"

"不,还没有。"

"那么,我来帮您预约吧。您晚饭的时间确定了吗?"

"这样啊,大概七点钟左右吧。"

"片桐女士您是一个人用餐吧?"

"是的,就我一个人。"

"那我一会儿就向店里的工作人员说明情况。然后,快到七点钟时我会去接你,这间餐厅的位置不是很好找。"

"如果能这样的话就帮了我的大忙了,那就拜托你了。"

"就交给我吧,那么七点前见。"

尚美刚挂断电话,就撞上了新田的目光。

"这次那个老妇人又说了什么?"

"没什么大不了的。只是关于晚餐的一点事。"尚美言简意赅地说完,新田果然又露出了一脸怀疑的表情。

"视觉障碍的老妇人要一个人去吃法国料理啊?我更好奇了。"

"你要是这么好奇的话,就伪装成客人潜入餐厅,怎么样?"

"那可不行。我作为前台接待员已经暴露长相了。况且店内还安排了其他刑警,就交给他们吧。"

"请无论如何一定注意——"

尚美还没说完,新田便抢了过去:"不要给客人造成不快,对吧?我知道了，你可真够唠叨的。"新田说着掏出了手机，打算把片桐瑶子的事情向上级汇报。

七点差十五分钟的时候，尚美离开了前台，前往1219号房间。到了房门口后尚美再次确认了时间，等到七点还差十分钟的时候敲响了房门。里面传来了一声"来了"，过了一会儿，门打开了。戴着墨镜，穿着一身套装的片桐瑶子出现在门口。

"我是不是来得有点早？"

"不，我想你也差不多该到了。"片桐瑶子说着从房间里慢悠悠地走了出来。她拄着拐杖的左手手腕上戴着一块手表。乍一看和普通的手表并无二致，可仔细一看马上就会发现那是盲人专用的手表。表面的玻璃盖能够打开，可以用手触摸里面凸起的表盘确认时间。

然而让人想不通的是，片桐瑶子的双手依然戴着手套。戴着手套还能确认时间吗？还是说到时候会摘掉手套呢？

"怎么了？电梯不是在这边吗？"片桐瑶子问道。

"啊……真是失礼了。请您扶着我的胳膊吧。"尚美说着牵起了片桐瑶子的右手，让她抓住自己的手臂。

那间法式餐厅在饭店的顶层。尚美在预约时已经和店里说过了片桐瑶子的情况。尚美两人到达后，相识的餐厅经理马上笑容满面地迎了上来。在他的引导下，尚美把片桐瑶子带到了一个靠窗的座位。不用说，让片桐瑶子坐在这里并不是为了方便她欣赏夜景，而是餐厅方面考虑到她坐在角落里的座位会比较踏实安心吧。其他餐桌上都摆放着装有餐巾的盘子、叉子、刀、杯子，甚至还装饰了鲜花，可是片桐瑶子面前的桌子上没有摆放任何东西。据经理说，他们餐厅设想了视觉障碍者前来就餐的场景，已经对员工进行了充分的培训。接待这类客人，关键在于向他们介绍料理内容的同时，要向他们详细地讲解餐具在餐盘上的摆放位置。

"那么，我就先告辞了。您有任何事情，都请尽管吩咐店里的工作人员。"尚美对片桐瑶子说。

"太感谢了，真是帮了我大忙了。"

"您不要客气。"

尚美向餐厅经理点头致意,离开了片桐瑶子的餐桌。可是尚美走出餐厅后,忽然间觉得有些好奇,于是躲在暗处观察起片桐瑶子的一举一动来。

最好奇的还是那双手套。她是不是就餐时也不打算摘下来呢。

这时一个年轻的侍应生站到了片桐瑶子的身旁,递上了菜单。此时她依然戴着手套。虽然打开了菜单,但是并没有要触摸的意思。

侍应生好像在对片桐瑶子介绍什么,她不住地点头回应。看起来好像已经点好了菜,侍应生从片桐瑶子手里接过菜单,行礼后走开了。

尚美快步上前去追刚才的侍应生。在他进入厨房之前,叫住了他:"不好意思,能耽误你点时间吗?"

年轻的侍应生一脸费解地回头问道:"怎么了?"

"能让我看看菜单吗?"

"是这个吗?"

尚美打开菜单。细小的颗粒规则地排列着,但是并没有任何文字,只是在开头标记着数字。也就是说,一般的健全人是看不懂的。

"片桐女士用这个点菜了吗?"

"没有。这个菜单里只有一些固定的菜品和套餐,今天的特别料理是我口头为她介绍的。然后,她就决定点大厨的推荐料理。"

"嗯……"

"有什么问题吗?"

"不,没什么。耽误你工作了真是不好意思。"

尚美把菜单还给侍应生,快速转身离开了。

就在那一瞬间,尚美和片桐瑶子的目光相遇了。不,应该说是感觉和她目光相遇了。因为尚美看到了戴着墨镜的片桐瑶子急忙别过了脸。

这是说明片桐瑶子从刚才就一直盯着和侍应生说话的尚美吗?

难道说——尚美将目光从片桐瑶子身上移开,低头向出口走去。尚美的心里浮现出了一种不祥的预感。

7

新田手表上的时针显示，已经过了夜里十一点。只要向办公楼的会议室一靠近，就能闻到从里面散发出来的烟臭味。即使大门紧闭也不能阻止烟味的扩散。新田做了一个深呼吸，憋着气打开了门。

在混浊的空气中，新田看到了几个刑警的身影。其中一个正是本宫，他坐在椅子上双手交叉抱在胸前，闭着眼睛。

新田在本宫旁边的条形长椅上坐了下来。本宫睁开了眼睛："嗨！"

"您辛苦了，系长呢？"

本宫哼一声从鼻子里出了一口气，脸上浮现出了苦笑。

"系长两小时之前已经回本厅去了。好像和管理官一起去向课长汇报情况。因为案情到目前为止毫无进展，上面似乎也开始急躁了。"

"这个着急也没有用啊，我们潜入饭店内部的侦查也才刚刚开始而已。"

"问题就在这里。连让警察混进饭店这种近乎荒唐的计策都使出来了，如果不查出点头绪来实在是说不过去。不过我们也没有办法，只要案犯没有动作，我们也无法采取任何对策。只要有客人表现出一点不正常，我们都会留意，可是所有的怀疑都扑了空。"

"就是。那个女客人怎么样了？"新田问道。

本宫深伸出小手指挠了挠细长眉毛的上方："你是说那个叫片桐瑶子的客人吧，有视觉障碍的那位。"

"是的。她应该在餐厅吃饭。我向系长提议派一个刑警去盯着点。"

"这个我知道。是我装作客人过去的。"

"本宫前辈你？去法式餐厅？而且还是一个人？"新田不由自主地瞪大了眼睛。

"是一个人啊。怎么了，我不行吗？"

"不，不是这样。"新田费了好大的劲才忍住没有笑出来。光是想想面相有些吓人的本宫，一个人正襟危坐地在那里吃饭的样子就觉得很好笑。

"那么，你怎么看？"

73

本宫歪着嘴，揉着自己的脖子后面说道："从表面上看，没有发现什么特别之处。如果说她是伪装成视觉障碍者的话，似乎也有点像。但没有发现决定性的行为。也许是我的观察力不足吧。"

"手套呢？"

"一直戴着。吃饭的时候也是，没有摘下来过。这一点确实有些奇怪，可也不能说绝对可疑。也许她有什么难言之隐呢。"

"话虽如此……"

本宫把胳膊支在会议桌上托住了腮："即使那个老妇人真的在演戏，和我们在查的案件也没什么关系。从目前为止掌握的信息来看，案犯肯定是男人。第一个人是勒死的。第二个人是掐死的。第三个人是被钝器击中而死。这些女性是不可能做到的。特别是那个看起来有些羸弱的老妇人，更是不可能。"

本宫这番言论，新田无法反驳。就连他自己也曾经对能势断言犯人不可能是女性。

"那就这样吧，我也准备回去了，"本宫说着站了起来，"那么，明天见啦！"

新田也回应了一声："辛苦了！"在距离这间饭店徒步约十分钟的久松警察署里，有为本宫等人设立的临时休息室。

新田走近了贴着密密麻麻的人脸特写照片的白板，粗略浏览了一下所有内容。发生在品川的上班族谋杀案，发生在千住新桥的主妇谋杀案，发生在葛西的高中老师谋杀案——除了在案发现场都留下了一串奇妙的数字，看起来没有任何关联。正因如此，新田等人才潜入饭店来调查。但是用这种方法究竟能不能找出凶手呢？对这个问题的担心一直萦绕在新田心里。比起现在的这种方法，是不是对目前为止发生的案件进行彻底的调查更能快点破案呢。一想到在自己伪装成饭店前台期间，其他刑警可能正在外面查得热火朝天并且不断有所突破，新田就有些坐立不安了。

这个想法让新田有些消沉，头也剧烈地疼起来。大概睡眠不足的缘故。最近一段时间，新田每天只睡两三个小时。

新田走出了会议室。上面一层是客房部的办公室,还设有更衣室和员工休息室。新田想去那里睡一会儿,便往楼上走去。

来到办公室后发现在公用桌上好像有一个人。只是一个背影,看不见长相,但是穿着前台接待员的制服。好像趴在桌子上睡着了。

新田放轻脚步走过去。马上就意识到那是山岸尚美。她面前放着一个笔记本电脑,电源没有切断。桌面上还散落着几张打印后的A4纸。

新田走上前,看了一下电脑屏幕,显示的似乎是杀人事件的新闻报道,但是和新田在查的案子没有关系。

新田拿起了桌子上的打印纸。上面印着关于杀人事件的消息。而且是新田熟知的品川冈部哲晴被杀事件的报道。

新田又浏览了一下其他纸张。每张都是最近发生的杀人案件的新闻报道。其中有几张正是新田等人最近在追查的连环杀人案的报道。

看到这里新田明白了。到目前为止他只对山岸尚美说过发生了三起连续杀人事件,但没有说明具体的案情。还有,为什么断定下一起案件会发生在这间饭店,也没有对她说过。但是山岸尚美抑制不住自己的好奇心,想要靠自己来搞清楚事情的原委,所以才想把最近都内发生的杀人案逐一调查一番,才打印出了那么多的新闻报道。

新田站在山岸尚美的身旁,轻轻地拍了拍她的肩膀。

不一会儿山岸尚美缓缓地坐直了身体,然而还是闭着眼睛。她的身体前后微微晃动了几下,睫毛颤动着,眼睛终于睁开了一条缝。

"山岸。"新田叫道。话音刚落,尚美像是受到了电击一般,猛地挺直了后背,瞪大了眼睛。尚美就这样仰视着新田:"啊,新田……你什么时候来的?"

"刚过来。你在这种地方睡觉会感冒的。"

山岸尚美把手贴在自己的脸上,坐在那里一动也不动,脑子还处于混沌的状态。但是她似乎注意到了桌面上散落的资料,慌张地收拾了起来。

"你别收拾了,刚才我已经看到了。"

尚美停下了手里的动作,过了一会儿又继续整理起来。"你一定是想对我说别多管闲事吧。"

"与其说是多管闲事,不如说是没有必要这样做。我已经说过很多次了,查案的事情交给我们就可以了。你不应该过多地干预这件事。"

"这完全是我自发的行为,我认为也没有给你添麻烦。"

"我没说你给我添麻烦了。我也是为了你好才劝劝你的。因为我的缘故,让你这么晚了还得留在饭店里,我心里很过意不去。所以我才希望你在下班的时候能好好休息。"

"如果你真这么想的话——"说到这里,山岸尚美的话戛然而止,轻轻耸了耸肩,继续说道,"不,也没什么。"

"你想让我把一切都告诉你吗?"

"你不是说不能告诉普通人吗,所以我也不问了。"尚美关上电脑,站起来说道,"辛苦了,晚安!"

"那位老妇人。后来没有再说什么吗?那位自称有视觉障碍的老妇人。"

正准备往更衣室走去的尚美停下了脚步,回过头:"不,什么都没有。那位客人又有什么问题了吗?"

"没有,只是我始终觉得她很可疑,"新田用手指在鼻子下面蹭了蹭,"还是多注意些比较好。"

"我白天已经说过了,即使那位客人确实在演戏,只要她的行为与犯罪无关,我们对她的态度就不应该有任何改变。"

"从你刚才说的话里可以看出,你也在怀疑那个人在演戏吧。"

"也许吧。但是我并不想去确认这一点。"

"根本不需要确认。就是在演戏。虽然还不知道她的企图是什么。"

尚美深吸了一口气后,对新田说道:"在饭店里我们会遇到各种各样的客人。其中,会有一些客人个性十足。但是,如果单凭客人的特殊举动,就怀疑他有企图是不是有些失礼呢。经过浴袍那件事,我已经见识到了新田你敏锐的洞察力。这是我要向你学习的。可是,我也说了很多次,只要客人的行为没有违法,我们就应该装作不知道。还是说,在你们正在调查的案件里,有什么证据显示与那位客人有关系吗?"

新田缓和了脸上的表情，摇了摇头说："那倒没有。应该没有关系吧。但我不是那个意思，我是为了饭店和你着想才这么说的。伪装成视觉障碍者这种行为本身，已经是在欺骗周围的人了。没有人会毫无目的地撒谎。所以你还是多留心一些好。"

听了这番话，山岸尚美用一种迎战对峙的眼神看着新田。反驳的话好像已经到了嘴边了。

然而尚美的这种情绪瞬间就消失了，嘴角也一下子松弛下来。"谢谢你的忠告。在怀疑他人这件事情上，你是专业人士，你的意见我会放在心里的。但是，我也有作为一名专业的饭店从业人员的骄傲。我想要相信自己的判断。那位客人，只要和你们正在调查的案件没有关系，就交给我来处理吧。"

"你是说叫我不要插手这件事是吗？"

尚美的脸上露出了一丝参杂着讽刺意味的微笑："你不也是一样吗？不想让外行人插手查案的事。"

新田面露不悦，点了点头说："算了，随你便吧。"

山岸尚美又重新说了句"晚安"，朝更衣室走去。

休息室和更衣室的方向相反，正在新田准备转身离开时，上衣兜里的手机响了起来。新田掏出手机看了一眼来电显示，是能势打来的。新田想起了他说过今天深夜计划偷偷返回白天预订好的房间。

"我是新田。"

"我是能势。辛苦了。"

"你已经回饭店了吗？房间里的床睡着还舒服吧。"

"哎呀这个嘛，我还有许多琐碎的事情要处理，看来今天晚上是过不去了。真是可惜啊。"电话那头的声音里笼罩着沮丧的情绪。

"真是活该。"新田在心里暗暗咒骂着，嘴上却说，"那可真是太可惜了，好不容易才预约了一间那么好的房间。"

"就是啊。所以说，如果空着不住就太可惜了，所以才给你打这个电话。"

"那你的意思是？"

"新田，反正你也要找个地方休息吧。如果这样，不如今晚你就去那间房睡吧。"

"欸？不行，这样不合适吧。"

"为什么？如果在单人房里住两个人确实是违反规定的，如果是你一个人去住的话，应该没有任何问题。"

"我不是指这个。我是说那个房间是你预订的，应该属于你，我可不能占用。"

"现在不是我不能过去没有办法了吗？如果你过去住，我的心里多少还能平衡些。白白空上一晚的话，我花的这份大价钱就毫无价值了。"

新田沉默了。能势好像并没有想过要免掉这笔住宿费的支出。

能势预订的是1015号房间。新田的脑海里浮现出了那个房间舒适的样子，如果谁都不去那间房住的话，确实是很浪费。

"你今天晚上确定不能过来了吗？"新田再次向能势确认。

"恐怕确实回不去了。手头的工作完全看不到尽头。等到案件告一段落了，我怎么说也要悠闲地去住上一晚。所以说，你今天晚上就安心在那里休息吧。"

新田把手机从右手换到了左手，开始向出口处走去。

"我知道了。如果这样的话，那我就去住吧。不过，住宿费由我来承担一半吧。"

"哎呀，这可不行。这样的话就变成我给新田你添麻烦了。是我自己预约了房间又办理了入住，不管是浪费了还是什么，都是我个人的责任。怎么能让新田你出钱呢？"

"可是——"

"这一点你就不要担心了。我会在明天退房之前到达饭店，账目也都会结清的。那个，房卡的事情你有办法吧。"

"嗯，总有办法的。"

"那太好了。那么，就请好好休息吧。晚安！"能势自顾自说完后就挂断了电话。

新田走出办公楼,先到前台拿了万能卡,然后向1015号房间走去。

房间里当然还保持着白天的样子。床单上还有新田坐过的痕迹。新田揭下了床单,连制服都没脱就把自己扔到了床上。和休息室的床相比,这里的床真是舒服太多了。

新田不禁开始回想自己有多久没有住过东京的城市饭店了。各种各样的回忆在脑海里飞驰而过,最后新田想起了五年前和当时的女朋友一起住的那次,应该就是最后一次。那天好像是白色情人节。虽然在新田看来,这不过是糖果工厂操纵的一个销售噱头,可当时的女朋友要求他搞点纪念活动,于是就带着她去住了能看见海的饭店。第二天早晨,还收到了警局的紧急呼叫,导致不得不前提早办理退房手续,可是当时女朋友却一直在洗手间里磨蹭,新田回想起了当时那种急躁不安的心情。记得她好像是因为化妆耽误了很多时间。

不久之后,新田就和女朋友分手了。因为新田对她松散的生活方式感到无奈,对方好像也受不了新田的木讷迟钝。

在回忆起往昔点点滴滴的过程中,新田脸上的表情也松弛了下来。虽然是有些苦涩的回忆,可是回想起来也是不错的经验。如果没有那些经历,可能也不会去住城市饭店吧。

是的,住在东京的人一般是不会去住东京的城市饭店的——这次案件的犯人,是哪里人呢。目前已发生的杀人事件,都是在东京都内发生的。这样看来,罪犯要么住在东京,即便不住在东京,也是在距离很近交通很方便的地方,这个推测应该没错。

有计划实施犯罪的人一般会选择自己熟悉的地方下手。饭店这种地方虽然只是一幢楼,但由于内部结构复杂,用一个小镇来形容也不为过。也就是说这次的罪犯,应该是住在东京或者是东京近郊,并且平时使用饭店的频率很高。

是什么样的人呢。

新田坐了起来,环视了室内一圈。当目光落到房门上时,他停了下来。以前稻垣等人也讨论过这个问题,不管饭店是一个人员出入多么频繁,混杂纷乱的空间，但几乎找不到一个不被人注意并可以杀人行凶的地方。最有可能行凶的地方只能是客房了。如果想要杀掉住在客房里的人，会采取什么手段呢。

如果和被害者住在同一个房间里，实施犯罪就简单了。只要让被害者办理入住手续，自己晚一点进入房间，动手杀人就可以了。需要注意的可能只有摄像头。如果没有约定一起入住，只要和被害者认识，想要在房间里与被害者单独相处应该也不是什么难事。

但这样说来，凶手也没有必要特意选择饭店作为犯罪场所。只要认识，把被害者约到一个更加没有人注意的地方应该也不难。

如果是陌生人，在客房里实施犯罪就难上加难。因为基本上没有人会轻易地让陌生人进入房间。即使有人敲门，在了解对方的身份之前，一般人也不会开门的。

目不转睛看着门口的新田，微微挪动了一点视线。在门锁上面，有一个塑料房卡插口。进入房间以后要把房卡插到里面。现在里面放着的就是新田刚刚拿来的万能卡。

新田脑海里突然蹦出了一个想法。同时，心跳骤然加速，使得新田的胸口有些闷痛。

新田向门口走去，拿起了万能卡一动不动地注视着。新田开始在脑海里整理刚才一闪而过的念头。

确实有这种可能性！

如果相互之间不认识，想要接近房间里的客人是很难的。但是对于一部分人来说，这件事又很容易——只要使用万能卡就可以轻松做到了。当然了，如果在里面反锁或者使用内锁，是没有办法进入房间的。但是并不是所有的住客都会留心锁门。只要多试几个，肯定会有不上锁的。

案犯为什么选择这间饭店作为下一个杀人现场呢，这个疑问，有一个特别合理的答案。

——案犯就在这间饭店里。

8

按照惯例，尚美在交班之前就来到了饭店，到了之后，她马上抓住了一个手头空闲的新人接待员，首先询问了片桐瑶子的情况。新人说似乎没有什么异样，尚美也暂时松了一口气。

不一会儿，久我和川本等人也出勤了。互相打过招呼之后，便开始了和夜班人员的交班。包括每个房间的房费，宴会和酒水消费的计算，重要事项的传达等等，需要交接的工作很多。

"怎么不见你的学生呢？"完成了工作交接，准备开始前台的接待工作时久我对尚美说。

"是啊，我也发现他不在。应该还在办公楼吧。"

"嗯，看来刑警也有睡过头的时候呢。"久我说着露出了洁白的牙齿，就在这时，川本嘟囔了一声"啊，来了"。

尚美转过身去。看见穿着前台接待员制服的新田，正从电梯间里走出来。

"对不起，我来晚了。"新田恭敬地低头道歉。

"你不是在办公楼吗？"尚美问道。

"没有，我去巡视了一下客房……"

"巡视？"

"是的，我想看看在楼梯间或者走廊里有没有放置可疑的物品。以防万一去巡视一圈。并没有发现什么异常。"

"如果是这样倒也没关系，可是要和其他人说一声，我们还正在纳闷呢。"

"我知道了，真不好意思。"新田很少见的直接道了歉。

尚美这时看见新田脑后有一撮头发翘了起来，于是指着翘起的位置说："你的发型睡乱了。"

"啊。"新田说着用手按住了头发，随后打开门进入了后面的办公室。

没过多久办理退房业务的客人渐渐多了起来。尚美也进入了前台，应对起繁忙的业务。

这时，一位身材矮胖的男子从正面大门走了进来。尚美记得见过这个人。

他就是新田说过的同一片区的刑警。自称山本，但不知道真名是不是这个。

男子来到尚美的面前，拿出了房卡要求退房。

"山本客人，请问您消费了冰箱里面的饮品吗？"

男子忽然露出了尴尬的神情："欸，冰箱吗？"

这时从后面传来了一声"没有使用过"，说话的人是新田。

"欸？"尚美纳闷地向后看去。

"没有用过。请按照没有冰箱消费的标准给他结账吧。"新田面无表情地说。

尚美交替看着两个男人。那位自称山本的男士像收到了惩罚一样显得不知所措，而新田则不理不睬。

尚美心想这里一定有内情，嘴里说道"请稍等"，就开始了精算手续。

退房的截止时间是上午十一点。还差五分钟到十一点时，前台的电话响了起来。久我接起电话后马上叫来了尚美，说道："是1219号房间的片桐女士打来的，好像要直接跟你说话。"

尚美心里咯噔了一下。这次又是什么事呢。尚美拿起话筒："电话换人接了，我是山岸。"

"这么忙的时候打扰你真是不好意思。退房时间马上就要到了吧。"

"没关系，稍微延迟一会儿也没问题，您慢慢收拾准备就行了。"

"哎呀，实际上我遇到了点问题，想要拜托你帮忙才打了电话。"

尚美不由得握紧了话筒："请问是什么事呢？"

"对于健全人来说倒不是什么问题。其实是我有点东西找不到了，应该就在这个房间的某个地方，可是怎么都找不到了。"

听声音正在找东西呢。

"知道了。我现在就过去。"

"是吗？不好意思麻烦你了。"

"您客气了。"

尚美挂断了电话，跟久我说明了缘由之后离开了前台。

"山岸，"又是新田追了上来，"我一起去可以吧。"

尚美皱起了眉头："两个人一起过去，对方会觉得很奇怪。"

"她怎么会知道我们是两个人呢？"

"我昨天已经说过了，视觉障碍者光是凭脚步声就能判断出有几个人。"

"你就说你带了一个服务生一起过来的。难道她凭衣服的摩擦声还能判断出服装不成？"

电梯门开了。

"你自便吧。不过，你不能擅自进入房间。"

尚美说着走进了电梯，新田也跟着走了进去。

尚美敲响1219号的房门，里面传来了应答声。大约十几秒后，门开了。片桐瑶子看起来已经穿戴整齐，收拾妥当，也戴上了墨镜。连手套都戴上了。

尚美说了声"让您久等了"。

"让你特意跑一趟真是抱歉。"片桐瑶子似乎很不好意思。新田就站在尚美的身后，但看上去片桐瑶子并没有感觉到他的存在。

"没关系，您要找的是什么东西？"尚美问道。

"也不是什么太要紧的东西。你还是先进来吧。"

尚美嘴里说着"打扰了"迈进了房间。新田就站在走廊里。房门关上了。

"实际上啊，我要找的是这个，"片桐瑶子指着自己上衣的衣襟处，"这里有一颗扣子不见了。"

"啊……"

的确，从上面数第二颗扣子不见了。

"昨天，我在房间里脱掉衣服的时候还在的。可是，刚才我穿衣服的时候就发现没有了。"

"我明白了。请您先坐下，稍等一会儿。让我来找找。"

"真是不好意思。"片桐瑶子用手摸索着确认了床的位置，坐了下去。

尚美扫了一眼床上。在视线范围内没有发现扣子。然后跪下趴在地上，桌子下面，柜子下面，甚至连床下面都找了。尚美一边找，内心却在和自己的疑惑交战。这个人真的是视觉障碍者吗？如果说她在演戏的话，她为什么要这样做?

莫非她是故意来找茬儿的?尚美心里冒出了这样的想法。是不是以前住在这里的时候有过什么不愉快的经历,为了报复才这样做的?

"看来还是没有找到啊,"片桐瑶子说。

"非常抱歉。"

"你不用道歉,都是我自己不好。"

"可是……"尚美正想说些什么的时候,传来了敲门声。应该是新田吧。

"服务生还在外面等着呢。我能稍微出去一会儿吗?"

"哦,请便。"

尚美走近门口,只把门打开了一个小缝。新田面无表情地站在外面。

"里面什么情况?"

"我正在找扣子呢。"

"扣子?"新田一脸讶异地皱起了眉头。

"这里我一个人就可以了,你快回去吧。"尚美故意快速说完,无视还想详细询问的新田,直接关上了房门。

"真是给你们添麻烦了。"身后传来了片桐瑶子的声音。

尚美面向她,微微一笑。

"请不要多虑。比起这个,片桐女士,您看这么办好不好?您在前台办理退房手续的期间,我会安排房间保洁员来打扫房间。他们肯定能找到——",说到这里尚美突然停住了。在片桐瑶子的脚下,紧靠着床边的地上有一颗黑色的扣子。

尚美走过去,把扣子捡了起来。

"片桐女士,是不是这个?"尚美抓起了片桐瑶子的左手,把扣子放在她的手里。

片桐瑶子用右手把扣子拿了起来。中途脸上的表情放松了下来,重重地点了点头。

"就是这个。不会有错的。太感谢了。你在哪里找到的?"

"就在您的脚下。刚才我好像没有注意到。"

这是假话。床附近尚美已经看过好多次了。只有一种可能,就是在自己和新田说话时片桐瑶子放在那儿的。

她为什么要做这种事情呢——一团灰色的疑云萦绕在尚美心头。

"太好了,这样我就可以出发了。"片桐瑶子微笑着站起身来。

尚美一直把她带到了前台,开始为她办理退房手续。新田一脸疑惑地直往尚美这边看,但尚美尽量避开了新田的视线。

虽然不知道这位老妇人为什么要伪装成视觉障碍者,可是尚美心里想,只要她能尽快退房离开就好。

如果她只是为了来找麻烦,那么只要她本人觉得达到目的心满意足了,就这样算了吧。

片桐瑶子用现金结了账。只是她在从钱包里取出现金时并没有看钱包,只是用手触摸就准确地拿出了相应的纸币和硬币。看着眼前的这一幕,尚美心头又涌出了另一个疑问,如果只是为了来找麻烦,演技能够精湛到这个程度吗?

"山岸小姐,"办完了所有的手续之后片桐瑶子又对尚美说,"你能送我到大门口吗?"

"那我叫一个服务生过来吧——"

片桐瑶子缓缓地摇了摇头:"我想让你送我过去。"

尚美撇了一眼旁边的新田,深深吸了一口气:"好的,我这就带您过去。"

尚美走出前台,带着片桐瑶子向正面大门走去。新田跟在后面。

两人马上要走到饭店正面的自动门时,片桐瑶子突然把手从尚美的胳膊中抽了出来。"欸?"尚美心里一惊,转向了片桐瑶子的方向。

片桐瑶子站定了身体,径直面向了尚美。隔着墨镜的双眼,睁得好好的。

"怎么了?"尚美疑惑地问道。

"山岸小姐,"片桐叫了尚美的名字后,脸上绽开了笑容,"真是要好好谢谢你。还有,对不起,我发自内心地向你道歉。"

"欸?"尚美完全愣住了。

片桐瑶子这次没有用拐杖,迈着矫健的步子走近了尚美:"你应该已

85

经注意到了吧？实际上我的眼睛是能够看到的。昨天晚上，你在餐厅跟服务生说了些什么吧。那个时候我就知道了。啊！在这个人面前已经暴露了。你是从什么时候开始怀疑的呢？"

"要说什么时候……"尚美与站在稍远处的新田对视了一下，又把目光转向了片桐瑶子，"应该说是在办理入住的时候吧。不，确切地说一直都没能完全确认。"

"这样啊。我从一开始就露馅啦。果然还是不行啊。我还以为自己演得很好呢。"

"那个，您为什么要这么做呢？"

片桐瑶子低下头正了正墨镜的位置，嘴角微微动了一下，脸上露出了少女般害羞扭捏的神情。

"过段时间，我丈夫会到东京来。说是要见见老朋友。这件事本身倒没有什么，可是有一点我始终不放心。实际上，我的丈夫是视觉障碍者。"

"啊！"尚美不由自主地发出了一声惊呼。

"他从来没有一个人在外面过夜旅行。一直都是我陪在他身边，处处照顾他。但是这一次，他要求一个人出来。因为那一天我也有很重要的事情，是我好朋友女儿的结婚典礼。他知道我一直都很期待出席这次典礼，所以他这次无论如何都不让我陪着他了。虽然我说了，不参加那个仪式也没有关系，可是他坚持不肯接受。"

听到这里，尚美终于明白了个大概。

"难道说，您这次是给您的丈夫踩点来了？"

片桐瑶子好像很满意似的点点头。

"就是这么回事。如果是当天往返，我丈夫以前也一个人出去过，所以交通设施什么我倒是不太担心。最担心的还是在住宿的地方会不会遇到什么麻烦。于是，我就查了一下哪间饭店在这方面能叫人放心。我得知一些残障人士对你们饭店的评价很好。但是，我还是想亲身体验一下。想看看你们能对视觉障碍者提供怎样的周到细致的服务。"

"那么您觉得我们的服务怎么样呢？"

面对尚美的这个问题，片桐瑶子微微挺起了胸膛："你们的服务超过了我的预期。我非常满意。当我说我能通灵的时候，你也爽快地答应了我换房间的要求。实际上我的丈夫和我一样，不，应该说他比我的感应能力更强。所以我无论如何都必须要确认一下你们会不会以通灵为理由给我更换房间。坦白说，你们最初给我安排的房间，好像是1215号房间吧，那个房间并没有什么问题。"

"原来是这么回事啊。"

"这件事对于你来说，简直就是从天而降的大麻烦吧。我再次向你道歉。"片桐瑶子鞠了个躬。

"那么，您在办理入住的时候，为什么选择了我呢？"

"这一点我可没有说谎。我特别看重人与人之间的气场是否合得来和自己的直觉。我凭感觉认为应该把这件事交给你。这是真的。"

"是这样啊。不过最重要的是您对我们的服务满意。"

"刚才我让你帮我找扣子的时候，心里真的很难受。你明明知道我是伪装成视觉障碍者，还跪蹲在地板上帮我找扣子，我很不忍心。但同时我也确信了一点。可以把一切交给这个人，住在这间饭店也完全可以放心。"片桐瑶子把套在手套里的右手伸了出来，接着说道，"我丈夫过来之前会和你们联系的。可以交给你吧？"

尚美抓住了对方的手："当然了，没有问题。"

"你是不是觉得这个手套有点奇怪？"片桐瑶子问道。

"有一点……"

"嗯，果然是这样。以前，为了保护丈夫，我曾经被热水烫伤过。带上手套是为了掩饰留下的伤疤，还是很不自然吧。"

因为不知道该如何回答，尚美只得报以微笑。

"那么，我丈夫的事情，就拜托你了。"

"请您转告您的丈夫，我们会恭候他的光临的。"

听了尚美的话，片桐瑶子点了点头，满意地走出了饭店大门。她阻止了追出来的服务生，独自乘坐出租车离去了。

目送出租车走远之后，尚美没有马上返回前台，而是靠在了旁边的柱子上。她感觉自己身体里的力量好像被抽空了。

新田走到尚美身边，嘟囔着："真是让人大吃一惊啊。"

"你之前说的是对的。饭店里的客人形形色色。怎么都想不到她竟然是来给丈夫踩点的。真伤脑筋！"新田的话语中充满了无奈。

尚美轻轻地摇了摇头。

"我也不能净说冠冕堂皇的漂亮话。老实说，我也怀疑过那个人。也担心她是不是企图搞破坏而充满了警戒心。然而她却很满意，还得到了她由衷的感谢。作为一名饭店从业者，我感到很羞愧。"

尚美用双手捂住自己的脸颊，不知为何感到脸颊有些发烫。

新田从上衣兜里拿出了一张纸，有些踌躇不决，最后还是递给尚美："你看看这个吧。"

纸上记录着以下数字：

45.761871

143.803944

45.648055

149.850829

45.678738

157.788585

"这是什么？"尚美问道。

"就是你一直想知道的，"新田回答说，"预言下一次案件会发生在这间饭店的暗号。"

9

东京柯尔特西亚大饭店的结婚仪式服务处在二层。新田看了一眼，现在有两组情侣正在咨询中。有专门的工作人员分别对应他们。中间用屏风隔开了，所以他们应该看不到彼此。

其他桌子是空着的。尚美一直走到了最里面。

"这里好，最适合密谈了。"坐下来之后，新田满意地说道。

尚美打开从办公室拿来的笔记本电脑，联上网。因为新田说想厘清事情的始末，使用网络比较方便。

"准备好了。"尚美说道。

"那就开始吧。"新田把刚才的那张纸放到了桌子上。上面排列着六组复杂的数字。"凶手在案发现场留下的信息，实际上就是数字。在每一个案发现场都留下了两组奇妙的数字。目前为止共发生了三起案件，所以一共有六组数字。"

尚美再次看着纸上的数字。每组数字中间都有小数点，毫无规律。当然，尚美对数字代表的含义完全没有头绪。

"最初的案件发生在十月四日。案发地点是品川。案发现场是距离临海线品川海滨站步行约五分钟的一个停车场。写着数字的纸，被放置在被害者车内的座位上。就是最上面的两组数字。"新田用手指了指六组数字中上面的两个。

45.761871

143.803944

"第二起案件发生在十月十日。地点是千住新桥附近的建筑物施工现场。被害者是一位中年女性，在她的衣服下面发现了记录着数字的纸。确切的说，数字并不是写在纸上的，而像是用从报纸或者杂志上剪下来的印刷字贴上去的。就是这里的第三组和第四组数字，"新田的手指，微微往下移动了一下。

45.648055

149.850829

说到这里新田抬起头，嘴角不动声色微微上扬了一下："怎么样。这些数字代表的意思，明白了吗？"

尚美猛地抬起头，瞪着新田："单凭这么一点线索和提示，我怎么可能知道呢。"

"说的也是，"新田淡然地说，"我们也一样，完全不知道这些数字代表了什么。两起案件也找不到什么共通点。因此，还一度出现了是不是只是碰巧都在案发现场留下了相似的数字这样的说法。但是就算是偶然，那些数字也太过类似了。就在我们一筹莫展的时候又发生了第三起案件。那是十月十八日，地点是葛西立交桥下面的道路上。被害者是一位正在跑步的高中老师，在他的运动外套的兜里，找到了记录数字的纸张。"新田指向了最后两组数字。

45.678738

157.788585

"现在怎么样？意识到数字的秘密了吗？"

"完全不知道，"尚美丝毫不假掩饰，"而且你刚才不也只说了案发时间和地点吗？单凭这些，怎么可能解开谜团呢？这显然是不可能的。"

这个说法似乎正中新田下怀，他点了点头，身子向前探着："是的，就是时间和地点。数字说明的就是这个意思。"

"欸？"尚美再次向把目光投向记录着数字的纸面上。

"请注意数字是成对出现的。成对使用的数字，应该有不少吧。比如说人左右眼的视力，体重和身高，长方形的长和宽，嗯……还有什么来着？"

"房费和服务费。"

"真不愧是饭店员工。"

"还有基本工资和奖金，支付金额和扣减金额，活期存款和定期存款。"尚美把脑海中想到的都说了出来。

"真了不起。看来你很喜欢说关于钱的话题。"

尚美一下子被呛得沉默了。

"我只是碰巧先说出了那些。我还想到了更多其他的例子。比如说到达日和出发日，ID和密码等等。"

"说到ID和密码，全是数字的应该很少见吧。安全性会大打折扣的。暂且不提这个，在饭店用语里，实际上房间号已是由两组数字组成的吧。"

因为不知道新田刚才那番话的用意，尚美只是侧着头。

比如说，新田举起了食指接着说道："3810这个房间号。一眼看上去像是一个数字，实际上却包含着两层含义。前两位数字38表示的是楼层数，后两位10表示的是房间在该楼层所处的位置。这个我就不用对你解释了吧。"

"你这么一说确实是……因为太理所当然了，所以从来都没有特别留意。"

"像房间号这样，为了表示某个地点而使用两个数字的情况有很多。许多饭店的停车场也有B15这样的标记。但是，有这样一组数字，能够准确定位地球上的任何一个地点。说到这里你能明白了吗？"

听到了地球这个字眼，尚美脑海里浮现出了地球仪，因此答案也脱口而出。

"是经度和纬度！"

"完全正确，"新田指着纸上的数字说，"这些数字就是表示经度和纬度的。"

"啊，"尚美开始打量纸上的这些数字，"这个倒是出乎意料的简单呢。"

"可是，事情并没有那么简单。数字代表经纬度的想法，其实一早就被提出来了。但很难运用到实际中。下面该互联网出场了。只要输入经度和纬度，就能显示出该位置的地图。你先进入操作界面。不，还是我来吧，这样比较快。"新田把笔记本电脑朝向了自己，熟练地敲起了键盘。

终于，新田所说的网站出现了。上面有一个能够输入检索内容的细长的搜索栏。

"把第一起案件现场留下的数字先输入进去，看看会出现什么结果？"

新田输入了两个数字后，点击了检索键。屏幕上马上就出现了谷歌地图。可是，最终只出现了一片青色，怎么看也不像是地图。

"这个是什么啊？"

"是什么呢？看不出来的话我们变换一下比例尺吧。"新田说着不断增大地图显示的比例尺，终于在地图边缘出现了陆地。那么刚才看到的应该是大海。在继续扩大比例尺后，大陆的地址也浮出了水面。

"北海道……"

"是的，在鄂霍次克海的正北，库页岛旁边。"

"这个地点有什么意义吗？"

"在回答你这个问题之前。我们先来查一查在第二起案发现场留下来的数字。和刚才一样,把经度和纬度输进去。"

新田像刚才一样操作了一遍。出现的仍然是蔚蓝的大海。试着调整比例尺后,距离陆地似乎比上一次近一些。但依然是一个不知所谓的地方。

"这里是……"

"这里比刚才的地点向东移动了一些。在北方四岛最边界的择捉岛以东。"新田从电脑前抬起了头,"我们查到这里的时候,刑警中间还出现了一个有趣的说法。他们猜测凶手是不是想就日本的领土问题发出某种信息。"

"领土问题?"尚美从未想过目前的谈话会涉及这个词语,一时间显得不知所措。

"曾几何时库页岛和北方四岛一样,都是属于日本的领地。凶手是否想主张日本对库页岛的所有权?这样的想法也不足为奇。"

"这个我明白,可是为什么要杀人呢?"

"把它看作是一种威胁政府的手段?也就是说,如果政府再不尽快对库页岛宣示主权,就会有更多的牺牲者。"

尚美凝视着新田:"你刚才说的是认真的吗?"

新田的表情忽然一变:"这些可不是我的看法。我只是说目前有这样的说法。如果凶手留下的数字真的是表示库页岛和北方四岛,那么也只能照这个方向推测下去了。"

"这样也太……"

"但是不久之后,这些假说就都被证明是错误的了。因为又发生了第三起案件。"

新田又开始把第三起案发现场留下的两个数字敲进电脑,开始检索。画面上出现的又是一个海上的地点。新田调整了比例尺。然后发现那是千岛列岛的东北,紧靠堪察加半岛的南侧。

"这是哪里啊?"尚美脱口而出。

"众所周知的堪察加半岛。这样一来无论如何都应该和领土问题扯不上关系了。到这里我们又进入了死胡同。认为数字代表的不是经纬度的意见又占了上风。但是到底是什么意思呢？我们不得不又一次从头开始分析。"新田说道。

尚美看了看手表，叹了口气："新田，我想你应该知道，现在是上班时间。你能不能省略掉这些最终被证明是错误的过程，直接告诉我正确的结果呢？"

"任何事情都有一个顺序。关于我们如何找到正确答案的过程，我也想让你知道。之后的叙述就不会很长了。虽然可能有点无聊，不过还是请忍一下听到最后。"新田满口说教的语气。

"我倒是没有觉得无聊……"尚美含糊其词道。

"数字到底代表什么含义呢？终于有一个人注意到了一件很重要的事情。在忽略小数点之后数字的前提下，其中一个数字都是45，而另外一个数字却分别是143，149，157。这个变化有什么规律？为什么数字是递增的？这时候请再回头看看案件发生的日期。最初是十月四日，然后是十月十日，最后一次是十月十八日。日期的间隔分别是六天和八天——六和八。这个和数字的递增频率是一样的吧？"

"啊！"尚美不自觉的发出了惊叹。

新田从衣服口袋里拿出了圆珠笔，继续说道："也就是说，在这一组数字中，很有可能包含了案发当天的日期。日期就是由月份和日期两个数字组成的。于是我们用案发现场留下的一组数字分减去案发当天的月和日。"

新田在六个数字的旁边列出了简单的算式。

45.761871−10 = 35.761871

143.803944−4 = 139.803944

45.648055−10 = 35.648055

149.850829−10 = 139.850829

45.678738−10 = 35.678738

157.788585−18 = 139.788585

"经过运算后，我们再用经度和纬度来检索一下吧。"

新田把前两个数字输入到检索栏，敲击了一下回车键。屏幕上不久就出现了地图的画面。这次不是海上。

地图上出现的是东京。通过文字可以确认是千住新桥北角。

"刚才我说过了吧。第二起案件的案发现场是在千住新桥。正是这个经度和纬度指示的地点。"

听了新田的话，尚美倒吸了一口气，没有发出声音。

"再让我们看看在千住新桥现场发现的那两个数字。"

新田快速敲击着键盘。出现在画面上的是首都高速中央环线的葛西立交桥。

"第三名被害者，是在跑步途中受到袭击的吧。"尚美确认道。

"是的。地点正是在葛西立交桥下的道路上。"新田又继续说道，"你已经明白了吧。案犯在案发现场留下了下一次犯案地点的数字预告信息。虽然完全不清楚他的目的。"

"能检索一下第三组数字吗？"尚美的声音有些颤抖。

"当然了。我就是为此才铺垫了这么长的时间。"

新田把数字敲进了电脑。出现在检索画面上的正是尚美预想的结果。在地图的正中间，写着东京柯尔特西亚大饭店的字样。

"这样一来你应该就明白了吧。下一次犯罪的场所就是这间饭店的预言已经很明确了吧？"

尚美做了一个深呼吸。移开了视线。

"看来在警察中间确实有聪明绝顶的人才。这样的暗号，我觉得一般来说是无法解开的。解开这个谜团的人，一定很有成就感吧。"

"刚解开的时候确实有点，"新田一手掩着耳朵一边说道，"不过那时我可没想到会让我扮成饭店员工啊。"

尚美眨了眨眼，盯着新田：「是你解开的吗？」

新田瘪了瘪嘴，轻轻耸了一下肩膀。

"不过，我可没有自命不凡哦。说不定案犯已经预想到了我们能够解开这个谜团。如果真是这样的话，这些信息可能只是障眼法。"

"障眼法？"

"也就是说，把警察的所有注意力都吸引到这间饭店来，可能对他自己有某些好处。虽说并不清楚具体是怎样的。不过不管是哪种情况，我们目前能做的就是盯着这家饭店。"

尚美长长地舒了一口气，嘀咕道："到底案犯为什么会选中这间饭店？"

新田眼的神里再次变得认真起来，摇了摇头。

"不知道。已经发生案件的场所是如何选择的我们也不知道。但是，案犯一贯的做法确实是事先决定下一个案发现场。"

"凶手是先决定犯罪的场所，再寻找杀害的目标呢，还是先有了杀害目标，然后再根据情况决定犯罪地点？"

"这个不好说。都有可能。"

尚美以手扶额，不住地眨着眼睛。她要让自己冷静一下。虽然之前也做好了饭店被当成目标的准备，可是当确凿的证据摆在眼前时，依旧觉得受到了冲击。这真的是事实！

她再次理解了藤木总经理他们为什么向部下隐瞒了实情。如果不知道细节，或许还能冷静应对。

尚美看着新田略显黝黑的脸。

"为什么你改变主意把细节告诉我了？你之前不是一直说这是侦查行动的秘密不能透露吗？"

"那你现在是不是觉得还是不知道比较好？"

尚美低了一会儿头，然后抬起头直视着新田摇了摇头。

"不，我还是想知道。而且我已经做好准备了。"这是尚美的心里话。

新田点点头。

"我就是期待你的这种反应才将实情告诉了你。因为我觉得需要你为侦破案件提供更大的帮助。"

尚美的眉头紧锁："这是什么意思？"

新田一脸严肃的表情，将身体靠在椅背上。好像是在斟酌着接下来的遣词用句。

"我思考过凶手将案犯现场选在这里的理由。恐怕是因为这里在某方面来说对他的行动很便利吧。那么究竟是哪方面呢？我想到了两点。"新田竖起两根手指，接着说道，"第一点，目标人物已经确定，且就在这间饭店里，或者即将入住饭店。第二点是凶手在这间饭店有实施犯罪计划的条件。"

尚美不解地歪着头问道："第一点我听明白了，可是第二点我不懂。有实施犯罪计划的条件是什么？"

"就是说，"新田说到这里停顿了一下，一边窥探着尚美的表情一边继续说道，"即使突然去敲客人的房门也不会被怀疑，还不止于此，他还可以趁客人熟睡之后随意进入房间。"

"啊？！"发出了长长的一声惊叹之后，尚美理解了面前这位刑警的意思。表情一下子变得僵硬起来："你是说凶手就在饭店员工之中？"

"我只是在说一种可能性。不是完全没有可能吧？"

"绝对是零可能。我还以为你要说什么呢……这个我不相信。"

"请你冷静地想一想。凶手选择了这间饭店，肯定是有他的理由的。"

"你才应该冷静地想想。如果用那种方法实施犯罪，马上就会让人觉得是饭店内部人员的行为。凶手会犯那么愚蠢的错误吗？"

"我认为他不会那么愚蠢，到时候他一定会想出一个很好的计策。一个让人觉得案件与饭店员工无关的好办法。"

"你不要再说了，我不想听。"尚美气鼓鼓地猛地站起来，将笔记本电脑合上，夹在腋下。

然而在尚美走出出口之前，身后又传来了新田的声音："我能理解你不愉快的心情。但是，我必须怀疑任何一种可能性。不管怎么说，这可是人命关天的事。"

尚美回过头来："既然是这样的话，为什么要寻求我的帮助呢？我是凶手的可能性应该也不是零吧。"

新田站起身，朝尚美走了过去："因为我确信你不是凶手，才希望你帮助我。如果你是凶手，就不会接受当卧底刑警的培训工作了。"

"那可不一定。说不定我是为了更好地把握警察的一举一动呢。"

"是吗？那我倒要问问你，你掌握警察的一举一动了吗？今天应该是我第一次对你说起案情的内容吧。"

对新田的反驳，尚美一时之间没有找到合适的话回击。终于将目光垂了下来。

"而且你是一个相当具有专业精神的员工，"新田接着说，"即使你怀疑了对方，也能够将这种情绪完美地隐藏，采取最得体的方式去接待客人。看着你接待片桐瑶子女士的行动，我更加确信了这一点。"

"所以呢？"尚美瞪着新田说道，"让我即使怀疑自己的同僚，也要装作若无其事的样子不让对方察觉吗？——你是想说这个吧。"

新田有些烦躁地摇着头说："我并没有打算向你提出过高的要求。只是注意一下你周围的人就可以了。如果他们的行为有任何异常，能不能立刻告诉我？"

"就是让我监视我的同事们喽？"

"我只是拜托你稍微留心一下而已。我已经说过多次了，这可是人命关天的大事。"

"我拒绝，因为我相信我的同事们。我也不想用那种目光去看待他们，而且事后如果他们知道了我曾经那样看待他们，也绝对不会再把我当作一起工作的伙伴了。"

说了一声"失礼"之后尚美便转身离去了。她心里想，这次即使新田再说什么，自己也绝不回头了。可是，新田并没有再叫住她。

10

山岸尚美离开之后，新田等了两三分钟才回到一层前台。因为不想让其他员工注意到两个人进行过一次深入的秘密谈话。而且，如果被同样潜入饭店的刑警们察觉到自己把数字的秘密告诉了山岸尚美，也会很麻烦。因为这些都是自作主张。

但是新田没有后悔这样做。让山岸尚美觉得心里不痛快，是解决案件的一个必要过程。虽然刚才那样说，但是她应该做不到完全不去留意。而且只要她发现了风吹草动，一定会采取行动的。

在回前台的途中，大堂角落里朝自己轻轻挥手的男士映入了他的眼帘。是能势。他本来应该是专程来退房的，可是还没有回去。新田一边留意着周围的目光，一边朝能势走过去。在旁人看来，新田就是一个走向客人的饭店工作人员。

"你怎么还在这里？"新田在能势旁边，小声问询道。

"我在等你呢。先请坐下吧。"

能势旁边的沙发还空着。新田坐在沙发上，但是并没有靠着扶手，而是将双手放在膝盖上。

"有什么收获了吗？"

"哎呀，这个嘛……"能势挠了挠眉眼附近，"关于那位有夫之妇的调查依旧没有进展。而且我昨天才跟你说的，有进展也不会这么快吧。"

"那为什么在这里等我？"

"这个嘛——"能势的眼珠飞快地转动了几下，压低声音继续说道，"今天早晨我去搜查本部那里露了个面，听课长说了些奇怪的话。我觉得形势好像有些变化。"

"怎么变化了？"

"这个呀，"能势缩了缩身子，把头部靠向新田，"一句话概括起来就是，搜查方针变成忽略本案和其他案件的关联，当作一个独立的案件去查。一件是一件。"

"不会吧……"

"是真的，举个例子，对于手嶋正树，包含不在场证据在内的所有证据都要重新洗牌调查。并且有刑警接到了指示去调查手嶋是否有同伙了。"

如果真是这样的话确实有点蹊跷。因为找不到和其他案件之间的关联，在手嶋这个案子上，新田也走入了死胡同。

"那数字的事情怎么解释。三起案件很明显是有关联的。而且和接下来有可能发生的第四起案件也有关联。"

能势把一双短臂抱在胸前,显得十分纳闷:"就是啊。关于这个问题我问过我们课长了,说数字的事情怎么办。他说眼下先不用考虑了。"

"这简直太荒唐了,"新田不由得提高了音量,"如果不考虑数字的事,那么我在这里还有什么意义。"

"不是不是,我只是说眼下先不考虑了。怎么可能完全当作没有关系呢。总之,我们课长说先和其他案件分离开来,这边先进行独立的调查。"

"怎么回事?如果这样做,就无法掌握案件的全局了。他们这么急干什么?"

"不,与其说是着急,我感觉不如说方针变成了静下心来慢慢调查。先不要急于拽出嫌疑人,而是先把有可能成为证据的信息搜集起来。"

"事情为什么会变成这样?"新田一边思考一边把肘部支在扶手上托着下巴,意识到自己的失态后马上又恢复了原来的姿势,"也不知道其他两个搜查本部是什么情况。"

"不好意思,其他地方就不在我能力范围内了……"能势抓了抓自己头发稀疏的脑袋。

"没关系,我会自己去调查的。你要对我说的就这些吗?"

"是的。可能也不是什么大不了的事情,可是还是觉得告诉你一下比较好。"

"多谢了。"

新田刚直起腰想站起来,能势说道:"啊,对了。昨晚你在那间客房里休息了吗?感觉怎么样?"

"啊,"新田点了点头说道,"房间非常好。睡得也很舒服。住宿费真的不用我负担吗?"

"费用的事就别介意了。比起这个,有什么收获吗?"

"收获?"

"新田你不是一直都待在前台吗。所以可以仔细地观察进进出出的客人,可是要想了解住在这里的客人的心情,还是需要亲身体验一下才最有成效。"

"啊……原来是这个意思。"

"怎么样?对于案犯将会采取的手段,有没有得到一点提示?"

新田轻轻摇了摇头："哪有那么简单呢。很遗憾，因为我实在太累了，所以很快就睡着了。"新田并没有说出自己意识到凶手有可能是饭店工作人员。

本来以为能势会露出沮丧的表情，没想到他却很开心似的笑着说："这样啊。嗯，可能确实如此。"

"不好意思。没有让你的住宿费发挥出价值。"

"不不不，关于这个请不要再提了，那我就告辞了。"

能势说着站起身来，快速离开了。新田目送着能势走远后，才开始环视四周。本宫正坐在角落的沙发上看报纸。不，应该说是装作在看报纸。

新田一边做着整理沙发的动作，一边向本宫的方向走去。

"和辖区的刑警说什么秘密呢？"本宫先开口问道。

"我听说了些奇怪的事情。"新田就站在那里，向本宫转述了能势的话。

"什么？那种话，我可完全没有听说过。"

"昨天晚上，系长和管理官不是到本厅去汇报了嘛，是不是那个时候有了新的进展？"

"有可能。我知道了，一会儿系长会过来，我当面问问他。"

"那就拜托了。不过也有可能只是误解。毕竟，那都是辖区刑警说的。"

"那可不一定，听说那个叫能势的刑警，是个相当能干的人。"

"欸？"本来两人没有目光接触，这下新田不由自主地看着本宫，"怎么会呢！"

"是真的。和能势搭档过的家伙都是这么说的。以前，听说上面还想把他调到本厅去呢，他却拒绝了。他好像一心一意要做个幕后工作者，对于抢功劳之类的事情没有丝毫兴趣。真是个怪人。"

新田脑海里浮现出了能势笨拙的样子。是说那个人实际上很有才干吗？

这时新田回想起来刚才和能势之间的对话。能势说要想了解住宿客人的心情，亲身体验一下才最有效。难道说他最初就是打算把房间让给新田的吗？

"你怎么了？"

"不，没什么。刚才的事情就拜托了。"

离开之后，新田又回到了前台。像平时一样站在山岸尚美的身后。尚美只是偶尔回头看他一眼，什么都没有说。

此时此刻新田的脑海中各种各样的念头纠缠在一起，使他无法集中精力。搜查方针真的变了吗？如果变了，理由是什么？能势到底在想什么。如果他是装作无能的样子来操控自己，也太出人意料了——

就在新田胡思乱想的时候，时间不知不觉过去了，第一批办理入住的客人到了。

一位二十五岁左右的女性走了过来，站到了尚美面前。她长相标致，身材高挑。一名行李员提着她的大旅行包站在身后。

女性自称安野，已经预约了。山岸尚美按照一贯的流程为她办理入住手续。新田从尚美身后看了一眼女性正在填写的住宿登记表。她的名字是安野绘里子。

山岸尚美将房卡递给服务生。服务生先行一步，可是安野绘里子并没有要跟上去的意思，而是用认真的眼神盯着尚美。

"有件事情想要拜托你。"她的声音有些沙哑。

"请问您有什么事呢？"尚美问道。

安野绘里子从手提包里拿出一张照片，放到前台上。是一张男人的肖像照。

"请绝对不要让这个男人靠近我。如果他来到这里，就想办法让他回去。绝对不要告诉他我在这里。明白了吗？绝对。"

11

尚美一时之间有些不知所措，不过她马上回过神来，调整好状态。虽然不能算是频繁，可是同样的事情她也遇到好几次了。

看了看照片上的男性之后，尚美又将目光投向了安野绘里子。对一脸严厉神色的她报以温柔的微笑："冒昧问一句，这位是？"

可是安野绘里子的表情没有放松下来。

"这个你们没必要知道，只要按照我说的去做就行了。这个男人来了一定要提高警惕。不要让他靠近我。可以吧。"安野用高八度的声音自顾自说完后，就准备把照片收回到手提包里。

"请等一下。如果只是这样的话，我们恐怕无法满足您的要求。"尚美说道。

安野绘里子停止了手里的动作，用疑惑的眼神看着尚美，好像在说："为什么做不到？"

尚美挺直了脊背，收了收下颚："负责前台业务的除了我还有很多其他工作人员。如果没有照片，我无法将安野小姐您的指示清晰完整地传达给他们。而且即使是我，仅仅见过一次照片，如果那位男士真的来到了这里，我也很难判断出是否是本人。"

"你不是专业人士吗？对于人脸，看过一次照片不就应该记住吗？"

"真的非常抱歉。"尚美低头道歉。

"前台的业务是倒班制的，"尚美身后传来了一个声音，是新田，"还是说，你想让她二十四小时守在这里？"

尚美转过头，小声责备道："别说了。"

"哈……"安野绘里子呼了一口气，从手提包里拿出照片，扔在前台上。

"这个只有一张，你们要好好保管。"

然而尚美只是瞥了照片一眼，并没有伸手去拿。

"您不能把事情的详细情况告诉我们吗？如果知道具体情况，也便于我们做好多样的对策准备。"

安野绘里子扬了扬右边的眉毛："我为什么要把自己的隐私告诉毫不相关的人呢？如果我要寄存一件贵重物品，你们会问里面是什么吗？不会吧。这个也是一样的道理。你们根本没有必要知道理由，明白吗？"

尚美在心里判断，想要从这个人嘴里问出详情是不可能了，但是也不能因此就轻易承诺她。

"我知道了。但至少，能把这位男士的姓名告诉我们吗？"

"你们为什么要知道他的名字呢？有照片不就足够了吗？"

"因为对方有可能会打电话询问。如果我们事先知道他的姓名,就可以灵活应对了。"

安野绘里子很烦躁地摇了摇头:"如果有人打电话问起我的事情,不管对方是谁,一律回答说我没有住在这里。而且,我告诉你们这个人的名字根本就没有意义。因为他很有可能会使用化名,不是吗?"

尚美低着头,轻声叹了口气。看来不管对她说什么都没有用了。虽然尚美已经放弃了,但还是有必要让她明白饭店方面的态度。

尚美拿起照片,又递给了安野绘里子:"我知道了。如果是这样的话,照片就请收回去吧。"

"你这是什么意思?是要拒绝客人的要求吗?"安野绘里子瞪着眼睛质问道。她那凌厉的眼神,简直能让懦弱的男人缩成一团了,不过平心而论,这反而给她的美丽又增添了几分色彩。

"不是这样的。我会向所有前台的工作人员转达,不仅是这位男士,任何人打听安野小姐我们都不会回答。这样一来这位男士的照片我们就不需要了。"

"不只是不回答问题,我是让你多加留意不要让这个男人接近我。VIP客人入住时,你们不是会保护隐私,不让奇怪的陌生人接近他们吗?我现在就是希望你们能为我提供那种服务。"

"安野小姐,如果您需要这样的服务,就更有必要对我们说明事情的原委了。在入住本饭店的客人当中,确实有一部分人需要提供特别警卫保护。但是那种服务的前提是,我们双方会事先进行充分的沟通。"

看安野绘里子一脸怄气的表情,怎么看也不像是接受了尚美的建议,只不过一时之间实在是想不出反驳的话了。

"知道了,算了!"说着她一把从尚美手中夺过了照片。

"希望您在这里度过愉快的时光。"尚美低头行了礼。当尚美再次抬起头时,安野绘里子已经转过身,朝着电梯间的方向走去。身材矮小的服务生慌忙跟在她的后面。

尚美站在原地轻轻地摇了摇头。身边的新田用充满疑惑的眼神盯着电梯间的方向。

"怎么了？"尚美问道。

"我觉得这件事有点奇怪，那位女客人的态度有些反常啊。"

"是吗？也不是什么太稀有的事情啊。"

新田有些意外似的向后挺了挺身子："你是说客人自己准备照片，然后命令我们不让照片上的人靠近自己这件事情不稀有吗？"

"连照片都准备好的客人确实比较少。但是，提出一旦有访客到来全部回绝要求的客人也不在少数。这也是我们的工作内容之一吧。"

"欸？那还真是辛苦呢！"

"我已经说多很多次了，在饭店里能见到形形色色的客人。"尚美说完又叫来了新人川本，把刚才安野绘里子的要求转达给了他。

"对久我他们也说一声。还有交班的时候不要忘记交待别人。"

"我知道了。"川本说着从后门离开了。

新田又凑过来说："也不知道照片上的男人和那位女客人是什么关系。"

"这个嘛……"尚美耸了耸肩膀，"你这么在意这件事吗，不过那位安野小姐确实是一位大美女。"

"就因为是美女，才会经常被纠缠吧。照片上的男人，猛一眼看过去也是个美男子啊。她是不是在被前男友或者前夫跟踪呢？"

尚美调整了一下呼吸盯着新田的脸问道："这件事情，也和你们正在调查的案件有关吗？"

"不，这个应该是没有，"新田摇着头说，"我们正在追查的是动机不明的连环杀人案。一个小小的跟踪事件根本不算什么。"

"那么，这个话题就到此为止吧。入住客流的高峰时段马上就要到了。"话音刚落，就看见一位外国商务人士正向前台走过来。

12

完成了和晚班人员的交班工作以后，新田朝办公楼走去。今后他打算继续在前台待着，有几件事情需要汇报，还有一些事情想要确认。

到达会议室后，发现稻垣已经在那儿了，正和本宫两个人商量着什么。

一旁的烟灰缸中依然是塞得满满的烟头。

"辛苦了,"稻垣冲新田挥了挥手,"上次说的那位老妇人,看来没有什么问题吧。就是你说过的怀疑她在假装看不见的女人。"

"嗯,是的……"

虽然如新田所料,假装看不见是真的。但演戏的理由却让人万万没有想到。不过这些细节也不适合在这里多说。

"真是抱歉,引起了不必要的慌乱。"

"别在意。警戒心强一些也不是什么坏事。平安无事成为一场笑谈比什么都强。"

新田点头答应后,继续说道:"有一件事情我想要确认一下。"说完就看向了本宫。

"你说的那件事,我已经确认过了——就是刚才的事情。"本宫转向稻垣。

稻垣点头嗯了一声。

"品川警署的刑事课长,对部下说可以先不考虑和其他两起案件之间的关联。"

"我也听说是这样的。而且,我认为这件事有点奇怪。"

"嗯,确实是有些奇怪,"新田说完便将目光转向稻垣系长,"系长也不知道吗?"

"当然。所以刚才给管理官打电话确认了一下,他并不记得品川警署做出过那样的指示。后来我又直接给那位刑事课长打了电话,对方说没有这样的事。一切都是误会。"

"误会?"

"刑事课长本来想对部下说的是,连环杀人案的整体调查已经由警视厅掌握了,作为辖区的警署,要把自己区域内负责的案件当作一件独立的案子去追查。却被一名叫能势的刑警断章取义了。"

"原来是这么回事啊……"

"这次发生的是前所未有的连环杀人案,光特搜部就成立了三个。而且为了防止第四起案件的发生,又成立了这个对策部。所以发生有偏差的解读也不是不可能的。"稻垣总结完后,对新田点了点头,"反正就是这么回事,你不要多想了,一切按照原计划进行。"

"我知道了。"

新田虽然点头答应了,但内心并没有完全认可这一说法。真的是能势断章取义了吗?毕竟刚刚从本宫那里听说能势实际上是一个很能干的人。

"其他还有什么吗?饭店方面有没有什么异常?"稻垣问道。

"目前还没有。不过有一个有点奇怪的女客人刚住进来。"

稻垣皱起了眉头,问道:"是什么样的客人?"

"大概是正在被跟踪狂纠缠的样子。"新田简短介绍了安野绘里子的情况,他觉得反正稻垣等人很快就会失去兴趣了。然而和新田的估计正相反,系长向前探了探身子,小声说道:"这件事,有点蹊跷。"

"是吗?"

"根据你刚才的描述,那位女性已经意识到自己正处于危险之中。如果真是这样,我们可不能袖手旁观。"

"话虽如此,可是和那三起案件很明显没有关联啊。"

"你为什么敢肯定呢?"

"为什么……"新田有些迟疑地继续说,"因为我认为这仅仅是一起跟踪狂事件。"

稻垣摇了摇头:"主观臆断是绝对禁止的。刚才我也说过,警戒心强一些并不会有什么坏处。因为我们还没有掌握任何能够限定嫌疑犯范围的线索。"

"话虽如此……"

"而且,即使这件事和案件之间没有关联,如果那家伙引起什么骚乱也会很麻烦。凶手很可能会发现这间饭店实际上已经在警察的监控之下了。"

稻垣的观点确实有几分道理。

"那我该怎么做?"

"首先要查清楚那位女客人的身份。把住宿登记表上面填写的内容告诉我。还有,你刚刚说那个女人拿着一张照片吧。把照片借出来多印几张,给在饭店里盯梢的刑警们每人一张。"

"要不要对她解释一下案情的原委呢？如果说了的话，说不定还能问出她为什么要躲着照片上的男人。"

"不，不能这么做，"稻垣立刻否定了这个提议，"案件的详情绝不可以对外透露。想点别的理由，把她的情况摸清楚。即使问不出实情，照片至少要保证拿到。"

"复印照片的事，我们不征询本人的同意可以吗？"

"没关系。如果被拒绝的话就麻烦了。照片上的男人随时有可能现身，所以动作一定要快。"

新田答应了之后便朝向出口走去。可是一边下楼梯一边觉得胸口有一团疑云始终挥之不去。如稻垣所言，对案犯的情况目前没有丝毫头绪。但正因如此，新田认为真正的犯人不会以这种形式被轻易抓住尾巴。但稻垣的指示他又不能不听。

新田回到前台看了看，没有找到山岸尚美。他找出他安野绘里子填写的住宿登记表，将上面的内容打电话告诉了本宫。之后，新田转到了后面的办公区。看到尚美正在和前台经理久我说着什么。

"打扰一下。"新田说着朝两人走了过去，"情况有些变化。你能不能跟我去一趟那位叫安野的客人的房间？"新田对尚美说。

"什么变化？不是说她与案件没有关系吗？"

"现在看来，我们绝不能先入为主想当然。总之，我们需要再去找她一趟，借出那张照片用用。"

尚美一脸疑惑的样子，看了看旁边的久我。

"请和我们的上司商量一下吧。"久我说。

"向上面的汇报就交给我吧。不过这是已经决定的事。如果有什么不满，请给办公楼的现场对策本部打电话。我的上司现在正在那里。"

久我的脸色阴沉了下来，看着尚美说："我现在去找客房部长和总经理谈谈。"

"那就拜托了。"目送久我离开后，山岸尚美用十分冷淡的眼神看着新田说:"见到安野小姐后,我要怎么说呢?"

"由我来说。你只要跟我一起过去,站在一边就可以了。"

"知道了。但是有一点请答应我。只要是和客人接触,就不要忘记自己是一个饭店从业人员。遣词用句多加注意。要使用敬语。"

"这个我知道,不会有问题的。"

尚美一脸怀疑地看了新田一眼,开始操作起身边的终端机。

"安野绘里子的房间是2510。"

新田刚说完,尚美就瞪了他一眼。新田清清嗓子,重新说道:"失礼了。安野小姐的房间是2510号的单人房。"

尚美叹了一口气,拿起内线电话拨过去。对方马上就接了起来。

"是安野小姐吧。这里是前台。在您休息时间冒昧打扰真的很抱歉……不,目前还没有人来找您。不过关于这件事,我们饭店方面有一个建议,现在我们能去您的房间与您面谈吗?"

又说了几句之后,尚美挂断了电话。

"好像计划出去吃晚饭,没多少时间了。让我们马上上去,五分钟之内结束谈话。"

新田咋舌:"我们是在保护她不被跟踪狂骚扰啊,她还这么气势凌人!"

"你的这些话,从现在开始十分钟内还是别说了。"

新田和尚美两人小跑着,向安野绘里子的房间赶去。尚美敲了敲门,里面没有应门却直接开门了。安野绘里子换上了一身黑色的连衣裙。

"什么事?"安野双手抱在胸前,交替看着面前的两个人。

新田开口道:"就是白天的事情。我们和负责警卫的工作人员商量了一下,认为最好还是将白天的照片暂时交给我们。"

安野绘里子黝黑的大眼珠滴溜溜转了几圈,看着新田说:"如果我把照片交给你们,你们能好好应对吗?"

"照片上的男人一旦出现,问起安野小姐的事情,我们只要什么都不说就可以了吧?"

"不仅是这样，要保证他不能靠近我。"

"如果有照片，应该能做到这一点。"

"刚才，这个人不是说不行吗？"安野绘里子保持着双手抱在胸前的姿势，朝山岸尚美扬了扬下巴。

"那个时候只能那么回答。现在我们已经和警卫人员商量过了，请您放心。"新田说着挤出了一个笑容。

安野绘里子一脸警戒，沉默了一会儿，说了声"那等一会儿"，返回了房间。

回到门口时安野手里拿着照片。说了声"给你们"就不客气地把照片递了过来。

新田接过照片后，继续说道："我们这里的警卫负责人原来是警察。在警视厅也有些影响力。如果安野小姐还有什么问题，请随时找我们商量。把问题交给专业人士解决起来比较得心应手。"

安野绘里子的脸上瞬间露出了一丝迟疑的神色，马上轻轻摇了摇头："我找警察……可没什么事。"

"那就好。"

"那就拜托了。"安野用冷淡的声音说了一句之后便关上了房门。连关门的声音听起来也冷冰冰的。

新田和山岸尚美对视了一下，向着电梯间方向走去。

"照片上的男人，和连环杀人事件有关系吗？"进了电梯以后，尚美问新田。

"还不知道，为了以防万一。"

"可是白天的时候你还断言没有关系呢。"

"个人的想法和侦破方针产生分歧，也是常有的事情。"话一出口，新田就意识到自己好像说了多余的话，觉得有些后悔。

回到一楼后，新田立刻看见了本宫。他正坐在沙发上，朝着自己轻轻挥手。

新田走近本宫，站在他的旁边。观察了一下周围的环境后，快速地把从安野那里拿到的照片递给了本宫。

本宫接过照片说:"已经查过她在住宿登记表上填写的地址了,是不存在的。电话号码也是乱写的。恐怕连名字都不是真的吧。"

新田做了一个深呼吸:"这样说来,她结账的时候选择了现金支付而不是信用卡。确实有可能是假名。系长怎么说?"

"暂时先观察吧。现阶段也不可能对本人问话。因为使用假名本身又不犯罪。还有就是趁她外出时可以联合房间保洁员组搜查她的行李,不过那是最后的手段了。如果她真的想隐藏自己的身份,应该不会在房间里留下任何蛛丝马迹吧。"

本宫所说的房间保洁员,应该就是指潜入饭店的刑警吧。

"安野绘里子一会儿要出去吃饭。吃饭的地点不知道。"

"知道了,我跟系长商量一下看要不要找人跟着她。"

"那就拜托了。"新田小声说完后,离开了那里。

确认了山岸尚美不在前台之后,新田来到了后面的办公室。尚美正在和客房部长田仓说话。田仓注意到新田后,对尚美说了一声"那就这样",随即离开了办公室。

"有什么事吗?"新田问道。

"在不告诉客人实情的前提下,把客人重要的照片用于侦破工作是不妥当的——这是总经理他们的看法。"山岸尚美用冷淡的口气说道。

新田双手叉腰,面露不悦。

"他们也应该知道我们是没办法了吧。难道让我们告诉那位女客人,这家饭店就是下一起连环杀人案的发生地点吗?如果有不满的话让他向办公楼的……"

为了堵住新田的话,山岸尚美双手在胸前做了一个停止的动作,说道:"这个我知道。所以总经理他们最终也得出了虽然有不妥之处,但特殊情况下也只能特殊处理的结论。"

"你怎么不早说?"

"但是是有条件的。你们应该会复印照片吧,一旦查明她和案件没有关系，就要立刻销毁所有的复印资料。而且绝对不能对外公布曾经进行过这样的调查。这是总经理对稻垣系长的请求，我也想让在现场实际负责侦查工作的你答应我这一点。"

尚美的言辞之间充满了真情实意。她打心底并不愿意背叛客人对自己的那份信任吧。也许在她看来，让乔装的警察待在前台，就已经是对客人的重大背叛行为了。

"我知道了。我答应你。"新田直视着尚美的目光说道。

尚美像完成了一件重大的工作似的长出了一口气，拉过了旁边的椅子坐下。

新田也与尚美面对面坐了下来。

"你曾经说过这不是什么稀奇的事吧？"看着尚美一脸费解的样子，新田继续说道，"我是说，住宿的客人拒绝来访的事情。"

"啊，"山岸尚美恍然大悟似的点着头，"对客人来说，并不是所有的访客都是他们想见到的。"

"比如说来追债的？"

"这样的情况也发生过。"

"我倒想问问你们的处理方式，如果替客人回绝，来访者会轻易接受吗？我感觉他们应该会说'跟你没关系'，'别掺合进来'之类的话吧。"

"这就需要一些技巧了。如果直接说'客人不想见你，所以请回吧'之类的话，只会激怒对方。所以最方便快捷的回答就是您要找的人不住在我们饭店里。"

"原来是说谎啊。"

"为了保护客人。有时也会使用这样的手段。"

"如果说访客已经知道了自己要找的目标住在这里，只是来问一下房间号的呢？"

"如果客人交待过不能把他住在这里的事情告诉任何人的话，那无论发生什么我们都不会说。如果没有交待过，我们也会事先给客人打电话，确认是否可以告知来访者。现在几乎所有人都使用手机。如果是比较亲密的关系，应该会知道对方的电话号码，让访客自己打电话问本人就可以了。如果他不打，或者无法打，就要考虑一下是不是有特殊情况了。当然，我们在向客人确认时会确保访客不会注意到。"

"如果访客表示不说出房间号他就在这里不走呢？"

"那么我们只能不停地低头道歉了。如果对方企图采用暴力手段，我们就会叫来饭店的相关部门负责人。"

尚美的回答一气呵成，没有什么停顿。这说明尚美说的不仅仅是她接受到的教育培训，而是通过实践总结出来的经验之谈。

"但是，如果对方已经摸清了饭店的应对方法，应该会采取些别的手段吧。为了不引起别人的怀疑，还有什么方法呢？"

面对新田这个问题，尚美将目光投向了远方，缓缓点了点头说道："嗯，还真是有不少人为此绞尽脑汁。"

"有什么印象深刻的事件吗？"

"有几件事……"尚美停顿了一下，又开始继续说道，"大约一年多以前，有一个女人前来，询问一位客人的房间号。根据她的说法，她住在纽约，和入住饭店的客人谈着远距离恋爱。可是因为急事忽然回国了，现在刚从成田机场赶过来。"

这个听起来好像有点意思。新田不由自主地向前探了探身子："然后呢？"

"她是这么对我说的。这次她忽然回国，事先没有跟她的恋人说。她想忽然出现在他的房间，给他一个惊喜。"

"原来如此，"新田嘟囔着，"她想得还真周到。这样一来饭店人员也无法跟客人联系确认了。那么，接下来呢？"

"我跟她说稍等。然后就回到了后面的办公区，给客人房间打去了电话确认。"尚美爽快地说。

"欸？"新田吃惊地瞪大了眼睛。"这样一来，她的制造惊喜计划不就泡汤了吗？"

"是的，事实上我心里也很难过。但是那个女人让我感觉我不得不这么做。"

"为什么？"

"长期从事这项工作，会有一种不经意间的直觉。和那个女人接触的瞬间，我便觉得有些不同寻常。也可以说我感觉到她身上散发着一种危险的气息。遵从这种直觉，我给客人打了电话。如果最终证明是我想多了，我打算向这两个人道歉。"

"但是，事实证明你并没有想多吧？"

尚美点了点头："我向客人描述了那个女人的身形样貌之后，他马上说这些都是编造的，叫我绝对不要把房间号告诉她。最好是把她赶回去。"

这个剧情真是让人热血沸腾，新田仿佛能够想象出那位男客人狼狈的样子。

"你是怎么让她回去的？总不能把客人的话原封不动地转告她吧？"

"当然了。我对她说，她要找的人不住在这间饭店里。但是那个女人并不买账，她说不可能，她从本人那里亲耳听说他预约了这里，肯定是我们偷偷联系过他要找的人了。她这样一说，我再装傻就不合适了。只好说那位客人确实曾经预约过，可是临时又取消了预约。"

"太高明了。"新田说，"这个回答太巧妙了。这样一来对方就不得不放弃了吧？"

"但是那个女人可不像你这么容易放弃。而且，她根本不相信我的话。她坚信那个男人一定住在这里，让我给她也准备一间客房。好像想要住在这里，自己慢慢找。"

新田感觉到后背冒出了一股凉气。

"真是太执着了。那个男人到底对她做了些什么？"

"不过就是那些事情呗。"

"那你是怎么处理的？如果让她住进来，那么她也变成了尊贵的客人了。"

山岸尚美摇了摇头。

"这个事情也要讲个先来后到。我不得不优先考虑已经住在这里的客人的利益。我对那个女人说，很不巧今天饭店的房间全满了。实际上还有很多空房间。那个女人依旧纠缠不休，坚持要找一个房间，我就只能不停地鞠躬道歉，终于，她大动肝火地拍了一下服务台离开了。到最后，她好像已经意识到我们给客人打电话确认过了。"

新田也终于松了一口气。

"可算是告一段落了。可是，那样执着的一个女人，即使不住进来，恐怕也会在哪里盯着吧。因为男人总是要退房的。只要埋伏在饭店外，男人被抓住的可能性还是很高的。"

"有这个可能。"

"也不知道那个男人有没有顺利逃过这次追踪。"

"这就不知道了。离开了饭店的控制范围，我们也就无能为力了。"

"也就是说，在饭店外发生什么都与你们无关了，对吗？"

听了新田的这句话，山岸尚美眼中有一丝阴郁一闪而过，不过马上就控制住了，变回了饭店工作人员特有的表情，坚定地说道："我们衷心希望客人们能够幸福。但是也很清楚自己能力有限。正因为如此，我们才对每一位即将离开的客人说：请您走好！"

从尚美的话语中，新田解读到了"只要客人在饭店内，我们就会用尽全力保护他们"的意思。

已经过了午夜零点，照片上的人依然没有出现。新田来到办公楼，去会议室转了一圈。本宫等人正在收拾东西，准备离去。稻垣已经不在这里了。

"看来，今天一整天还是什么都没发生啊。"本宫看到了新田，这样说道。

"真是个能掀起风浪的女人。虽然她认为那个男人一直缠着自己，说不定只是她的错觉呢。"

"因为过度自恋而引起的被害妄想吗？"本宫瘪着嘴说，"这个，倒是有可能。"

"不过算了吧，反正她只住一个晚上，在她明天早上退房之前，我们就陪她被害妄想一下吧。"

"你打算通宵吗？"

"怎么会呢。我打算一会儿就去休息一下。"新田指着屋顶说。楼上设有休息室。

本宫已经很久没回家了，今天要回趟家。两人一起走出会议室，新田朝楼上走去。

站在客房部的办公室外面，眼前的一幕令新田大吃一惊。山岸尚美正坐在笔记本电脑面前，好像在思考着什么。

"我以为你早就回去了呢。"听到新田的声音，尚美的后背猛地抽动了一下。尚美转身冲着新田说了一声"辛苦了"。

"你又在对案件进行独立调查吗？"

尚美苦笑了一下。

"谈不上什么调查。因为从你那里得知了数字的秘密，所以想检索一下新闻报道，看看每一个案件的具体内容是什么。"

新田走了过来，坐在尚美的旁边。电脑浏览器上显示的是在品川发生的第一起案件的报道。

"当初被召集起来调查这起案件的时候，真没想到会发生今天的事情。自己竟然变成了饭店工作人员。"

"那个时候还没想到会是连环杀人案吧？"

"怎么可能会想到呢。现场留下的那串数字，也被认为和案件没有关系。而且，当时还有一个十分可疑的嫌疑人。不，准确地说，我现在还在怀疑他。只是，他有不在场证据，而且又查不出他和其他案件有关联。"

"有不在场证据的话，就应该不是他吧。"

"虽然是有，但那个不在场证据很可疑。"

"可疑？"

"也就是说，我怀疑是伪造的证据——"话刚说出口，新田就意识到自己说的有些多了。可是另一方面，新田又觉得面对这个女人，坦白一些也未尝不可。

新田再次看着山岸尚美："以下的内容就是案情秘密了。"然后简略地说明了不在场证据的事情。在推定的案发时间内，嫌疑人待在自己的家里，接到了前女友打到座机来的电话，并且他的家距离案发现场很远——大致是这样的内容。

"接前女友电话的，会不会是和嫌疑人声音很像的别人呢。"尚美猜测道。

新田摇了摇头："他的前女友是偶然间打电话过来的。嫌疑人无法预测会接到这样的电话。"

"那么，前女友会不会是同谋？"

"这个我们也想过，可是可能性很小。前女友和嫌疑人分手已经有两年多了，现在已有其他的恋人。而且他的前女友打电话时，房间里还有她的另一位朋友。那个朋友也能证明前女友确实打了电话。"

"朋友吗？"

"是的。所以到这里，调查似乎就进入死胡同了，可是我还是不甘心。我一直在想这里面是不是有什么圈套。可是就在我百思不得其解的时候，又发生了第二、第三起案件，便无法将注意力只集中在第一起案件上了——"说到这里时，新田停了下来。因为他注意到尚美好像在放空。她的视线正盯着远处的某个地方。新田叫了一声："山岸！"

尚美眨了几下眼睛，终于将焦点又落在了新田的脸上。"啊，不好意思。"

"怎么了？"

"不，没什么。只是在听你说这些的时候，不自觉地走神了。"

"这还真少见。你在谈话中途居然会走神。"新田言辞间流露出了一丝丝讥讽。

"不好意思。有个问题我觉得想不通。"

"什么问题？"

尚美有些踌躇不决，最后还是开口道："那位前女友，是因为什么事情给嫌疑人打电话？应该不会是想要复合吧。"

新田笑了出来，摇着头说："不是。好像并不是什么要紧的事。"

"如果不是什么要紧的事，"尚美歪着头说，"为什么要选择一个和朋友在一起的时间打电话呢？"

"欸？"面对这个出人意料的问题，新田竟无法回答，不停地眨着眼睛。

"和朋友在一起时，没有必要特意给一位关系微妙的人打电话吧。如果真的要打，也是因为有什么特别的理由。"

"这个她倒是没有说。"

"也许在撒谎，那个前女友。"

"为什么这么说？"

"因为面对警察难以启齿吧。比如说，她到现在依然喜欢着嫌疑人，打电话只是想知道他的近况，这个面对警察就很难实话实说。"

新田点着头说："啊，原来如此。不过要是这样的话，在朋友面前不就更不好意思打这个电话了吗？"

山岸尚美听了之后，嘴边露出了一丝坏主意得逞似的微笑。她的脸上很少出现这种表情，新田觉得有些意外。

"不，我觉得正相反。"

"怎么说？"

"会不会是她的朋友怂恿她这样做的呢？比如说了'你可以打个电话问问啊'之类的话。刚才我一听说她身边还有一个朋友，更加觉得可能是这样了。"

新田不由自主地点了点头。之前他从未曾想过有这种可能性。

"不好意思，只是外行人的想法。你别当回事。"

"不，说不定真的被你猜对了。果然，女人的心思只有女人才最明白。"新田将双手抱在胸前，心悦诚服地感叹道。

如果山岸尚美的推理真的成立——

在新田的脑海里，有些念头开始蠢蠢欲动。他甚至预感到，一直紧锁的那扇门就要打开了。

就在这时，新田口袋里的手机响了起来，打断了他的思路。新田发出了不满的啧啧声,掏出电话。

是关根打来的。他现在应该穿着服务生的制服站在饭店的正门附近吧。

"是我。怎么了?"

"我是关根。你马上回前台,照片上的男人出现了。"

"什么?你确定吗?"

"我确定。现在刚下出租车,正站在外面抽烟呢。"

"我知道了。马上过去。"

新田挂断了电话,飞快地向山岸尚美转达了电话的内容。听完后,一脸严肃的尚美,将挂在椅背上的外套抓到手里,站起身来。

13

一眼看上去,确实是照片上的人。尚美心想,头发比照片上要长一些,戴着眼镜,但确实是同一个人。黑色西装外套里面穿着衬衫,上面的两个扣子都没有系上。

男子向前台径直走了过来。前台当班是年轻的接待员小野,但尚美已经打算自己亲自接待他。新田站在身后。

尚美感觉到自己心跳加速。可是绝不可以在表情上流露出来。她一边感觉到面部肌肉已经僵硬,一边对自己说,一定要保持微笑。

看到男子一脸严肃地站定,尚美深深鞠了一躬。

"欢迎光临,请问您需要办理入住吗?"

尚美预计他一定会说不是,只是想要问点事情。然后他会拿出一张照片,问是否有这样一个女人住在这里。不用说,照片上的人一定是安野绘里子。

然而完全出乎尚美的意料,男子点了点头:"我叫馆林。"

"啊?"尚美不由自主地"啊"了一声。男子一脸不解。

"我说我叫馆林。已经预约过了。"

"啊……真是失礼了,请您稍等。"尚美慌忙道歉。

尚美立刻查询了身边的终端机，马上发现了馆林光弘这个名字。预计到达时间是午夜零点，预约了一间商务套房，入住一晚。

尚美感到很为难。既然接受了他的预约，就不可能把客人赶回去。虽然也可以以发生了重复预定这样的理由向他道歉，然后把他介绍到别的饭店去，但是不是真的有必要这么做？现在又不能断定面前的这个人会对安野绘里子造成伤害。

"怎么了？没有我的名字吗？"馆林问道。

"哦，不是……您是馆林光弘先生吧。今天预订了一间商务套房，入住一天。没错吧？"

"是的。"

尚美拿出住宿登记表放在他的面前："请在这里填写一下您的名字和联系方式。"

馆林光弘默默地开始填写。尚美盯着他写字的手。书写的动作没有什么不自然的，不过也有可能是经常写假名，已经习惯了。

尚美飞快地在终端机上寻找空房间。现阶段能做的就是尽量给他安排一个远离安野绘里子的房间。安野的房间号是2510，也就是说房间在25层。

正好1530号房间空着，这间应该不会有问题吧。尚美马上将房卡准备好了。

"这样可以了吧。"馆林指着住宿登记表问道。

尚美看了一眼，上面写着他的名字，住址是高崎市，还有他的手机号码。

"可以了。请问您是用现金支付吗？"

"是的。哦，我知道，要交押金是吧。"

馆林从上衣的内兜里掏出了钱包，很自然地从里面拿出了几张一万日元的纸币。熟练地数出十张，放在柜台上。

"这些够了吗？"

"够了，那我就先收下了。"

随后尚美开了押金收据，递给馆林。接着又准备好1530号房间的房卡，向一直等在一旁的服务生使了个眼色。那个服务生，正是刑警关根。当下，恐怕潜入饭店的所有刑警的目光都集中在这个叫馆林的客人身上吧。

关根马上走上来，准备接过房卡，可是被馆林阻止了。

"不，不用了，我一个人上去吧。"馆林说着接过了房卡。

"可是客人，我们还要向您介绍紧急出口的位置呢。"听了尚美的话，馆林很不耐烦似的摇摇头说到："这个看楼层的平面图就知道了。我不喜欢有人跟着。"

话说到这个份上，就没法再勉强了。

"好的。那么，请您慢走。"

还没等尚美说完，馆林光弘就转身离开了。关根不死心地想要送馆林到电梯间，也被一句"不用"干脆地拒绝了。

"把住宿登记表给我看看，"新田在尚美身后说道，"我查一下他的住址。说不定名字也是假的。"

"你怎么知道？"

"高崎市在群马县。而且群马县还有一个叫馆林市的地方。"

"啊……"

"住宿登记表给我。"

这些工作还是交给警察比较好。"那就拜托了。"尚美说着把住宿登记表交给了新田。

趁着新田在一旁打电话的时候，尚美也拿起了话筒。拨通了2510号房间的电话，安野绘里子很快就接了起来。

"在您休息时打扰您，真是万分抱歉。可是有些事情无论如何都需要告诉您。"一番铺垫之后，尚美说明了照片上的男人出现了，可是他事先预约了饭店房间，现在已经正常办理手续住进客房的事情经过。

也许是因为太吃惊了，电话那头的安野沉默了几秒钟。之后，在话筒里听到了叹气的声音。

"我已经拜托过你们不要让他靠近我了吧。"

"非常抱歉。我们已经尽量安排了一个距离安野小姐较远的房间，这样在走廊里应该也不会碰面。"

"真的没问题吗？他在几层的几号房？"

"十五层的1530号房间。"

安野绘里子再次深深叹了一口气："知道了，算了吧。"

然后就咣当一声挂断了电话。尚美拿着话筒看了一会儿，才放了回去。这时一旁的新田也刚好打完了电话。

"这个住址虽然是存在的，可是是一个染料工场。没有人住在那里。"

"那样看来名字也是假的……"

"应该是吧。安野是假名，馆林也是假名，这到底是怎么回事？"

"刚才那个人，也没有问任何关于安野小姐的问题，这是为什么呢？"

"可能他知道就算问也问不出个所以然，所以住了进来，想靠自己的力量去找吧。"

新田说完之后，一直在旁边沉默不语的小野插了一句："那个，刚才那位客人好像以前也来过。"

"欸？"尚美看着后辈的脸，"真的吗？"

小野歪着头想了想："看照片的时候还没注意，看到本人就想起来了。我想不会有错的。上次也是这个时间段来的，当时我也在前台。预约的也是商务套房。"

"那你还记得他当时用的名字吗？"新田问道。

"哎呀，这个可有点……但是我感觉应该不是馆林这个名字。"

"他肯定不会用同一个名字的，"尚美说，"只要入住过一次，客人的名字就会在饭店留下记录。再接到预约时，就能判断是不是老客户了。"

"原来如此，"新田摸着下巴说，"他住进来的事情你已经告诉安野了吧。她有什么反应？害怕了吗？"

"她确实是大吃一惊，但没觉得她害怕，也可能只是故作镇定。"

"很要强嘛，不想让别人看到自己软弱的样子。不过，她既然如此防备这个男人，现在马上退房不就行了吗？"

"在这个时间？退房以后，让她住到哪里去呢？"

"说的也是，"新田板着脸说，"总之要提高警惕。我去一趟警卫室。馆林的房间是在十五层吧。我去提醒一下负责监控录像的刑警，让他们多留心。"

新田从后门走了。目送新田离开后，尚美想着自己到底应该怎么办。看样子，新田还没有打算收工。别说收工了，很可能要盯上一整夜了。

"山岸前辈，没关系的。你先回去吧。这里就交给我们了。即便发生什么情况，也只能交给警察处理了，"小野好像察觉到了尚美的不知所措。

"但是新田还在呢。"

"都这个时间了，那位警察先生也没有机会和客人接触了。而且我担心山岸前辈继续这样下去的话，身体会吃不消的。"

小野的话确实有点道理。

"这样啊，那我就回去了。我去和新田说一声。"

尚美回到后面，坐上员工专用电梯。警卫室在地下一层。

警卫室的门是敞开的。可以看到新田站在那里的背影，他正在和里面的人说着什么。

尚美走过去，看了一下里面的情况。在成排的监控录像屏幕前方，是警卫员和一位穿着衬衫的男士，应该也是刑警吧。

那位刑警先朝着尚美的方向看了一眼。随后，像连带反应般，新田也看了过来。

"山岸……发生什么事了？"

"没什么，过来跟你说一声，我先回去了。"

"啊，"新田重重地点了点头，"快回去吧。没有必要连你都陪着熬夜。如果一直跟着我们的节奏，你的身体会吃不消的。我一会儿也打算把事情交给他们，自己去休息一下。"

"不好意思。我先告辞了。"尚美话音刚落，屋里就传来了穿着衬衫的刑警的叫声："新田！"

"有人去了1530号房间。"

"什么？"新田靠近屏幕再次确认道，"你确定吗？"

"不会有错。十五层的走廊里出现了一个人影，我一直在盯着看。"

"好的，再回放一遍。"

尚美也从后面看了过来。屏幕上显示的是走廊和两侧并列的房间。走廊尽头是一个拐角。

刑警操作了一下手头的机器。在走廊的拐角处出现了一个女人。身上披着一件浅色的大衣。

新田小声嘀咕着："是女人啊！"

女人一边看着房间号一边往前走。然后停下脚步，敲响了房门。不一会儿，门开了，女人走了进去。

"应该就是1530号房间。"穿着衬衫的刑警说道。

"这是怎么回事。如果馆林在跟踪安野绘里子的话，应该不会把别的女人带到房间里吧。"新田自言自语似的嘟囔着，"不管怎样，再观察一下吧。"接着又对尚美说："这里就交给我们，你先回去吧。"

尚美点了点头。虽然说放心不下，但尚美知道自己留在这里也帮不上什么忙。现在发生的事情，已经不属于饭店服务的范畴，而是与警察在调查的案件相关了。

"那我就先告辞了。"

"辛苦了。"

尚美离开警卫室，走到了员工专用电梯处，按下按钮。

虽然很担心安野绘里子和馆林光弘的事情，但也不一定会发生什么事情。

两个人的房间距离很远。而且已经将馆林入住饭店的事情告诉了安野绘里子，她应该不会离开房间。而且馆林也不知道安野的房间号。

这时电梯门开了，尚美走了进去。

看着眼前的门又缓缓地关上。就在这个瞬间，尚美的脑海里闪过了一道灵光。她马上按下了"开"的按钮，下了电梯，一路小跑回到警卫室。

看着急忙赶回来的尚美，新田瞪大了眼睛："这是怎么了？"

"二十五层呢?"尚美问道,"2510号房间的监控录像屏幕是哪个?"

"嗯,是这个吧。"穿衬衫的刑警操作了一下手中的机器,切换到了另一台监控器画面。

尚美靠过去盯着画面。这次的影像与看1530号房间监控录像的角度不同。隔着一个电梯间,在相反的方向。

新田走到了尚美身边,问道:"山岸,你到底打算做什么——"

"新田,我可以暂时待在这里吗?"

"欸?"

"我可能犯了一个非常重大的错误。"

听了尚美的话,新田皱起了眉头。就在这时,穿衬衫的刑警"啊"了一声。尚美条件反射般的看向监控屏幕。从那间房间里,走出了一个女人。连房间号都无需确认,正是安野绘里子。

"那个女人,都这个时候了她打算去哪儿啊。"

尚美这时已经顾不上纠正新田粗鲁的遣词用句,大叫一声:"电梯间,把监控切换到二十五层的电梯间。"

屏幕切换了过来,显示出电梯间的影像。终于,安野绘里子从右侧缓缓进入了画面。她按下按钮,等待着电梯。一脸严厉的神色,紧紧地抱着手提包。

电梯来了,安野走了进去。一共有六台电梯,安野坐的是三号梯。在紧邻的监控屏幕上,已经出现了三号电梯间内部的监控影像。表情僵硬的安野绘里子面向着摄像头。看不出她按了几层的按钮。

"看一下十五层电梯间的监控。"尚美说。

画面切了过来,正是十五层的电梯间。不一会儿,安野绘里子从三号电梯里走了出来。

"就是这个了——尚美飞奔出警卫室。"山岸!"后面立刻传来了新田的叫声,但是尚美一直跑到电梯间才停下脚步。

幸好电梯还停在地下一层。门马上就打开了,尚美走了进去,在电梯门关上的前一刻新田也挤了进来。

"到底是怎么回事？你解释一下啊。"

"我犯了一个错误，一个饭店人员不该犯的错误。"看着面前一头雾水的新田，尚美接着说道，"客人的房间号，无论发生什么样的事情都不能告诉别人的。但是我却说了出来。把馆林先生的房间号告诉了安野小姐。"

新田顿时瞪大了眼睛。"你是说，并不是馆林在跟踪安野，而是正相反？"

"事到如今只有这种可能了。"

电梯到了一层。两人争先恐后跑出了电梯。穿过走廊和办公区，最后冲出了前台。小野等人被眼前的这一幕惊得目瞪口呆，可是他们也没时间解释了。

这种赛跑到底还是男人要快一些。新田抢先一步到达了电梯间，按住电梯的门等着尚美进来。尚美跑进电梯后，开始调整她凌乱的呼吸。此时此刻，剧烈的心跳并不仅仅是跑动造成的。

"安野绘里子打算做什么？"新田一边微微活动着右侧的脚踝一边说道，"那个手提包很可疑。她好像抱着很重要的东西。"

"难道在包里装了凶器……什么的吗？"

新田没有回答，只是一直盯着尚美的眼睛。

电梯到达十五层停了下来。门刚开了一半新田就把身子挤了出去。尚美紧随其后。

商务套房在走廊的尽头。外面没有安野绘里子的身影。也就是说，她已经进入了1530号房间。

两人终于站在了房门前，对视了一下后，新田准备敲响房门。尚美则沉默地低着头。

新田靠近房门，轻轻举起了拳头。

门猛地一下打开了，险些直接撞上了新田的脸。然而从房间里跑出来的，并不是安野绘里子，而是最开始进入这个房间的女人。她穿着单薄的连衣裙，手里拿着手提包和大衣。再仔细看看，还抓着一双丝袜。女子看到了尚美和新田后，显得有些吃惊，不过什么都没有说，匆匆忙忙离开了。

新田按住即将关上的门。尚美站在他身后观察着室内的情况。

安野绘里子站在房间的正中央。随着她的目光，看到了披着浴袍的馆林，正低着头坐在沙发上。

"你们在干什么？"

听到新田的声音，安野绘里子吓了一跳似的朝这边看来，馆林也抬起了头。看来这两个人都没有注意到新田和尚美的存在。

"什么事？你们怎么在这里？"安野用尖锐的声音质问道。

尚美推开站在前面的新田，走了上来。

"我们看到安野小姐走进了这个房间。担心这里会不会发生什么纠纷。"

安野绘里子不耐烦地摇着头说："算了吧。你们就别管我的事了。"

"但是——"

还没等尚美说完，安野绘里子就径直走了过来。本来她一直低着头，走到尚美面前时才把头抬了起来。尚美吃惊地发现安野绘里子的双眼通红。

"我们两个，是夫妻。"

"欸？这怎么会……"

安野绘里子打开了随身携带的手提包，拿出了里面的资料。展开后摊开在尚美面前。是一张离婚申请书。丈夫叫村上光弘，妻子叫村上绘里子。

"我是来把这个交给他的。所以，你们就别担心了。"

安野说话的时候压低了声音。尚美猜想她是在压抑着自己的情绪吧。

"那么……刚才冲出去的那个女人是？"

听了尚美的问题，安野绘里子，不，应该是村上绘里子不屑地歪着嘴说："应该是六本木的陪酒女吧，我们这位就是喜欢六本木。"

想不出应该给出什么回应。尚美只得咬着嘴唇。

"没关系的。"村上绘里子说。这次的声音，比她之前说话的声音都要显得孱弱。

"拜托你们了,别管我的事。也不用担心。我不会逼着他和我一起殉情的。"

尚美调整了一下呼吸,看着村上绘里子平静的表情。虽然她的嘴角微微上扬,可是眼神里却充满了悲伤。

新田拍了拍尚美的肩膀:"我们走吧。"

尚美点了点头,后退着准备离开。"你们慢慢聊吧",就在这句话脱口而出的前一刻,尚美强忍住了。两人退回走廊后,新田轻轻关上了房门。

尚美长长地舒出一口气。一旁的新田则对监控摄像头做了一个束手无策的动作。

上了电梯后,两人又对视了一下,不约而同露出了苦笑。

真让人头疼,新田说。

就是啊,尚美回应道。

回到一层后,尚美返回了前台。新田说要去一趟警卫室。尚美对看起来惴惴不安的小野说明了事情的经过。小野自始至终都是一副不敢相信的表情。

"原来是这么一回事啊。不过,没出什么大乱子也算是好事吧。"

"对于饭店来说确实是……"

尚美离开前台,来到大堂,坐在了沙发上。此刻尚美感觉自己的身体很沉重。紧张的神经一旦放松下来,所有的疲劳好像都汹涌来袭。

不行,这样下去好像马上就要睡着了——尚美心里这样想着,赶快直起身来,转动着脖子。就在这时,尚美看见村上绘里子从电梯间里走了出来,手里还拿着行李。尚美站了起来。

村上绘里子来到前台,拿出了房卡。

"您要退房吗?"小野确认道。

"是的。"

办完手续,村上没有拿走放在前台上的发票便转身离开了。

经过尚美的时候她朝尚美瞥了一眼,然后默默走开了。但马上又停了下来，回头对尚美说道："不好意思，给你添了许多麻烦。"

尚美从口袋里掏出一张照片，走向村上绘里子："这个要怎么办呢？"

村上绘里子的目光落在照片上，一时之间有些茫然。

"这个你们随便处理吧——"话说了一半，村上绘里子便摇了摇头，伸手说，"不，这个还是我自己来处理吧。"

从尚美那里接过照片后，村上绘里子又盯着照片看了一会儿，然后把照片装进了手提包。

"我发现那个人每次来东京的时候都会跟女人约会。但是之前我一直没有证据。能够在偷情现场抓住他是最好的，不过我也知道饭店人员是不会轻易告诉我他的房间号的。"

"保护客人的隐私是我们的工作职责。"

"是啊。所以我只能用这一招了。"

"真是完全被你骗过去了。"

"真是对不起。不过托你们的福，事情进行得很顺利，和他彻底了断了。"

"那么您是事先知道您丈夫和那个女人分别预约了房间的事情喽？"

"当然了，因为——"村上绘里子深吸了一口气，胸部也随着高高隆起，"我和他之前也做过同样的事情，在他和第一任妻子分手之前。"

"啊……"尚美收回了本来想说的"原来如此"。

村上绘里子微笑着，耸了耸肩膀说："以前就有这样一个说法吧。抢走了别人的男人，早晚也会被人用同样的手段抢走。我还曾经以为自己会是例外，看来人生并没有那么容易。"

这真是一句不好轻易回应的话。尚美只能沉默着点了点头。

"那我走了。早点回去，收拾东西准备离开吧。"

"我带您到出租车上车点吧。"

两人穿过空无一人的饭店大堂。走出饭店正门后，旁边不远处就是出租车上车点。一辆黑色的出租车停在那里。村上绘里子走近后，出租车的后门自动打开了。村上绘里子坐了进去。

"期待您下一次的光临。"尚美鞠躬行礼。

车门关上。出租车开动了。尚美抬起头。在出租车转弯驶出上车点时,尚美看见车上的村上绘里子正用手绢擦拭眼角。

14

外面的天色开始渐渐暗下来时,能势浑圆的身影又出现在了前台前方的大堂里。和往常一样,他穿着一身破旧的西装。看到新田正在前台,能势很高兴似的轻轻点了点头,然后坐在空着的沙发上。

"我过去一下。"新田指了指能势,对身边的尚美说。

尚美似乎还记得这位土气的刑警,脸上露出了意味深长的微笑,应了声"知道了"。

新田一边观察着周围的环境一边走近能势。大堂里一如既往地有几名刑警在盯梢,但好像没有人注意新田的行动。因为对于他们来说,新田像一位普通的饭店员工一样四处走动已经司空见惯。

新田在能势旁边坐了下来。

"突然把你叫过来,真是不好意思。你刚才正在四处打听吧?"

"不不不,听到这样的消息,我还怎么坐得住呢?"能势舔了舔嘴唇。

"现在还只是我的猜测。"

"不,应该说是一个很好的着眼点。让我有一种恍然大悟的感觉。一般情况下,在朋友面前给前男友打电话确实会让人有些抵触,不过如果是受到了朋友的怂恿和鼓励的话,就变得合理多了。不愧是新田,居然能想到这一点。看来你还是很了解女性心理的。"

听了能势的赞美,新田忍住了苦笑。这其实不是自己想到的,而是山岸尚美的想法。可是又没有必要特意把这段不为人知的细节挑明。

"所以我想让你帮我调查的是——"

新田刚说到这里,能势就伸出右手做了一个阻拦的动作。

"我知道。是关于井上浩代的事情吧。"能势说着从上衣的内兜里掏出了一个小小的记事本。

"给手嶋正树打电话的是她的前女友本多千鹤。当时和她在一起的还有本多的朋友井上浩代。哎呀，不行，我怎么又使用简称了。应该是井上浩代小姐，对吧。"

看来能势已经理解了新田的意图。

新田将身体向能势的方向挪动了一下："我们之间的谈话，就不用敬称了。如果井上浩代和手嶋是同谋，通电话这个不在场证据就被揭穿了。到目前为止，摆在我们面前的一个很大的障碍是我们认为手嶋'不可能'预知自己会接到前女友本多的电话。"新田一边注意着周围的环境，一边压低了声音。别说是一般的客人了，这些内容连饭店里的刑警都不能告知。

能势重重地点了点头："我也有同感。从你的报告上看，井上浩代是本多千鹤大学时代的好朋友。现年二十八岁，已婚，居住在大森……"能势边看着记事本边念道。

新田紧闭着嘴唇。想起了之前找井上浩代问讯时的情景。是一位长相平平、化上浓妆后才看起来有些姿色的女性。身上穿戴的都是高级货，她的丈夫应该是成功人士吧。有些沉默寡言，除了回答问题之外，没有任何多余的话。当时新田想，可能涉及杀人案比较慎重吧，可现在看来，也许她心里还有别的顾虑。

"那个时候，我只把井上浩代当作证实本多供词的一个证人。觉得写报告查到那个程度就足够了。"

"这太正常了。无论从哪个角度看，那时她都是一个毫无关系的人物。"能势用安慰的口气说道。

新田冲着他耸了耸肩："现在也无法确认她一定与案件有关。"

然而能势却挺胸抬头地说了一声："不！"他的眼睛里流露出锐利的光芒。这多少让新田有些吃惊。

"这个假说，应该是成立的。刚才接到新田的电话时，我的直觉就告诉我是对的。非要问我理由的话我也说不出，不过我有心惊肉跳的感觉。当然了，是发生好事时的心惊肉跳。新田，这条线索行得通。"

"我也希望如此。"

"我马上就对井上浩代展开详细的调查。如果能在哪里发现她和手嶋之间有交集的话就有趣了。还有,对本多,也需要再问讯一次吧。关于她是不是受到井上浩代的鼓励和怂恿才给手嶋打电话的事,还是确定一下比较好。尤其是打电话的理由,我要再问一次。"能势开始在记事本上写下些什么。

"关于本多给手嶋打电话的理由,如果之前的回答都是谎言,那么真实理由一定难以启齿。你能问出来吗?"

听了新田的问题,能势停下了手中的动作,微微沉思了一下,不过马上就点了点他的大脑袋说:"嗯,总会有办法的。一有消息,我马上联络你。"说完就满怀信心地站了起来。

"啊,能势,"新田也站起身来,"这件事情,你先不要跟任何人说。"

能势瞪大了眼睛,用黑眼球瞟着新田说:"对上司也不说吗?"

"尽量吧。"

面前的这位圆脸刑警,撅起下嘴唇,双下巴上下动了动:"我知道了。幸好我现在是自由行动的状态。那就暂时对上司保密吧。"

"非常感谢。帮我大忙了。"

"道谢就不用了。那我先走了。"

能势迈着比来时更加轻快的脚步离开后,新田返回了前台。

"我回来啦。"新田打了个招呼。

"看你们聊得热火朝天呢,有什么进展吗?"尚美压低了声音问道。

"查案的细节我不能告诉你,"新田继续说道,"但你提出的疑点说不定能帮得上忙。如果有什么好消息,我再好好谢谢你。"

尚美很意外似的抬头看着新田:"我什么时候提出疑点了?"

新田用食指抵住了嘴唇,意思是现在还不能说。尚美叹了一口气,苦笑了起来。但看来没有不高兴的意思。

临近傍晚,办理入住的客人又多了起来。新田像往常一样,一边做着前台接待员的工作,一边在脑海里斟酌刚才和能势的对话。

新田完全不相信,那个看起来很愚钝的胖子,竟是一个能力超群的优秀刑警。但现在也只能把希望寄托在他身上了。本来，这件事情应该和稻垣和本宫去商量。井上浩代和手嶋正树是同谋这种假设，在一定程度上也能得到他们的理解。但是关于这个假设的验证无法交给新田去做。决定权一旦到了稻垣手里。他就会交给别的刑警去做。万一取得什么阶段性进展，立功的就变成那位刑警了。

所以，新田决定等事情有些眉目了之后再告诉稻垣他们。这样，就不得不依靠能势了。

不过——

即使井上浩代与手嶋正树之间有某种联系，如果不能证明他们是同谋的话也没有意义。除非能揭穿他们使用的诡计。就算受了井上浩代的唆使，本多千鹤也确实给手嶋打去了电话。打的是固定电话，而且本多千鹤很肯定接电话的就是手嶋本人。

进一步说，即使解开了眼前的谜团，还有其他问题需要考虑。首先，就是和其他案件之间的关联。到目前为止，还没有发现有效线索。

就在新田在思前想后的时候，耳边传来了一声"喂，那边那个！"但是新田没有意识到是在叫自己。因为当时还有其他接待员在场，而且自己还比他们站得靠后些。

"叫你呢，听不见吗？"

这次新田终于意识到了，有一位微胖的男士正在前台旁边叫自己。这人脸盘很大，黑黑的头发修剪得很短。可能因为臃肿的单眼皮，很难看清他的表情，年龄也不好判断，皮肤特别有光泽，所以有点娃娃脸。

山岸尚美马上赶过来："请问您是要住宿吗？"

然而那位男士并不看尚美，而是指着新田质问道："为什么你不回话？"

山岸尚美一脸疑惑地回头看着新田。新田与尚美对视了一下，向前走了一步："找我什么事？"

"什么事，这叫什么话，客人在叫你呢，你为什么装作听不见？"

"并不是这样的……非常抱歉。"新田低头致歉。

微胖的男人皱着眉头，一直瞪着新田。看着对方的脸，新田内心一震。好像在哪里见过这个人——

"栗原！"男人直截了当地说。

"啊？"新田一时之间没反应过来。

"我叫栗原，已经预约过了。"

"啊，好的，请稍等。"

虽说已经接受过如何办理入住的培训，可实际上独立操作还是第一次。不知所措之下，只得先把住宿登记表递给客人。

"请您填写一下住宿登记表。"

男人一脸不悦地开始填写。站在新田旁边的尚美已经开始快速操作着预约屏幕，找到了相应的记录后用手指了指画面。男人是用栗原健治这个名字预约的。今天入住一天，要求是单人禁烟房。

栗原，KURIHARA，栗原健治，KURIHARA KENJI——新田在脑海中反复重复着男人的名字。总觉得在哪里听过这个名字。可是却记不起来。

"写好了。"栗原说道。

新田接过住宿登记表。住址一栏写的是山形县。

"请问您用信用卡还是现金支付呢？"

"用卡。"

"那么押金也用信用卡预付可以吗？"

栗原依旧板着脸，从钱包里拿出了信用卡。新田将卡面复印了一下。上面确实刻印着KURIHARA KENJI。

山岸尚美从旁边递过了房卡。房间号是2210号。

新田将信用卡放回栗原的面前，说道："让您久等了。为您准备了二十二层的房间。"新田一边说着，一边已经把房卡递给了等在一旁的服务生。

栗原意味深长地瞥了新田一眼，转身慢慢离开了。

"那位客人有什么问题吗？"看到新田还在一直盯着栗原离去的方向，尚美问道。

133

"没什么……我只是在想他为什么一定要叫我呢?"

"应该是偶然间一眼就看见你了吧。"

"是这样吗?"

"还有什么别的理由吗?"

"与其说理由,不如说我好像在哪里见过这个人。"

尚美瞪大了眼睛,面部肌肉也绷得紧紧的。

"你是说你认识他?"

"不知道,"新田摇着头,"我只是有这种感觉,不过也有可能只是错觉。"

"但是如果这不是错觉的话,"尚美用舌尖舔了舔嘴唇,"那就大有问题了。可能要有麻烦了。"

"正是如此。"

新田观察了一下周围的情况。看见了扮成服务生的关根,便招手把他叫了过来。

"发生什么事了?"关根一脸紧张地跑了过来。

新田简短地说明了事情经过以后,给关根看了刚才的住宿登记表。

"说不定,那位客人知道我的身份。"

关根一脸惊讶的表情。

"这么一说,刚才那位客人好像在离前台有段距离的地方就一直朝这儿看。从刚才就在盯着新田了吧。"

"有这个可能。"

"是不是和之前的案件有关?"

"也许吧。虽然我觉得他应该没有前科,可是以防万一你帮我查查警察局的数据库吧。"

"知道了。我去和系长还有本宫前辈说说。"

"那就拜托了。"

关根拿着住宿登记表小跑着走掉了。看着他离去的背影,新田将自己的双手交握在一起,掌心都渗出了汗。

就在这时，内线电话响了起来。尚美接起电话。简短的几句之后，尚美的表情变得严肃起来，看向了新田的方向。

"发生什么事了？"新田问道。

尚美对着话筒说："我知道了。马上就让他过去。"说完挂断了电话。

"怎么了？"新田又问了一次。

"服务生打来的。栗原先生投诉了。"

新田心里顿时产生了一种不祥的预感。"他对什么地方不满意？"

尚美摇了摇头。

"不知道。服务生说，他只说这个房间不行，把刚才那个接待员叫过来。"

"刚才那个接待员，是指我吗？"

"是的。"

新田咬着嘴唇，歪着头嘟囔着："到底是谁呢？那个家伙。"

"不管怎样我们还是快点去吧。拖的时间越长客人会越不高兴的。"

"不，我一个人去就行了。变更房间的手续，我以前看你做过，大体上都知道。我了解完整体情况后，会给这边打电话的，能帮我预备一个替换的房间吗？"

"房间的事就交给我吧。但是，你一个人没问题吗？"

"没问题。而且，如果他知道我的真实身份的话，可能只是为了和我单独见面才投诉的。"

"确实有这个可能。"

"我过去了。是2210号房间吧。"确认了房间号后，新田离开了前台。

在等电梯的时候，新田的脑海中再次浮现出了栗原的脸。总觉得好像在哪里见过，可就是想不起来。他的长相还算有特点，如果在问讯室里交过锋，自己应该会有印象的。

当初决定让新田化装成饭店服务员时，他就和稻垣等人讨论过这个问题，因为有碰到知道自己警察身份的人的危险。当时的结论是，这毕竟是小概率事件。能够清晰地记得只在问讯时见过一两次的警察的人，应该没有几个吧。一般人只要听说对方是警察就不敢正视了。即使对方真的记得，可此时新田一身饭店人员的装扮，怎么都想不到会是同一个人吧。如果对方非常清楚地记得新田的长相，那一定是作为嫌疑人被新田询问过，那么新田也一定记得对方。因为新田现在的工作就是盯着来访客人的脸观察，这样的人物一旦出现，新田应该会先于对方注意到这一点——以稻垣为首，绝大多数人都赞成这种观点。新田也是赞成的。

但是，在一阵焦虑中新田也意识到了一点：人的记忆并不是绝对准确的。扪心自问，是不是能够把调查过的所有人都装进脑子里，新田并不能给出自信的肯定回答。

电梯到了二十二层，新田穿过走廊，来到了2210号房门前。门是关着的，新田握紧拳头，敲响了房门。

里面没有回应，门直接被打开了。开门的是年轻的行李员，脸上挂着疑惑的表情。

"失礼了。"新田走进了房间。栗原依然穿着西装，背对着自己站在窗前。

新田对行李员小声说："这里没事了，你先回去吧。"

行李员眨了眨眼睛，好像在问"这样可以吗"，新田对他轻轻点了点头。

一脸青涩的年轻行李员不放心地看了看栗原，低着头退了出去。

新田再次转向栗原："请问您觉得这个房间有什么问题吗？"

栗原依旧沉默着。与硕大的头部极不协调的窄肩膀，正微微上下抖动着。

"那个……"正在新田准备再次发问的时候，那张娃娃脸终于转了过来。眼神里流露出来的却是中年男性特有的狡猾的光芒。

"你，在这间饭店工作几年了？"

面对这个突如其来的问题，新田一时语塞。他担心在两人单独相处的情况下，栗原会揭穿自己的身份。

"五年……左右吧。"新田随便回答了一句。

"五年吗？那么之前呢？也是在饭店工作吗？"

"不是，之前做过许多工作。"在不明白栗原问题用意的情况下，新田只得暂时应付着。

栗原听了之后用鼻孔"哼"了一声。

"是工作做不久的类型啊。短短的五年是无法成为一个合格的饭店人员的。"

虽然不是真正的饭店人员，可是栗原的话却让新田很生气。与此同时，新田也判断出这个人好像并不知道自己的真实身份。

"我犯了什么过错吗？"

听了新田的问题，栗原歪着嘴，抬起头打量着新田："有什么过错？给我安排了这么一个房间，还用那种腔调来反问我吗？"

"所以我想问这个房间有什么问题——"

栗原突然用手指向窗外，打断了新田的话。

"外面有什么不对吗？"

"预约的时候，你们问我对房间有没有什么特殊要求，我提出了想要一间夜景漂亮的房间。因为你们饭店的夜景也是一大卖点，所以想着能欣赏一下也不错。"

"这没有问题啊。我们饭店所有的房间都能够看到夜景。"

"别开玩笑了！"栗原粗暴地拉开了蕾丝窗帘，"这哪里有漂亮的夜景？你把我当傻子吗？"

新田走到窗前，看了看外面。楼下正对着一条高速公路。川流不息的车辆开着车前灯，灿若星河。

"这样的夜景您不喜欢吗？"

"这还用问吗？我已经说过多次了，想要一间能看到漂亮夜景的房间。你们把我安排在这里，不是诈骗吗？"

新田拼命忍住怒气。虽然没忘记山岸尚美说过的"客人就是规则手册"那番话，可是真是太愚蠢了。

"客人，漂亮与否是一种主观的认识。很遗憾您不喜欢这里，可是在我看来，这样的夜景绝不能说不漂亮。"

栗原用凶狠的眼光瞪着新田："什么！你是在反驳客人的话吗？还是说你认为这是我的错？"

新田连忙摇头："绝对不是这样的。但是，您刚才用了诈骗这个字眼，所以我解释了一下。总之，我马上给您准备调换的房间，请再等一下。"

就在新田准备拿起电话的时候，栗原说了一声"等一下！"然后就从一旁的手提包里拿出一个笔记本电脑。

"有事吗？"

"别问了，在那等一下。"

栗原说着开始操作起电脑，看起来好像是上了网。新田不明就里地朝着电脑屏幕的方向张望，终于栗原把屏幕转向了新田："你看看这个！"

屏幕上显示的，是这间饭店的官方网站。

"这个怎么了？"

"什么怎么了，这里贴着一张夜景的照片，你明白了吧！"

栗原用手指敲打着屏幕说道。饭店网站的首页上贴着一张绚丽的东京夜景的照片。照片中间是东京塔。

"既然你们的网站上贴了这样的照片，我理所当然地认为不管从哪个房间都应该能看到这样的夜景。给我换个房间是可以的，但是不要忘了这个！"

新田完全被这个要求惊呆了，他站在那里，交替看着电脑屏幕和栗原的脸。

"怎么了。你有什么意见吗？"栗原又提高了声调。

"不是，那个，网站上的照片只是用于宣传的效果图……"话说到这里新田突然停住了。因为他意识到这样的解释是没有用的。面前的这个男人，是明知如此还故意刁难。

"所以怎么样。你想说我误会了都是我的不对吗？"

"不是的，刚才真是失礼了。那么，我可以先出去一下吗？我到下面去商量一下。"

"商量是什么意思？我可把话说在前头，这件事我可交给你了。别想着推给别人。你必须想办法给我解决。知道了吗！"

"……我知道了。"新田说完行了一个礼便离开了。关门的时候，新田拼命忍住了摔门的冲动，而是狠狠踢了一下旁边的墙壁。

回到一楼前台，新田向尚美说明了情况。尚美的表情变得严肃起来，渐渐看出了事情的端倪。

"原来是这种类型的投诉。以宣传手册和实际内容不符为理由投诉的客人倒是偶有遇见。用官方网站上的照片来做文章投诉的还是第一次碰到。"

"那怎么办呢？不如我们干脆跟他说，如果你有意见就不要住了吧。"

尚美生气地瞪大眼睛："那可不行。"

"但是那家伙就是一个来找茬的。他选中我，可能也是因为我看起来是个新手吧。太可气了。"

"正因如此，你如果因为他的挑衅沉不住气的话就更是正中对方下怀了。好好应对，让他无话可说才好。"尚美说着开始操作起手头的终端机来，"能看见东京塔的房间应该在西侧。尽量选择高层的房间。"

这时新人接待员川本走了过来，手里拿了一个文件夹。

"这是从其他饭店传来的寻衅者名单，没有发现类似那位客人的投诉者。他用信用卡结账，所以应该也没用假名。"

"看来这次是作为寻衅者出场的第一战啊，"新田说，"那么，他就是看我好欺负喽？"

"不管怎么说，你的真实身份没有暴露吧？"尚美确认道。

"应该没有。"新田说道，"虽然总觉得好像是在哪里见过，不过也可能是我弄混了。"

尚美点点头，开始在手头的便笺纸上写着什么，随后把纸递给了新田。

"三十四层有合适的房间。不止是单人房，还预备了双人房和豪华双人房。如果还是不行的话再和我联络。"

那张便笺纸上写着几个房间号。

"我可不是为了做这样的事情才装成饭店工作人员的。"

"在那位客人看来,新田你就是一个饭店服务人员,别的什么都不是,要忍耐!"说着尚美把万能卡递给了新田。

新田默默接过,叹了一口气。

回到2210号房间以后,新田发现栗原的心情更糟了。肯定是因为他太慢了。

"我这边还有其他安排呢。不就是换个房间嘛,需要那么长时间吗?要是耽误了我的工作,可都是你的责任!"

"非常抱歉。因为我们想尽量找到一个能令您满意的房间。"

"你这句话本身就大有问题。为什么你们不一开始就准备好让我满意的房间呢?"

新田只得反复道歉。

"真是的。这次的房间不会有问题吧?"

"不会有问题的。"新田说着打开了房门,准备先到走廊里等候。

"等一下,你是准备让我自己拿这个吗?"栗原在新田走出房门之前阻止了他,指着自己的行李说。

"对不起,我来拿吧。"新田说着拿起了栗原的行李包。不知道是不是因为装着电脑,行李很有分量。

新田先把栗原带到了3415号的单人间。这个房间的窗户朝西,能够看见东京塔。从窗户向外看去,是一片和官方网站上的照片十分接近的美丽夜景。

"您觉得怎么样?"新田拉开窗帘确认道。

可是栗原对夜景毫不关心,而是环视了室内一圈之后面无表情地说:"还有其他房间吗?"

"您对这间房有什么不满意的吗?"

"反正你预备了好几个房间吧。都给我看看,由我来选择。我可不想让你来替我决定。"栗原带着讽刺的语气说道。

新田简直气得咬牙切齿。他拼命压制着自己想要殴打那张年龄不详的娃娃脸的冲动。

"我知道了。现在就带您过去看。"也许是因为要忍住怒气，新田的声音有些颤抖。

看着山岸尚美准备好的便笺，新田带着栗原又看了双人房和豪华双人房，每个房间的夜景都非常漂亮。但是新田明白栗原在意的重点并不是窗外的景色。因为他根本就不往窗外看。

"还有其他房间吗？"栗原一脸不耐烦地问道。

"您刚才看过的就是我们今晚可以提供的全部房间了。"

"真的吗？只要我给熟人打个电话，你们今晚的房间入住情况也都是能查到的。"栗原小声说道。虽说没有强迫，可似乎也是为了表明自己的身份很不一般。

"请您稍等。"新田用房间的电话打给了前台。尚美接起了电话。

"我是新田。"

"情况如何？"

"那个……"

"客人还是不满意是吗？"

"嗯，是的。"

沉默了一秒钟之后，尚美说："我知道了。你带他去3430号房间看看吧。是行政套房。"

"这样好吗？"

"特殊情况嘛。没有别的办法了。而且你也想快点回到前台来吧？"

"我知道了。"

新田挂断电话，重新转向栗原："为您准备好了新的房间，可以带您去看看吗？"

"什么嘛，你们果然还有其他的空房间。"

"刚才还没有准备好。现在我带您去看看吧。"新田说着拿起了栗原的行李。

进入3430号房间后，栗原单手插在兜里，环视了整个房间后站在了房间的中间。依然没有看一眼窗外的景色。

"您觉得这个房间怎么样?"新田问道。

栗原将身体转向了新田:"你小子,肯定在想我为了提高房间等级才跟你过不去吧?"

"怎么会呢?没有这回事。"

"别装了,都写在你的脸上了。"栗原生气地从新田面前经过,走向房门口。

"您要去哪里?"

栗原不耐烦地转身:"最开始的单人间就行了,带我过去!"

"3415号房间吗?"

"不是,我不是说了吗?最开始的!二十二层的,2210号房间!"

"欸?"

"我还有事呢,你动作快点!"栗原说着粗暴地打开了房门。

15

"真是蛮不讲理。他这样做到底出于什么目的?如果说最开始的房间就可以,为什么还要投诉呢?说什么和官方网站上夜景的图片不一样,难道只是为了故意找茬吗?"

新田一边发牢骚一边操作着电脑,目光在液晶屏上游走着。屏幕上显示的是新田所属的部门过去调查过的案件信息。

"这件事确实很奇怪。如果他想表明自己的目的不是提升房间等级,那选择双人房或者豪华双人房就可以了。可是结果却要求回到最初的房间。真是不知道他为难你们的目的是什么。"本宫在旁边也百思不得其解。

新田是来办公楼的会议室汇报的,不用说,新田最先汇报了栗原的事情。系长稻垣还没有到。

"他应该知道新田的真实身份吧,然后为了想让你出丑,故意想出了这种无理取闹的难题。"一身服务生装扮的关根说,"因为我听到现在,感觉他完全是针对新田才这样做的。"

新田靠在椅背上，嘴里念叨着："不行，完全想不起来。难道真的是错觉？"

"应该不是我们调查过的案件的相关人士吧。"

虽然本宫这样提醒新田，可新田无法对此表示赞同。

"我觉得应该是的……"新田说。

本宫一脸阴郁地说："这可不行。这一点不弄个清楚可不行。"

"我已经查过有前科人员的数据库了，好像没有这么一号人物。"关根说。

新田摆了摆手："有前科就是说明曾经被逮捕过。如果这样我无论如何都会记得的。就算是和被害人或嫌疑人有关系的人，我也自信能够记得。问题是，只是通过简单的问询见过的人我就不敢保证了。"

"如果是这样的话，对方应该也不会记得了。即使还记得，也没有必要找新田麻烦吧。"本宫的话说到了点上。

新田在旁边挠着头，准备重新投入到面前的电脑中去。就在这时，背后传来了开门声。先看过去的本宫和关根立刻调整了一下坐姿。新田也回过头去，看见管理官尾崎正走进来，后面还有稻垣。

新田也慌忙站起来。尾崎示意他们坐下。

"不用这么紧张，我就是来看看情况。"尾崎在空着的椅子上坐下来，看向了稻垣。

"在那之后，有什么进展吗？"稻垣问新田等人。安野绘里子的事情，上午已经汇报过了。

"晚会和宴会部没有什么异常。"本宫回答道。

"客房部呢？"稻垣将目光投向了新田。

"这个，可能也算不上是什么大事……"新田一边犹豫着，一边报告了栗原健治的事情。

稻垣的表情阴沉了下来。尾崎则表现得饶有兴趣。

"他投诉的内容，只是关于房间吗？还有别的吗？"

"暂时，只有关于房间的。"

"这样啊，"稻垣点了点头说，"那个叫栗原的男人，如果真的知道新田的真实身份，即使和这次的事件没有关系，我们也不能置之不理。如果在有其他客人在场的情况下突然被揭穿就不妙了。因为这样一来，可能被真正的犯人得知，也会给饭店方面添麻烦。"

"那么我尽量不要靠近栗原吧。"

稻垣马上否定了新田的这个提议。他歪着头若有所思地说："别说不理他了，就连反常的行动也要避免。如果他真的有什么阴谋诡计，却发现你不在场，反而可能做出更过激的行为。所以说，还是按照正常的对应方式准备吧。"

"跳梁小丑如果遭到无视，会更加气急败坏。所以还是勉强把他当成个对手应付一下，是这个意思吧？"

对本宫精辟的概述稻垣显然很满意，嘴角也缓和了下来："嗯，就是这么回事吧。"

"我知道了。总之我会留意那个客人的。"新田说。

"不，虽然这么说，可是客人真是形形色色啊。"一直沉默的听着他们交谈的尾崎开口了，"稻垣已经把之前发生过的情况都跟我汇报过了。在经常要和奇怪的人打交道这一点上，饭店从业者和警察还真像。"

"嗯，是啊。"新田嘴里答应着心里却想，他们要应付的比警察还多呢，可是话到嘴边忍住了。

"可是，在凶手的身份不明、无法预测被害者的前提下，我们也只能持续现在的做法了。让你们做这些不擅长的工作真是为难你们了，多加油吧。"尾崎用认真的眼神看着新田和关根。尾崎的话听起来也没有什么具体的指示，只是为了激励他们，给他们打气吧。

"其他调查怎么样了？有进展吗？"新田交替看着几位上司的脸问道。

"当然了，每个刑警都在拼命调查，"稻垣瞟了一眼尾崎后说道，"很可惜，还没有什么有价值的线索，相信不久之后就会有所突破了。你们一定想多掌握一些会在这里出现的案犯的线索，可是目前只能忍耐。"

对于稻垣这套空洞的说辞，新田有些生气。

"其他案子的调查进展，是不能告诉我们吗？比如说，千住新桥的那个案子，听说被害者生前买进了大额的人身保险是吧，这件事后来怎么样了——"

"新田！"稻垣伸手阻止了新田继续说下去，脸上的表情已然非常难看。

"你们只要把精力集中在饭店里的调查上就好了。其他案子的情况就不要管了。那些都是我们要操心的工作，明白了吗？"

"可是……"新田话刚出口就咽了回去。因为他看到坐在稻垣旁边的尾崎已经把嘴抿成了一条线，目光游离在上空。

"我明白了。"新田回答道。

离开会议室后，新田和关根准备一起回到工作岗位。一种无法释怀的情绪，依然在新田的心里蔓延。

"照这个样子，应该没什么进展，"关根压低声音悄悄地说，"要是真的有进展，早就告诉我们了。"

"不，事情好像不是这样。"

"是吗？"

"我感觉他们有事情瞒着我们，不能对我们这队人马透露的事。"

"又是心理战术吗，他们真喜欢这一套。"关根夹杂着一丝苦笑说道。

的确，上司一边向部下隐瞒部分消息、一边指挥他们的行动这种事情时常发生。有时是单纯防止机密泄漏，有时是为了自己独揽功劳、加官晋爵，总之理由多种多样。但新田感觉这次的情况不同寻常。

正要走出办公楼的时候，新田的手机响了，是山岸尚美打来的。

"我是新田。"

"我是山岸。不好意思，你是不是在开会呢？"

"已经结束了。现在正准备回前台，发生什么事了吗？"

"那等你回来再说吧，我就在前台。"

"我知道了。"新田挂断了电话，纳闷起来。

"是山岸小姐吗？"关根问道。

"嗯,她明知我们可能正在开会还打来电话,看来不是小事。"

"还是那个客人的事情吧?"

"我希望不是。"新田说着加快了向主楼移动的脚步。

但是新田的祈祷并没有灵验。等在前台的山岸尚美向新田递过来一张便签纸,上面写着"2210"。栗原健治的房间号。

"那位客人又有什么事?"

山岸尚美叹了一口气,点点头:"让人马上到他的房间去。当然,指定要你过去。我跟他说你现在不在,是否可以由我先过去,可是他说不行。"

新田的表情扭成一团,咋舌道:"这次又是什么事。难道要投诉卫生间不好用吗?"

"新田,你这样的表情,在这里是不行的。"山岸尚美小声提醒着,用食指在面前晃了晃,"关于栗原先生,你想起什么了吗?"

新田摇摇头:"没有。我把过去发生的案件都回忆了一遍,还是想不起来。说不定,我是在和案件无关的时候和他有过交集。"

"要是这样的话,栗原先生认为你真的是这个饭店的员工喽?"

"嗯,是应该。"

"那么,"尚美微微挺起了胸膛看着新田,"事情就简单了。你就作为东京柯尔特西亚大饭店的一员,做好你的本职工作就可以了,没有必要思前想后。"

"可是,那个家伙肯定是有阴谋的。"

"即使真是这样,作为饭店工作人员能做的事情也只有一件。"

"不能违逆客人,客人就是规则手册吗?"

"不能随便叫客人,要用敬语。"尚美说着做了一个行礼的动作,"你快点过去吧,栗原先生还在等着呢。"

新田瞟了尚美一眼,转身朝电梯间的方向走去。

站在2210号房间门前,新田深吸了一口气敲响了房门。但是没有回音,就在新田准备敲第二次时,门打开了。栗原用浑浊的眼睛抬头看着新田,嘴角不满地向下撇着:"太慢了。你在干什么!"

"非常抱歉。刚才有些工作没办法马上脱身。要是其他工作人员的话，应该可以马上赶到。"

"其他的人过来就没有意义了。只能是你，因为这都是你的责任。"栗原一边强调着新田的责任一边快速说道。

"这个房间，又有什么问题吗？"新田问道。既然是需要自己负责任的事，那只能是这个房间的问题了。

可是栗原却生气地使劲摇头。

"不是房间的问题。你进来看看！"

接到栗原的指令，新田走进了房间。

桌上放着刚才见过的那台笔记本电脑。

"你看着。"栗原说着按下了启动按钮。

可是笔记本电脑却没有任何反应。没有声音，液晶屏也没有亮起来。

"咦？"新田斜视着栗原，"这个怎么了？"

"什么叫怎么了。电脑完全不能用了。你怎么弄的啊？"

"啊？"新田吃惊得张大了嘴，目光向下直视着栗原，"您是说我把电脑弄坏了吗？"

"是啊。刚才还没有问题的，这个你也知道吧。只要按下启动按钮，就可以正常使用了。"栗原一边歇斯底里地大叫着，一边反复按着启动按钮，"可是，我再想用时，就变成这样了。这样我就无法工作了。这里面有很多重要的数据。你到底怎么弄的？"

这已经是第二次从栗原口中听到"你怎么弄的"。至此，新田觉得自己就是在被毫无理由地寻衅找茬。

"请等一下。按照客人您的说法，好像在说电脑的损坏是由我方造成的？"

"不是吗？而且不是你方，是你！就是你给弄坏的，"栗原已经激动得面露潮红。

"我……您在说什么啊？我连碰都没有碰过电脑。"

"你瞎说！你怎么没碰过？"

"我什么时候——"说到这里,新田想起来了,"你不会是在说我帮你拿行李的时候吧?"

"就是那个时候。看吧,你还说你没有碰过。"

"但是我并没有直接接触电脑啊,我从来都没有把电脑从包里拿出来过。"

"和你拿没拿出来没有关系。听好了,电脑这种东西本来就是敏感的精密仪器。即使是装在包里,也可能因为一些撞击导致失灵。你打算怎么办?喂!你打算怎么办?你倒是说话啊!"

在栗原如此气势汹汹的质问下,新田陷入了混乱之中。自己确实帮他拿过行李。虽说并没有粗鲁地对待行李,可也说不上小心翼翼。因为那个时候新田满脑子都是给栗原换房间的事。

"你怎么不说话了,你倒是说啊!喂!"

"不,是这样的。你说的意思我明白了,可是也不能确定一定是我造成的啊。"

"你还想装傻吗?如果不是你,还有什么原因呢?"

"这个我也不好判断……说不定是因为客人您的误操作什么的。"

"你说什么!"栗原已经愤怒得红了眼睛,"你是在说是我的错吗?"

"不是,我只是在说有这种可能性。"

"你这个家伙。别太过分了,还是老实承认了吧。就是你弄坏的。"栗原说着伸出右手,用食指指着新田的鼻尖叫骂道。

接下来的瞬间,新田立刻用手背推开了栗原的手指。这完全是新田无意识的条件反射动作。做完之后,新田心想"这下完了"!

"你这个家伙干什么!这是什么态度!居然推开客人的手!"栗原瞪圆了他的单眼皮叫道。

"非常抱歉。我并没有想要推开,只是不小心碰到了。"

"给我闭嘴!你就站在这,不许动!"栗原说着伸手拿起了桌子上的电话。

16

"今晚先由饭店提供一台替代的电脑供客人使用。故障的那台电脑我们已经提出了由饭店负责联系修理,可是对方说想交给自己信任的修理厂商。"山岸尚美笔直地站在那里汇报情况。

"修理费用确定之后,让他把账单寄给饭店吧。"回答的人是藤木,此刻正坐在总经理的位置上。

"这个我已经说了。可是对方说不需要了。"

藤木不解道:"怎么回事呢?"

"他说没有想过要我们赔偿。也并不是因为电脑坏了而发火的。"

"那么,他为什么生气?"

"这个嘛……"尚美顿了一下。站在一旁的新田已经感觉到了尚美把目光投向自己。

"他是不满意新田的态度吧?"藤木接着问道。

"栗原先生是这么说的。"

"嗯……"藤木将目光投向了新田,"那位客人有可能之前就认识你?还是想不起来?"

"不好意思。我觉得应该是在哪里见过。如果不是的话,他应该不会这样做。"

"不会这样做……也就是说,你认为所有的一切都是客人有意为之?"

新田重重地点了点头:"对房间的投诉,只能说他是在硬找茬。那些都是为了给我看电脑,让我帮他拿装着电脑的行李的伏笔。"

"那弄坏电脑的……"

"应该是他自己,"新田断言道,"电脑是装在包里的,而且我记得并没有撞到哪里,就这么坏了很奇怪。"

藤木又将视线转向了尚美:"你怎么看?"

尚美假意咳了一声:"虽然我不是很懂,但是以前听说在开着电源的情况下,受到一点撞击硬盘就有可能被损坏,如果没开电源,受到一点轻微的撞击是没问题的。但是，因为我们手头没有任何证据，现在就说是栗原先生自己弄坏的还为时过早。"

"不，要证据的话也是有的，"新田接口道，"只要调查那台电脑就可以了。马上就能判断出电脑是在偶然的撞击下被破坏的还是人为破坏的。"

"但是我们没有那样的机会了。栗原先生说他自己去安排电脑的修理。"

新田长长地吐出一口气，看着藤木。

"看来一切都在他的计算之内。他的目的不是金钱，而是为了攻击我个人。虽然不知道他这样做是出于什么目的。"

"即使真是这样，你也不应该在他的挑衅面前沉不住气。不管发生什么事情，都不能对客人出手啊。"

"……这个的确是我太笨了。"新田低着头，牙齿咬得吱吱响。

"稻垣系长。"藤木招呼道。稻垣正和客房部长田仓一起坐在沙发上。

"怎么办？说不定栗原先生已经隐约察觉到新田的真实身份了。因此，他才想揭穿假面……哦，不，失礼了。有可能为了揭穿新田的真实身份，才故意策划了这些事情。"

稻垣思考了一会儿之后，缓缓地摇了摇头。

"目前这种情况下我们还没有改变侦破方针的打算。只能先按照原计划进行。假如那个叫栗原的人企图揭穿新田的真实身份，那么新田不在的话反而会引起更大的骚乱。"

"原来如此，确实有这种可能。"藤木将两手交叉放在桌上。从他紧锁的眉头中可以看出思虑之深。终于，藤木抬起头说："我知道了。那么，就继续观察一下吧。只是新田，一定要注意自己的言行了，千万不要露出破绽。"

"我会注意的。"新田话音刚落，就从他后面传来了敲门声。

藤木说了声"请进"。

门打开了，进来的人是久我。他一脸疑惑地观察着室内的情况："刚才栗原先生给前台打来了电话，让新田马上到他的房间去一趟。"

屋子里的所有人不约而同地叹了口气。

"这么快就来了。"藤木说道,"新田,能做到吗?不管栗原先生怎么无理取闹地为难你,都一定要忍耐。"

"我知道。"新田低头致意后,离开了总经理办公室。

2210房间内,栗原正板着脸等在那里。桌子上还放着从饭店借出的笔记本电脑。

"电脑怎么样?"新田问道。

"很不好用。机器的型号不一样。"栗原直截了当地说,"你真是给我惹了大麻烦。"

事到如今,在栗原心里,电脑是新田弄坏的这件事已经被认为是既成事实了。不,还是说他只是装作这样。

"也许是我没有保管好电脑。"

"你承认是你的责任了吧?"

"电脑损坏的原因虽然目前还不能确定,但确实妨碍栗原先生的工作,我想尽可能为您提供帮助。在这一点上我会负起责任的。"新田转述了从山岸尚美那里学来的台词。

"好,刚才的话,你可别忘了。"

栗原抓过了一旁的手提包,从里面拿出一本书。让人意外的是,这是一本英文参考书。

"这本是英文注解的参考书,里面刊载着大量的例文,"栗原说着把书放到了桌子上,继续说道,"把书里的例文,全部输入电脑里!"

"欸?全部吗?"

"是的,全部。被你弄坏的那台电脑里就全都有。没有那个的话,我会很不方便。我明天就要用。"

新田拿起那本参考书,粗略浏览了一下,几乎每一页上都刊载着英语长文。

"您是让我今晚把全部内容输入进去吗?"

"是的。我不想听你说不行。你刚才不是说了要负责任吗?"栗原唾沫四溅地说。

这下坏了，新田在心里暗想道。要想把这些内容都输入进去，要花好几个小时吧。但又不能拒绝。不过转念一想，也不一定非要自己动手录入。

"我知道了，努力试试看吧。一完成，我就把电脑拿回来。"

"拿回来？你在说什么呢，在房间里做不就好了？"

"可是——"

"我命令你这样做。如果你不动手做的话就没有任何意义。如果有其他人帮助你的话我是不会承认的。"

"可是，这样的事情几个人分工合作，效率会更高。"

"你闭嘴！"栗原拍着桌子，站起身来说，"我就是让你一个人做。如果你想要负起责任就按照我说的去做。明白了吗？"

这完完全全就是针对个人的攻击。不是针对饭店。仿佛使新田痛苦才是他的目的。

"那种眼神是什么意思？"栗原瞪着新田说，"你有意见吗？"

"啊，没有。"新田垂下了目光。眼神里终究流露出愤怒的神色。

栗原看了看手表："现在是九点半。我要出去一下，在这期间内你就工作吧。我再说一遍，只能你一个人做，不能叫任何人帮忙。"

"是……我明白了。"

"你带手机了吧？"

"手机？带着呢。"

栗原拿起自己放在桌子上的手机，递给新田："用这个给你自己的手机拨过去。"

新田没办法，只好按照指示去做。很快从新田上衣的内兜里，传来了手机震动的声音。

"好了！"栗原说着拿回了自己的手机。

"确认一下我的手机号。我在外面会不定时地给你的手机打电话的。不过，拨通后我会马上挂断，所以你也不用接起来。然后你要在接下来的三十秒之内给我打电话。可不要弄错了，是用饭店的电话给我打过来！"

新田不停地眨着眼："您这样做是为什么？"

"这还用说吗？为了监视你啊。防止你去别的房间或者是找人来代替你。只要你知道我随时都可能打来电话，就不能离开这里了。"

"啊，原来如此……"

"你想蒙混过关是没有用的。给我好好干吧！"栗原一边嚷嚷着，一边拿着房卡离开了房间。

栗原砰的一声关上门离开之后，新田一时没缓过神来。不过随后，有一股强烈的愤怒感涌上心头。为什么自己要遭受这样的待遇。自己明明就是为了查案才潜入饭店的。

就在这时，手机震动了起来。新田以为栗原这么快就来查岗了，结果是尚美打来的。因为自己已经进来很久了，可能尚美有些担心吧。

"情况怎么样了？"尚美问道。

"糟糕透顶。"新田说明了事情的经过。这一次终于忍不住使用了粗暴随意的言辞。"那个家伙，很明显就是故意找麻烦的。要是这样的话，还不如直接告诉他我就是警察呢。"

"这可不行。千万别冲动。栗原先生并不一定知道你的真实身份。如果不知道，你这样做会给自己带来大麻烦的。"

"话虽如此……"新田明白尚美是正确的。

"你稍等一会儿，我也过去。"尚美说完，没等新田回话就挂断了电话。

大约五分钟后，尚美出现了。她依然穿着前台接待员的制服。看来今晚没那么容易回去了。这样一想真是过意不去。

"这是高中的英语吧，"尚美看着参考书说道，"也许他是学校老师，或者是补习班的讲师什么的。"

"不论是哪一个，我都没有什么印象。也不记得被这些人找过麻烦啊。"

"可是照现在的情况看，栗原先生好像以前就认识你。"

"何止是认识，他简直对我憎恨至极。不过警察这个工作就是这样，不知道会在何时遭来何种怨恨。"新田正说着，放在桌上的手机震动了起来。这次真是栗原打来的了。手机震动了三次以后就挂断了。

新田拿起了桌子上的座机，给栗原的手机拨了过去。接通后，电话那头传来了一个爱搭不理的声音："是我！"

"我是新田。"

"看来你确实在房间里。已经开始工作了吗？"

"嗯，已经开始了。"

"来得及嘛，按照你的速度。我还会打电话的，不许偷懒给我好好干吧。"

"嘟"的一声，电话挂断了。

新田盯着手里的电话，摇着头说："真是伤脑筋。"

山岸尚美脱掉外套，挽起袖子坐在了电脑面前。

"你要帮我输入吗？"新田吃惊地问道。

"是的。别看我这样，我对自己敲键盘的速度还是很有自信的。"

"真是太不好意思了……"

"请别放在心上。即使不能离开这间房间，你也需要时刻做好准备以警察的身份行动。所以这些就交给我吧。"尚美压低声音不慌不忙地说着，言辞之间流露出一名专业饭店从业人员的信心与骄傲。

"那辛苦你了。"新田感谢道。

虽然尚美已经说过对自己打字的速度有自信，可是实际看到还是吃了一惊，她的手指可不是一般的灵活。完美的盲打手法，近乎零失误地敲入了一长串英文句子。

"真了不起，"从后面看着尚美的新田说道，"换作是我，写个日语的报告还会出现一大堆错误呢。"

"这个可比日语输入轻松多了。因为不用变换输入法。"尚美回答的同时也没有停止下手上的动作。

"是这样吗？不过，这些文章真是晦涩难懂啊。"新田看了看书中的文字说道，"好像是从哲学书籍里摘录出来的。"

山岸尚美停止了手上的动作，回过头问："你看得懂内容吗？真了不起。"

"能看懂个大概吧。"

"看来你擅长的不仅仅是英文会话。"尚美这么说，大概是因为对新田进行饭店员工培训时，也顺便检验了他的英文会话水平吧。实际上，新田上中学时，由于父亲工作的关系，曾经在洛杉矶住过两年。

"学校里还在教这种陈旧难懂的英文吗？我还记得刚回到日本时，看了教科书以后大吃了一惊呢。"

"这个也分学校吧，而且，也根据不同的老师。"

"嗯，可能是吧。"

"在你看来，那些拼命教授应试英语的老师是不是很滑稽？"

"没有，滑稽倒谈不上——"说到这里，新田的脑海中忽然发生了某种变化。那种感觉就像是此前一直被认为是毫无关联的拼图中的一片，在意想不到的地方突然出现，并且完美地嵌入了整张图中一样。震惊过后，他又开始对自己先前的愚蠢失望起来。

"怎么了？"尚美问道。

"我想起来了，"新田说，"那个男人，我在高中时见过他。"

17

"教育实习？"尚美一边说着一边不解地歪着头，忽闪忽闪地眨着眼睛。因为新田的话太出乎她的意料了吧。新田自己也从来没有想过会引出这样一段往事。怎么偏偏是高中时代的事。

"他是到我们班上来做英语实习老师的。名字叫，栗原健治吧……印象中好像有这个名字，不过确实记不住了。实习时间应该不到两周。"新田将双臂抱在胸前，在脑海里搜寻着陈旧的记忆。要说同班同学的名字，大体上都能想起来。现在还和其中的几个人保持着联络。当初教室里的环境，从窗户能看见什么样的风景，他也能详细地说出来。

但是提到实习老师，基本上就没有什么记忆了。因为时间很短，如果不是什么大美女的话，学生们根本就记不住。对于早熟的高中生来说，以当老师为目标的大学生也算不上真正的大人。

话虽如此，还是能隐约想起一些事情。高二时，班里来了一个教英语

155

课的实习老师，是一个按身材比例看头特别大的男青年。梳着三七分的短发，眼镜腿卡在鬓角后面，一出场就遭到了同学们的嘲笑。而且只要一有学生指出他的失误，他就马上气得双眼通红，这一点也成了同学们拿他寻开心的原因。

新田就读的高中属于重点高中，基本上没有那种挑事和行事暴力的学生。所以，谁也没有想过要让这个有些奇怪的实习教师吃些苦头。不过，站在讲台上，对学生们偶尔流露出的蔑视的态度，他肯定觉得心里不舒服。

在与新田要好的同学中，有一个叫西胁的男生。他是看不惯那位实习教师的人之一。西胁被要求在全体同学面前朗读英文时，实习教师多次纠正了他的发音，西胁很生气，就对那个实习老师说了些挑衅的话。

"我说，这种内容的英文有什么意义吗？这不是英文解释的内容吗，这种内容，默读不就行了？"

外号"乖乖男"的实习教师，立刻就气得红了脸。

"朗读是很重要的。这个过程就是在学习语言。"

"你说语言，可是这样的英文平时根本就用不到。要是能有助于英语会话，倒还能理解。"

"当然有帮助了。这就是在练习发音。"

"发音？你不是在说笑吧？"西胁不知为何忽然面向新田，假笑着说道。

"怎么了？有什么意见吗？"实习教师问道。

"那这样吧，老师来读一遍，让我们听听标准的发音。"

"我吗？"

"是啊。老师不是这方面的专家吗？来来来。"西胁说着挥动起了手臂。

实习教师皱起眉头，目光落在练习册上。只见他深吸了一口气，从嘴里蹦出了一串流利的英语。从流畅的朗读中可以听出，他平时一定做了不少练习。但是——外国人可能不大听得懂。

"OK，OK，读到这里就行了，"西胁再次将目光投向新田，"怎么样啊新田，刚才的英文，你听懂了吗？"

原来是这样，新田理解了朋友的意图。这件事请可真够麻烦的。

"欸？你们是什么意思？"教育实习老师交替看着西胁和新田问道。

"那个家伙，可是从美国回来的，英语非常流利。"

之前还满脸通红的实习生听了西胁的话，脸色一下子苍白起来。同时眼角上挑。

"喂，怎么样啊。美国人能听懂他的英文吗？"西胁问新田。

新田向后面看了一眼，是指导老师。他应该是来视察上课情况的吧。不过，他一直没说话。

新田叹了一口气。西胁做得太过分了。但是这个时候绝不能辜负朋友的期望。实习老师反正只待几周，自己的高中生活还有很长一段路呢。

"嗯，刚才那样恐怕不行，"新田说，"这么陈旧的英语在会话中已经不用了。"

"发音呢？"西胁不依不饶，看来是想彻底打击这位实习老师。

"你真的想让我说吗？"

新田本来并没有打算开玩笑，可是却引起了全班的哄堂大笑。

"新田，你给我们读一段吧。"西胁说。

"我？我为什么要读？"

"怎么不行呢？就读一点，我们想听听区别在哪里。"

听完西胁的话，周围的朋友们也开始跟着起哄。如果新田在这时果断回绝，一定会被大家当作是不识趣的人。

无奈之下，新田只得坐在座位上，低声读了前两行。

西胁吹起了口哨："地道的果然就是不一样啊。"

还有一些冒失鬼开始在西胁的带领下拍起手来。

新田看了一眼实习老师。那位"乖乖男"似乎已经满身大汗，像池中的鲤鱼一样嘴巴一张一合鼓动着。

新田的记忆到此为止。在那之后又发生了什么事，那位实习老师最后怎么样了，一点都不记得了。实习老师后来好像又说了什么，不过也可能是新田记错了。他和西胁现在依然保持着联系，可是却再也没有说起过那件事。因为要回顾高中时代的往事，还有很多高兴的片段可说吧。

新田对山岸尚美讲述了这段往事。尚美则饶有兴趣地倾听着。

"当时的实习老师就是栗原健治。"

山岸尚美一脸惊讶地看着新田："你也经历过那样的时期啊，喜欢像小孩子一样恶作剧。"

"这个不是我先挑起来的。只是在朋友面前我实在是无法脱身。这种事情你也明白吧？不能被人认为只有自己才是好孩子。"

"不过，被人这样攻击过后，那位实习老师应该大受打击吧。也许有人永远都无法摆脱那个阴影。对那些学生，也会记恨一辈子吧。"

明白了尚美的意思，新田把身体往后一仰："等一下。你是说栗原健治现在故意找我的麻烦，是对陈年旧事的报复吗？别开玩笑了。那都是我朋友怂恿的，我只是没有办法才配合了他一下。"

"也许吧，但是栗原先生怎么去看待这件事我们就不知道了。也许他认为这些都是你们两人设计的呢？"

"开什么玩笑啊。"新田重复着这句话。不自觉地抖着腿，仅仅是因为自己配合了朋友的玩笑，就被当作是坏人了吗？但是这样一来，自己倒是不用胡思乱想了。

"总之，确定了他不知道我真实身份的事也算放心了。从现在开始我不会让那家伙乱来了。"

"你打算怎么办？"

"你不用再瞻前顾后了。我要让他停止无理取闹。"

就在这时，新田的手机再一次显示有来电。又是栗原打来的。和刚才一样，震了三声之后就挂断了。

"正好他打过来了。"新田拿起了桌子上电话的话筒。

就在新田准备拨号的时候，山岸尚美伸手挡住了他。

"你要干什么？"

"你是打算跟栗原先生说，你想起了他就是当年那个实习教师吗？"

"当然了。我准备跟他说，要想报复就堂堂正正放马过来，不要用这种卑劣的手段。"

山岸尚美目光坚定地摇摇头："不能这么做。"

"为什么？"

"因为你是一位饭店工作人员。作为一名专业人员，即使客人是自己认识的人，只要对方不主动提出，我们就不能先开口说破。因为客人有客人自己的安排。"

"请等一下。这样一来，就是说不能抗议了？"

"是的，不能抗议。"山岸尚美瞪着新田。

新田沉默着拿开了尚美的手，开始按下号码。这时已经过了三十秒。

电话一接通，栗原就冒出一句"太慢了！"

"非常抱歉。我刚才在洗手间。下次能不能把时间延长到一分钟？"

"不许抱怨。工作进行得怎么样了？完成多少了？"

"两成多……大概。"

"赶紧去干活吧。如果完不成，我可不会放过你的。"栗原说完就挂断了电话。

新田一边摇着头一边把话筒放回原处，然后看向山岸尚美。

"真是难为你了。"尚美点头赞赏。

"无论什么时候都要对客人顺从吗？对方很明显对我抱有敌意。这种情况下我有必要反抗一下吧。给你也造成了不小的麻烦不是吗？"

"不是反抗，是应对。绝不可以感情用事。至于我你完全不用担心。只是敲个键盘算不上什么事。"

这个精明强干的前台女接待，不论何时都是那么冷静。新田一边挠着头一边在房间里转圈，最后重新坐到了椅子上："你有过这样的经历吗？以前认识的人以客人身份入住饭店，而且那个人还很恨你。"

山岸尚美敲着键盘，同时歪头思考了一会儿："遇到过认识的人入住，不过不记得招人憎恨。至少没有被故意为难过。但是，世上的人形形色色，这样的事情也不是不可能。刚才你说过，作为一个警察不知何时就会遭人憎恨，饭店工作人员其实也是一样的。我们的宗旨是提供优质的服务，可是也无法断言能让所有的人满意。"

因为要与不确定范围的大量人群打交道。这种情况是非常有可能的。

"这么说来,饭店人员也有可能成为目标了?"

"目标?"

"我是在说连环杀人案的事。栗原多半和这件事情扯不上关系。可是犯人的目标应该并不仅限于客人。这里的工作人员也有可能被当成目标。"

山岸尚美停止了手头的工作,回过头来:"为什么特意选择饭店员工呢?"

"这个我不知道。只是猜测有这种可能性。"

山岸尚美思考了一会儿,缓缓开口道:"如果是这样,那么案发现场应该就不是客房了。"

"为什么?"

"因为,如果饭店员工在客房里遇害了。那么凶手就会被认为是预定房间的客人。凶手和被害者应该不会单独出现在毫无关联的人的房间里吧。这种情况凶手也会考虑到。"

"的确。"被她这么一说,好像还真是这样。

"比如说这次,你应该和栗原先生单独相处过很多次了吧。如果在某一种时机下你被杀害了,那么首先要怀疑的肯定是栗原先生。"

"确实如此,"新田歪着嘴,盯着电脑屏幕说道,"因为不能杀掉我,所以选择用找茬的方式来为难我吧。"

"这样看来,这次的事情以这种方式得到解决不是很好吗?"山岸尚美说完微笑着继续手头的工作。

看着尚美工作的背影,新田又一次感觉到冲天的怒气。栗原放不下过去是他自己的事。但是新田不容许他使用这种办法,还把无辜的人牵连进来。有不满的话,堂堂正正过来提就是了。

栗原的包就放在床边,新田伸手将行李拉了过来。

"你要干什么?"尚美好像察觉出了新田的心理变化,开口问道。

"查一下那家伙的东西,看看能不能找出他的弱点。"

"不行,"尚美从椅子上站起来,像速滑似的冲到了新田面前,双手挡住栗原的行李,"这个绝对不行。"

"我只是看一下,又不会偷东西。"

"不行。擅自打开客人的行李是绝对不被允许的。我不清楚你们警察的规定,不过即使要搜查,也不能这么随意吧。需要得到本人的许可吧?就算是强制搜查,也需要搜查令吧。"山岸尚美语气激动,拼尽全力劝说着。

新田叹了一口气,松开手里的包。尚美把栗原的行李放回了原处。

"你简直就是饭店从业员的典范。没有挖苦的意思,我是发自内心这么想的。"

"我可不是什么典范。这都是理所应当的。"尚美重新在椅子上坐下。参考书掉落在地板上,尚美把书捡了起来。这时,新田的目光集中在了一件东西上。

"等等,让我看看那个。"新田打开了参考书的护封。上面贴着印有"今井私塾池袋分校"字样的胶条。

"果然是补习班的老师。"尚美在旁边说道。

新田拿起手机,给本宫拨了过去。他现在应该还在办公楼。

"什么事?"本宫接起电话问道。

"查到了栗原的工作地点,那家伙可能是补习班的讲师。"

随后,新田又跟本宫说了自己被栗原命令输入英文的事,但是没说自己已经想起栗原当过自己高中时代的实习教师。

"你想起什么来了吗?"本宫问道。

"不好意思。还是没什么头绪。"

"我知道了。我和稻垣系长商量一下。马上调查栗原。"本宫给出了新田所期待的回答后,挂断了电话。

"为什么不告诉他你已经想起来了呢?"尚美一脸困惑地看着新田问道。

新田双手插兜,耸了耸肩膀:"如果我都说了,上司们就会失去对栗原的兴趣,也就不会再特意去帮我调查了。"

山岸尚美瞪圆了眼睛："你在欺骗自己的同事吗？真是个恐怖的世界。"

"谎言有时更好用。况且我们现在还不能确定栗原就不是危险分子。"

女前台接待员似乎没有心情去反驳新田的话了，接着敲起了键盘。

之后大概每隔三十分钟栗原就会打来电话。新田也按照约定用房间座机打回去。每次的对话都很简短，但是可以听出栗原已经有些喝醉了。

"为什么要做这么麻烦的事情呢？"新田纳闷，"如果只是想确认我在房间里，直接给房间的座机打电话不就可以了吗？"

山岸尚美只是象征性嘟囔了一声，看来已经全身心地投入到打字工作中了。

在接近午夜十二点、日期即将更迭的时候，尚美终于将所有的英文输入了电脑。两个人再次确认无误后，尚美开始缓缓地揉着自己的手腕。

"你辛苦了。"新田站起身来，对尚美认真地行了一个礼，"如果我来做的话，现在可能连一半都没完成呢，衷心感谢你。"

山岸尚美将刚才脱掉的上衣外套搭在胳膊上，脸上露出了笑容："如果这样能让栗原先生满意就好了。"

正当新田不知如何作答时，手机又响了。是栗原打来的，看了看时间，正好是午夜十二点。

"进行得怎么样了？"栗原问道。

"刚刚完成。"

"好，我现在马上回去，你就在那里等我。"栗原含糊不清地说完之后，粗鲁地挂断了电话。

"他好像要回饭店了。你先回办公室吧。如果被他知道不是我输入的，可能又要发火了。"新田对山岸尚美说，"当然了，你也可以直接回家休息。"

"新田，你一定要答应我。不管对方说什么，你绝不可以——"

"我明白，"新田伸出右手，打断了尚美的话，"我什么都不会说的，会遵守饭店员工的规则。"

山岸尚美用半信半疑的眼光打量着新田。这时,新田的手机又震动了。这次是本宫打来的。

"栗原的事,查到了。就像你说的,是补习班的讲师,直到上周。"

"到上周,怎么回事?"

"被开除了。好像是今年四月份刚被录用的,可是学生们对他的评价很差,于是被中止合同了。在此之前,他也换过很多个补习班、预备班之类的机构。"

本宫的话让新田想起栗原曾经嘲讽过自己"是工作做不久的类型"。看来真正做不长久的是他自己。

"不过倒是没发现什么疑点。也没有找到和你之间的交集。你说之前见过他,会不会是错觉?"

看来他们还没有查到栗原在学校做实习老师的事情。

"成为补习班的讲师之前,他当过学校老师什么的吗?"新田试探道。

"以前好像是公司职员。他没有教师的经验。听说他曾想成为教师但是受到了一些挫折,最终没能拿到教师资格证。他在学校期间好像也没有参加过教育实习。"

新田暗自大吃一惊:"他为什么没有参加教育实习?"

"这个嘛,负责调查的刑警好像也没有问得那么深入。总之,栗原这个人没有什么问题。虽然很好奇他为什么要找你的麻烦,目前还是静观其变吧。"

"我知道了。"新田挂断电话后,对山岸尚美简要概述了电话的内容。听到一半,尚美就皱起了眉头:"在你们班上的那次教育实习不知后来怎么样了?"

"根据调查,他没有做过教育实习,也就是说他没有完成整个实习期,而是中途就不干了。也就是半途而废了吧。"

"那么原因是……"

"也许是因为我们吧。"新田坐在椅子上,接着说道,"可能在他看来,自己没能成为教师，都是当初那群坏孩子的错吧。"

尚美默默地站在原地。可能她也不知此时此刻该说些什么吧。

"你先回办公室吧。栗原马上就要回来了。"

尚美点了点头，说了声"有什么事叫我吧"就离开了房间。

新田用手捋着自己额头的头发，抓得咯吱作响。心情就像吞了铅块一样压抑。

当时怎么会想到会是这样的结果呢，新田想。因为一点事情就把教育实习半途而废，太离谱了。任何职业都有其困难之处。因为受到了一点挪揄就逃避现实，说到底还是不具备成为一名教师的资格。

但是新田也很想对栗原道歉。从后续的发展结果来看，自己当初做的那件事确实是引起这一切的导火索。

这时，房间的门口传来一阵响动。几秒钟后，栗原打开门，进来了。

"您回来了。"新田站起身说道。

栗原用镇定的目光看着新田："英文呢？"

"在这里。请您确认。"新田双手指向电脑答道。

栗原跟跟跄跄地朝着桌子的方向走去。途中还一度失去平衡，几乎就要摔倒了。看来醉得很厉害。房间内也充斥着酒精的气味。

栗原一屁股坐在了椅子上，开始操作起电脑。时不时还大声地打几个嗝。

"喂，"栗原突然将目光投向新田，"这些真的都是你一个人输入的吗？没有其他人帮你吧？"

"是的，完全是按照栗原先生您的指示做的。"

"嗯。"栗原的目光重新回到电脑屏幕上，再次打了一个酒嗝。

"如果您认为可以的话，我就先告辞了。"

栗原没有说话，新田接着说："那我先走了。"开始向门口移动。

"等一下，"栗原呻吟似的说，"你把这个读一下。"

"啊？"

栗原抬起下巴朝电脑屏幕努了努："你把这段英文读一下。要出声朗读。你的英文不是很好吗？那就给我读出来吧。"

愤怒过后，新田的内心又涌出了一种异样的情绪。面前的这个男人，看来的确是被当初那件事情伤得很深。

新田靠近桌子，拿起电脑，问道："从头开始读吗？"

"哪里都行。你随便吧。"栗原冷淡地说。

新田调整了一下呼吸，开始朗读屏幕上的英文。文中出现了许多日常会话中不用的生僻词，新田按照大致的发音规律读了出来。

"……行了。"栗原低声自语道。

"可以了吗？"

"我不是说可以了嘛。快点出去。"

新田把电脑放回桌子上，鞠了一躬之后转身离开了。快走出房门时，新田回头看了一眼。栗原正坐在椅子上，双手抱膝，将头深深地埋在里面。

18

按照惯例，新田到休息室里睡了一会儿。山岸尚美说明天会尽量早点过来，然后回家了。看起来还是有点担心栗原健治的事。

新田躺在简易床上，又想起了栗原的事。如果这次是因为自己的警察身份而招来怨恨，此刻的心情应该不会这么沉重吧。相反，还会因为自己从事的就是这样一个无情的职业而自负。然而事情的导火线竟然是高中时代，这下就没有借口了。当时的自己居然毫无罪恶感地做了那样的事情，现在想来真是对自己很失望。

不过，在这个世界上还真有那么执着记仇的人。就像山岸尚美说的，如果这样找麻烦能缓解他心中的怨恨，倒是一件好事。新田也重新认识了饭店服务员的工作，有时候也不是那么安全的。

可能是太累了，新田不知不觉就睡着了。把新田吵醒的，还是手机铃声。不是闹钟，而是来电铃声。确认了一下号码，竟然是从饭店前台打过来的。

看了一下时间，已经是早上八点半了。新田有些睡过头了。

"我是新田。"新田一开口发现声音有些沙哑，赶紧清了清嗓子。

"一大早真是不好意思,我是前台的铃木。还是那个客人……我们接到了栗原先生的电话,说是准备退房了……"

"是吗?真是太好了。"新田松了一口气,觉得终于要解放了。

"不过,他说要叫你过去。"

"叫我?"

"怎么办呢。我已经解释了现在不是你的工作时间,可是他不肯接受。"

"知道了。我马上过去。"

新田起床后,穿起散落在一旁的制服。感到有些轻微的头痛,可能不仅是因为睡眠不足吧。

在洗漱间简单地整理了一下仪容后,新田走出了办公楼,一路小跑向前台赶过去。远远地就看见年轻的接待员铃木一脸困惑地站在那里。铃木注意到新田后,目光马上转向大堂,给新田使了一个眼色。顺着铃木的目光,新田看到了栗原正坐在大堂里的沙发上。从饭店里借出的那台电脑现在正放在他面前的桌子上。

新田轻轻咳了一声,朝栗原走了过去。栗原可能有所察觉,抬起了头。

"早上好。您准备要出发了吗?"

栗原一脸不悦的表情,抬起下巴指了指桌子上的电脑。

"现在不是说这个的时候。喂,你怎么搞的?"

"有什么问题吗?"

"别装傻了。"栗原敲击了一下电脑键盘,屏幕上出现了英文画面。"刚才我又仔细看了一下,才发现这里漏掉了好多内容。你是不是以为我不会发现?"

"欸?怎么会呢?"

"是真的!你以为不会被发现吧。"栗原打开了手里的参考书,和屏幕上的内容对比起来,"你看,就是这一页,完全漏掉了不是吗?"

"不可能发生这样的事情啊。我确定全部输入进去了。"

虽然实际上打字的人是尚美,但是最后两个人一起确认过。不会有错的。

也就是说是栗原自己删掉了一部分内容。不用想也知道他为什么要这么做了。新田站在那里呆若木鸡地看着栗原。

"什么意思，你的眼神。又打算反抗吗？"

"不，绝不是这样的……"新田赶快移开了视线。

"你打算怎么办？这个资料，我还计划今天在补习班里使用呢。这样还怎么用呢？"

"补习班？"新田不由自主地皱起了眉头。

"没错。我是补习班的讲师。不可以吗？"

"不是。"新田再次低下了头，心想"你不是被开除了吗"，可是却不能说出口。

"你打算怎么办啊？"栗原也站了起来，"你倒是说话啊。"栗原的吼叫让新田的心里"咚"的一震。

新田感觉到自己的面部肌肉已经僵硬了。

"我输入的时候肯定是正确的。这一点我可以保证。如果说有部分内容消失了，那么一定是因为某种误操作导致的。"

"你是说是我的错了？还想把失误推给别人吗！明明就是你自己偷工减料了。"

"偷工减料？"

"不是吗。你以为内容太多了我看不出来吧。"

这句话让新田火冒三丈。山岸尚美明明知道栗原是在故意找麻烦，仍然毫无怨言地帮助自己完成了录入。她工作时的背影，新田还历历在目。而栗原居然对她的工作鸡蛋里挑骨头，简直是忍无可忍。

"别太过分——"话刚说了一半新田又咽了回去。因为他注意到本宫正站在远处，很担心地看着自己的方向。

其实不止是本宫，大堂里还有好几个刑警。更要担心的是，还有普通客人。新田注意到客人们的目光也集中在自己和栗原的身上。

"怎么了？你有什么不满吗？"栗原用充满血丝的双眼瞪着新田。

新田调整了一下呼吸，稍稍平复了一下自己的怒火。

现在自己的言行举止必须要比任何人都像一个合格的饭店服务员。撒开自己警察身份暴露的事不谈。自己首先不能被人当作一个不合格的饭店服务人员，这样会破坏饭店的信誉。

"我没有应付了事。也确实是按照栗原先生的吩咐把英文输入了电脑。所以，我想检查一下电脑。我们这边有电脑系统方面的专家，也许能将数据恢复。"

新田的这番话似乎见效了。栗原瞬间像是被人抓住了把柄一样茫然不知所措。不过他很快就慌忙地摇着头说："现在了来不及了。我还赶时间呢。"

"可是栗原先生——"

"道歉！"栗原指着脚下说道，"你道歉了我就原谅你。道歉！给我跪下！对，就在那里双手伏地跪下道歉！"

简直就是一个任性无知的孩子。新田真想不顾一切冲着他那蒜头鼻子一拳打过去，但是他忍住了。因为自己不得不扮演一位优秀的饭店从业人员。说到优秀的饭店人员——还得是山岸尚美。如果是她的话，这种情况下会怎么做呢。会下跪道歉吗？不，这不像是她的行事风格。

"栗原先生。"新田从正面目不转睛的看着栗原说道。

栗原吓了一跳似的往后躲闪了一下，可能以为自己新田会打他吧。

"即使我下跪也解决不了问题。我们会竭尽全力为客人服务。所以我们还是试试恢复数据吧。"

栗原举起短短的手左右摆动着："我可没有那个时间。"

"所以还是让专家看看吧。说不定马上就能恢复呢。"

"我不是说过不用了吗？只要你道歉就行了。给我下跪道歉！"

"如果确定数据无法恢复，让我怎么道歉都行。还是先找个专家吧。"

"闭嘴！现在马上给我下跪，给我低头道歉！"说到这里，栗原突然猛冲过来。一瞬间新田本能地想要躲开，可最终他站在那里没有动。

栗原抓住了新田的衣领，前后摇晃着喊道："混蛋！怎么会这样？为什么会这样？这一切都是为什么？"

"栗原先生，请不要这样，冷静一下。"新田想把栗原推开。可是在看到对方表情的一瞬间，顿时失去了力气。

因为栗原正在哭泣。

"为什么？你为什么不生气？为什么不打我……"栗原的声音越来越弱。

其他工作人员和警卫员也赶了过来。其中包括关根。新田对他招了招手："这位客人好像有点不舒服，先把他带到接待室吧。"

把栗原交给关根之后，新田把留在桌子上的笔记本电脑和手提包拿了起来。这时，新田注意到周围所有的目光都集中在自己身上。

"各位客人，刚才引起了一阵骚乱真是非常抱歉。已经没什么事了，请大家继续吧。"说完新田又鞠了一躬，然后离开了饭店大堂。

在走向接待室的途中，新田看见了山岸尚美。她好像已经看到了事情发生的全过程。她看着新田，比出了一个胜利的手势。

"你还记得我吗？"栗原坐在接待室的沙发里，弓着背蜷缩成一团，自言自语似的问道。

"记得啊。你是栗原老师吧。"

栗原十分意外地抬起了头："一开始就知道吗？"

"不是。是昨天晚上，看着英文的时候想起来的。"

"是吗？我在前台一看见你就认出来了。因为我一直都无法忘记你。"

"说明你实在是太讨厌我了。"

"与其说是讨厌……不如说是恐惧吧。"

"恐惧？是吗？我记得并没有做过让你害怕的事情吧？"

"不是的。"栗原擦了擦脸继续说道，"我很害怕你们那样的学生，我整天都想着你们会不会又嘲笑我的英语发音，会不会觉得我的水平很低，完全不懂英文。整天想着这样的事，很快就变得害怕去实习了，最后的结果就是，教育实习半途而废了。"

"……原来是这么回事。"

新田心里想着怎么会为了那么微不足道的事情放弃呢，但是终究放在心里没有说出口。旁人不可能知道因为什么伤害到别人。

栗原深深地垂着头，双手交叉握在一起。

"拜你们所赐，我没能成为一名教师。没办法只好在一家企业就职了，可是最终还是觉得自己不适合,干了一年左右就辞职了。之后又换了好几个工作,哪个都不长久。后来我就开始了补习班讲师的临时工作,我觉得这个工作应该适合我。学生们都是又认真又听话。可是我觉得合适了,那边又觉得不合适了。"

"那边?是指?"

"补习班那边。'很可惜你的教学方法和我们的教学方针不一致'——他们这么对我说的。总是一年左右就被终止合同了。最短的时候三个月就解约了。"

补习班那边应该也是想用一种含蓄委婉的方式与栗原解约吧。真正的原因应该是不受学生欢迎吧。

"其实我已经打算回老家了。山形县。所以想在最后奢侈一下,就选择入住了这家饭店。"

"然后就在那里看见了我……当时的那个学生。"

"我在吃惊的同时又感到了怒不可遏。我已经失业了,为什么你这个家伙能够穿着高档饭店的制服,像模像样的站在那里呢。一想到可能是因为你的英文很好,我就更生气了。我就想给你找点麻烦,然后揭开你那张装模作样的面具,让你露出真实的面孔。昨天,你推开我手的时候我心里其实无比高兴。顺利的话我就能被打一顿,这样你也有可能被解雇了。"

本来以为栗原要用双手抱住头,可是他只是把头发抓得乱七八糟的。

"可是你太冷静了。而且在那件事之后,完全不理会我的挑衅。刚才的情况,你也在沉着冷静地应对。真是了不起。我其实想过了,专业精神到底是什么呢。受到学生的一点戏弄就对教育实习半途而废的人,最终还是成为不了一名专业的教师的。"

栗原顶着一头乱发看着新田说道。虽然眼泪已经干了,可是眼中还是充满了血丝。

"不好意思。我道歉。你们可能知道了,电脑是我故意弄坏的。"

看着垂头丧气的栗原,新田的心里被一种复杂的情绪包围着。专业精神?是在说我吗?此刻新田的心里既觉得滑稽又觉得不好意思,甚至还夹

170

杂着一丝丝的骄傲。

"栗原先生,请您抬起头吧。"新田说,"其实应该道歉的人是我。那个时候,我确实做了一件冒犯失礼的事情。还请你原谅我。"

栗原依然低着头,晃动了几下。

"其实你并没有那么坏。你自己也这么想吧。是我自己无能。什么事情都做不好。"

典型的失败者的台词,新田真想大骂他一顿,但是终于忍住了这种情绪。

"为什么要放弃自己的梦想呢?现在开始也不晚啊。再重新学习,重新参加教育实习,最后努力成为一名合格的教师不就行了吗?不是临时工作,而是真正的教师。"新田自然而然地说出了这番话。

"你说的那些……不可能的,不管怎么说都太迟了。"

"不是的。有的职业棒球手退役后,因为一心想要培养高中棒球手而成为了一名老师。有人在音乐界已经名声大噪后,又回到大学里做了一名老师。什么时候开始都不会太晚。"

栗原依然低着头一动不动。新田坐在沙发的前缘上,两手放在膝盖上等待着栗原的回应。当他意识到自己竟不知不觉中一直保持着如此挺拔的坐姿时,不觉大吃一惊。

栗原终于抬起了头,略显尴尬地笑着说:"要是你这么说的话,我就再努力试试吧。"

"一定要试试。"新田点着头说。就在这时,门口传来了敲门声。应门后山岸尚美进来了,后面还跟着关根。

"栗原先生,我把您的账单明细拿过来了。您是在这里结账,还是到前台那边去呢?"尚美问道。

栗原接过账单,看了看上面的消费明细后,笑着对新田说道:"你果然是按照约定,在房间里完成了英文输入啊。"

新田不明就里地歪着头纳闷起来。

栗原指着账单:"你看。账单上显示了使用房间座机的具体时间。这就是你一直在那间屋子里的证据。"

"为了留下这个证据,才费那么大的劲吗?"

"嗯。如果我给房间座机打电话,就无法留下这样的记录了。因为我不知道电话是不是真的接到了那个房间。可能你在别的房间,和话务员事先商量好,让他把电话转接到你所在的地方呢。我就是为了不给你可以制造不在场证据的机会。"

"原来是这样,确实如此。"新田点头说道。这一点之前真是想都没想过。

"我去前台那边结账吧。不想再给你们添麻烦了。"栗原拿起手提包,站了起来。新田也站了起来。

"我知道了。"山岸尚美说道,接着她又转身对关根说,"请把栗原先生带到前台。"

关根点点头打开了房门。

栗原再一次看着新田说道:"谢谢你了。"

新田低头回礼道:"期待您的再次光临。"

栗原眨了下眼睛,离开了房间。看到门关上之后,新田重新坐到了沙发上。疲惫感似乎汹涌而至。但是心情却不坏。

"辛苦了。你刚才的表现确实很专业。"山岸尚美开始取笑起新田了。想必她已经亲眼目睹了刚才在大堂里的那一幕。

"真是比审讯犯人还要紧张。欸,真是伤脑筋。"

"栗原先生要是能实现梦想就好了。"

"一定能做到的。他的头脑很聪明,之前只是有些不得要领。一般人是不会轻易想到饭店的电话还能么使用的。"

"是啊。没想到他这样做是为了防止你伪造在场证据。"

新田点了点头。突然间,他脑中灵光一闪,一下子跳了起来。

19

临近晚餐时间,到餐厅的客人渐渐多了起来,能势又出现在饭店大堂。这次他没从正门进来,而是从地下一层乘自动扶梯上来。这家饭店的地下一层直接连着地铁。

能势好像注意到了前台的新田，冲新田点了一下头后，在就近的沙发上坐了下来。

因为一时找不到山岸尚美，新田和一旁的年轻接待员打了声招呼后，才离开了前台。他故意不往能势的方向看，直接朝着通往二层的扶梯方向走去。在上电梯之前，新田回头看了一眼，发现能势正把手机贴在耳边，不慌不忙地跟在后面。打电话应该是障眼法吧。

二层全部为宴会会场。在会场前面设有婚宴咨询处。以前曾与山岸尚美在这里密谈过一次。现在这里没有工作人员，所有的桌子都空空荡荡。

能势乘扶梯到了二层。新田坐在婚宴咨询处朝能势招了招手。

"不好意思来晚了。我们系长抓着我问了好多问题。"能势刚坐定，就拿出手绢开始擦拭额头上的汗。手绢熨烫得整整齐齐，与他身上的陈旧西装形成了鲜明的对比。看样子他要么回过家，要么家里给送来了换洗衣物。不管怎么看，能势的家里应该有一位贤惠能干的妻子。

新田联络能势，让他来饭店一趟已经是上午的事了。因为有些事情必须要能势去调查。耽误到这个时候才来也不能责怪能势，毕竟他现在的行动连上司都瞒着呢。

"你正在调查井上浩代的事情，被你上司说什么了吗？"

"没有没有。"能势摆着手说，"关于这个什么都没说。他问我的主要是被害者异性关系的调查进展和情况。之前我好像也说过，被害者生前是一个花花公子，和许多女性都交往过。但是，如果长时间的稳定交往就有可能被逼婚，所以他的原则是在此之前就干脆利落地分手。鉴于这种情况，光是说明他的异性关系就花了我不少时间。"

"你们系长不会认为犯人是女人吧？"

"他可能是这样怀疑吧。不过这也难怪，像他那样频繁地更换女友，说不定其中就有人对他心怀怨恨，想要杀了他。"

"井上浩代怎么样？"新田问道，"虽然她已经结婚了，可是之前你不是曾经推理出被害者在和一位有夫之妇交往吗？这个人会不会是井上浩代？"

新田的话好像说到了能势的心坎上，能势不住地点着头说："这个我也想过。所以，昨天晚上我去了被害者生前和看似有夫之妇的女伴一起去过的那家酒馆，给里面的服务员看了这个。"

能势说着从兜里掏出一个数码照相机。按了几下后，能势把液晶屏幕面向新田："就是这个。"画面上是一个面无表情的女人。新田对她那似乎想要掩盖自己单眼皮的浓妆和薄薄的嘴唇还有印象。正是井上浩代。

"我在去酒馆之前给井上浩代打了电话。说有些事情必须要和她确认一下，于是把她约到了一间离家不远的咖啡厅。我照得还不错吧。其实我对自己的偷拍技术还是有自信的。别看我现在这样，高中时代我可是摄影部的成员。"

新田忍住了想问能势以前究竟都拍了些什么的冲动，转而问道："然后呢？店员看到照片后怎么说？"

能势面露不悦，摇着头说："店员说觉得很像，但是没有完全的把握。实在是记不太清了。当时觉得盯着女性的脸看是不礼貌的行为，所以没看得那么仔细。店员的话也算合情合理。"

新田把两个胳膊肘支在桌子上，双手交叉托住下巴："如果井上浩代在搞婚外恋，而且对象又是被害者的话，那么她会出于什么动机痛下杀手呢……"

"总会有某些原因吧，"能势立刻回答道，"爱与恨，通常只是一念之差。背叛、妒忌、复仇，男女之间什么样的事情都有可能发生。但是，井上浩代不可能实施犯罪啊。因为她有完美的不在场证明。案发时，井上正待在本多千鹤的房间里，而且在房间里亲耳听见了本多给手嶋正树打电话。"

"正是那通电话很可疑。"

"你说得完全正确。刚才我不是说了吗，为了偷拍，我把井上浩代叫了出来。那个时候，我跟她说我想再详细地了解一下本多给手嶋打电话的经过。井上的反应很明显的有些反常。一口咬定自己记不清了，我也感觉到她一心想着快点结束那次谈话。"

如果井上浩代在电话的事上有所隐瞒，当警察再一次找上门来，当然会紧张。

"你去问过本多小姐本人了吗?"新田问道。

"今天早晨,我去了一趟她的公司。"

能势意味深长地抿了抿嘴,把数码照相机放回兜里,又拿出了记事本,煞有介事地慢慢翻开。"'不知怎么,就聊到了那个话题',本多小姐是这么说的。"

"不知怎么?"

"是这么回事。井上浩代在和她回首往事的时候,聊到了曾经交往过的男友。然后井上问她,你最近联络过那位前男友吗?"能势一脸凝重地扭着身子说道。

"那位前男友?"

"不用问,就是指手嶋。本多好像把自己和手嶋之间的事情都告诉了井上。然后,从这里开始就有点复杂了。"确认周围没有人后,能势悄声说道,"那位本多小姐啊,好像对手嶋还余情未了。和新男友之间的关系进展也不是很顺利。她好像还想着能有机会和手嶋复合呢。"

新田盯着面前这位说得有板有眼的圆脸刑警:"这是本多小姐说的吗?"

"不,她并没有明说。我是在跟她闲聊的过程中,渐渐感觉到应该是这么回事。不过,这些也有可能都是我的错觉。"

虽然能势说得很谦虚,但是从他的口气听来,应该是充满自信的。能势具有探听出他人内心真实想法的本领。新田又回想起了本宫曾经说过,能势实际上是一位优秀的刑警。

"那么,之后的事情呢?井上问她是否联系过前男友时,本多是怎么说的?"

"她说没有联系。然后井上好像是这么说的:'如果你对他还放不下的话,为什么不马上联系他试试呢?'"

听到这里新田睁大了眼睛,右手砰地拍了一下桌子。

"果然是这样。是井上怂恿本多打这个电话的。"

"你的推断是对的。井上明知本多对手嶋余情未了,于是断定只要自己稍加诱导,本多一定会上钩的。虽然本多小姐没有明说,但是看得出来她以前就一直想给手嶋打电话,只是苦于没有理由才踌躇不决。"

"井上和手嶋，就是利用了她的这种心理。这两个人是同谋。"新田断言道。

"不，现在还有一个大问题，"能势伸出双手做了一个打住的动作，继续说道，"即使他们是有预谋地让本多打这个电话，可是不在场证据却是实实在在成立的。"

这次轮到新田露出成竹在胸的笑容了。看到了新田上扬的嘴角，能势困惑地眨眨眼。

"即使是受了井上的诱导，本多给手嶋打过电话这件事也是事实。但是，电话却不一定打到了手嶋的住处。"

听了新田的话，能势瞪圆了眼睛："欸？这是什么意思？"

"手嶋的电话号码，应该一直储存在本多的手机里。所以想给他打电话的时候，只要找出他的名字，再按下拨号键就可以了。即使这个号码是错误的可能也注意不到。"

能势听得目瞪口呆，挺直了腰板，过了一会儿，才又向前探着身子说："你是说本多手机里的号码事先被人给替换了？"

"身处同一个房间的井上浩代能够做到这件事。趁着手机不在本多小姐视线范围内的时候。现在很多人都把手机随意放在房间里。"

"这个确实有可能。但是，这里还是有很多问题。"

"通话记录的问题是吧。这一点我也已经想过了。"新田竖起一根食指，开始了自己的推测，"第一步，井上浩代来到本多的住处，趁着本多不注意时，把她手机里手嶋的电话号码换成别的号码。另一方面，手嶋就在新号码的所在地等待。这个地方，应该就是第一案发现场，品川附近。"

"原来如此。然后，井上浩代就开始诱导本多给她的前男友打电话……"能势接着说道，"接着本多深信不疑地打了自己手机里保存的手嶋的号码。而手嶋呢，就等在那个虚假的地方，接本多电话。"

"接下来是第二步。本多小姐给手嶋打完电话以后，井上浩代再次趁着本多不注意，又把电话号码改了过来，而且又拨了一次正确的号码。"

能势的嘴成了O型："这又是为什么呢？"

"这次是为了留下在那个时间段里,本多千鹤确实用自己的手机给手嶋的住处打过电话的记录。手嶋住处的座机,应该设定了语音留言功能。然后是第三步,把本多千鹤和手嶋的真正通话记录从手机里删掉。这样就大功告成了。"

"嗯,确实如此,"能势将手臂抱在胸前,嘴里嘟囔着,"确实有这种可能。"

"电话号码一旦被保存到手机里,没有什么特殊情况一般人不会重新去确认。即使被人更换了也注意不到。本多小姐大概做梦也没想到,和自己通话的人正身处另一个地方。"

这些都是从栗原健治的话中得到的灵感。如果饭店安排一个话务员故意把电话接到别处,打电话的人也不会知道。于是新田便想到了第一起案件可能就使用了这样一个骗术。

"确实如此。我也一样,已经很多年没有去记别人的电话号码了。"

"手嶋曾经说过,他和本多小姐的通话时长约五分钟。可是根据通话记录,本多小姐的手机给手嶋住处打去电话的时长只有两分钟。为什么只有两分钟呢。恐怕是电话语音留言设置的最大时长就是两分钟吧。为了掩饰这一点,手嶋故意把通话时间说长了一些。这一点我真该早点发现的。"

"不不,你已经很厉害了。这样的细节,谁都没有注意到。你真了不起。"能势一边晃着脑袋一边看着新田。

"这些还不够。有些事情还需要你帮我调查一下。"

能势伸出一只手,做了一个停止的手势。

"这个就不用多说了。我明白。如果你的推理成立,应该能够查到本多小姐和手嶋真正的通话记录。和那个不在自己家而在别处的手嶋。我马上就去确认。"

"还有一点。"

"井上浩代和手嶋之间的关系是吧?"能势咧嘴笑了,继续说道,"手嶋和被害者之间是同事关系,如果井上和被害者之间有婚外情,说不定在某种机缘之下就会认识手嶋。我会围绕这点来调查的。"

"拜托你了。另外，我认为井上浩代和野口史子，或者和畑中和之之间的关联也有调查的价值。"

能势一脸郑重其事，单眼皮小眼睛望向新田："那两个人，是第二起和第三起案件的被害者吧？"

"是的。以前我们把手嶋当成头号嫌疑人时，追查过他与那两个人之间的关系，可是没有任何线索。但如果井上浩代也是同谋的话，事情就不一样了。"

"原来如此，我知道了。那条线索我也会跟踪调查一下。"

只有两人参加的案情分析会议结束后，新田和能势离开了咨询处。能势向新田微微挥了挥手，往扶梯的方向走去。新田心想如果两人一起下去肯定会被本宫怀疑，于是暂时留在上面。

目送着能势浑圆的背影远去，新田心里冒出了一个想法：说不定这次真的要靠这位优秀的伙伴了。能势没有大胆的发散思维和推理能力，但是，他为人谦虚并努力去理解他人的想法。他不走捷径，而是认认真真执行那些琐碎的搜查工作，这一点成为了他的武器，也是他的过人之处。如果换成其他刑警，即便自己是搜查一课的成员，应该不会听从比自己年轻的后辈指挥吧。更别说瞒着其他人秘密调查了。一般人都不会做吧。

通过二楼中央的天井，可以看到一层大堂的全景。新田走近栏杆扶手，俯瞰着一层。咖啡厅的位置灯光照明很集中，这种环境下，比起咖啡，鸡尾酒似乎更适合一些。

临近吃晚餐的时间，大堂里的沙发有七成都坐满了。还有人站在那里四处张望，应该是在等人。在这些客人中间，还穿梭着一群尽量不想引起没有需要的客人的注意，同时又让有需要的客人能随时叫住自己的饭店服务员。他们的笑容一直挂在脸上。

能势说不定能成为一名优秀的饭店服务人员，新田心里想。他是一个从来不想着自己出风头，总是能冷静地思考为他人做些什么，并且能够付诸实际行动的人。

不过新田念头一转，摇了摇头。自己又在发挥奇怪的想象力了，暂且不说能势的性格，光是那个身材就不适合饭店的制服吧。

看见前来办理入住的客人鱼贯而入，新田想着自己也该赶快回去了。

20

总经理藤木正坐在办公桌前，双手交叉放在桌上，脸上挂着沉稳大气的笑容。他温和的目光注视着站在自己面前从容汇报的山岸尚美。客房部长田仓站在旁边，微微低着头。在听完尚美的汇报之前，两位上司基本一直保持着同一个姿势。

"这就是栗原先生和新田的谈话内容。之后，栗原先生就按照流程办理了退房手续，乘坐出租车离开了。目的地可能是东京站。因为他之前说过自己打算回到故乡山形县。"尚美停下来调整了一下呼吸，交替看了看面前的两位上司，接着说道，"我汇报完了。"

尚美汇报的是从昨天夜里到今天早上关于栗原健治的全部事情。因为藤木有事外出了，所以直到现在才听取尚美的汇报。

"看来发生了很多事啊，不过，还好没有导致什么严重的后果。"藤木说道，田仓也在一旁点头附和。

"那位刑警也是，真能招惹麻烦呢。"田仓带着揶揄意味说道。

尚美对这种说法略有微词："我认为新田这次的应对非常优秀。一个完全没有饭店行业经验的人，能够做到那个程度，我感觉很惊讶。至少，如果我还是新人的话，没有自信能够做得那么好。"

藤木有些意外的挑了挑眉毛，额头上堆起了皱纹。

"很少见啊。你居然这么夸奖他。"

尚美一时之间有些尴尬："如果有出色的表现，被赞扬是应该的。而且，我只是在陈述一个客观事实。"不知为何，尚美竟然觉得自己刚才的话是在为夸奖新田找借口。

"嗯，原来如此。好在有惊无险。不过，那个客人竟然是新田高中时代的实习老师。虽然是一个突发的偶然事件，可是没想到会被记仇至今啊。"

"由这件事新田又想到了一些问题，"尚美说道，"他认为这次的连环杀人案，凶手的目标可能不只是客人，还有可能是我们工作人员。听了他的想法，我也觉得有些道理。因为我们每天都要接触大量的客人，不能保证没有在不经意间遭人怨恨的情况发生。不仅如此，像这次的新田一样，在与工作毫无关系的场合被人记恨也是有可能的。"

藤木再次和田仓对视了一下。不知是不是因为牵扯到了案件的话题，藤木眼中沉稳的神色消失了。

"这个倒是有可能。"藤木低声说道，"最近还发生了这样一件事，有一个男人吃霸王餐后被追究责任，却认为对方使自己丢脸而殴打了店员。"

"是上个月的事。"田仓紧跟着补充道。

"到目前为止我们从来没有想过这种可能性。但如果真是这样，那就太危险了。特别是在目前的状态下。"

藤木有些讶异似的皱着眉头，探究的眼神似乎想洞察尚美的内心。

"你想说什么？"

"目前，饭店的员工们已经知道有许多刑警潜入了我们饭店。对此，我们的解释是某件案子的犯人有可能会在这里出现。几乎所有人都认为可能有危险的是前来入住的客人。我们再向全体员工通报一次，告知他们员工也不一定安全，行吗？"

藤木一开始显得有些茫然，不过立刻想通了似的点点头。"你怎么看？"藤木把问题扔给了田仓。

"我认为值得考虑，"客房部长说道，"不过需要掌握好尺度。如果员工们都怀疑自己有可能被客人袭击，还谈什么提供优质的服务呢。"

"我也有同感。怀疑难免会表现在态度上。如果因此给无辜的客人造成不快是决不允许的，"藤木抬起头看着尚美，"这一点你怎么看？"

尚美挺直了脊背。上司的疑问尚美已经预想到了，也准备好了答案。

"我认为没有必要怀疑客人。为了不给柯尔特西亚人蒙羞，按照一贯的风格努力提供优质服务就可以了。"

"这是什么意思呢？"藤木不解道。

"与客人单独相处频率最高的可能要数门童了，但是走廊和电梯里都有监控摄像头。犯人也不可能在自己的房间里犯案。要说其他有可能与客人单独相处的地方，应该还有美容院和健身房吧，但是那样的公共场所会有大量的人频繁出入，也不适合被选为犯案场所。所以从结果上来看，在员工为客人提供服务的地方，并不需要特别留意什么。"

"嗯，那么必须要留意的地方是哪里呢？"

面对藤木的这个问题，尚美马上就给出了答案。

"员工专用区。"

"员工专用区……原来如此。"

"backyard"的本意是后院，但是在饭店里特指员工专用区。

"走廊和应急通道、仓库、配餐室、空着的厨房等等，有很多这种很少有人去的地方。当中还有一些可以从外部轻易进入的区域。我认为我们有必要考虑一下犯人潜入到这些地方，再伺机作案的可能性。"

藤木点了点头，用指尖轻轻地敲着桌子。

"警察之前也想到了犯人会利用员工通道这一点。所以在进出口做了限制，没有通行证的人是不能从员工通道进出的。可是也只考虑了犯人会以此作为移动通道，没有预想到员工专用区会成为案发现场……就像山岸说的那样，如果犯人的目标真的是饭店员工，那么我们必须留意上述区域。"

"要是这么说的话，需要提高警惕的就不止是客房部了，反而是酒水部和宴会部更要注意。"田仓提出，"比如说，经由无人的宴会厅进入员工专用区域也是轻而易举的。"

"知道了。把那两个部门的负责人叫过来，我们开个碰头会。警视厅的稻垣系长那边由我来沟通。"藤木一脸严肃地交待完之后，冲着尚美微笑道，"谢谢你的宝贵建议。我们会好好参考的。我们之前一心想着保护客人，有些忽视了自己的员工呢。"

"我刚才的举动有些僭越了，非常抱歉。"

"没关系。接下来如果你注意到什么也随时跟我们沟通吧。"

尚美挺胸抬头回答了一声："好的！"

尚美回到前台，发现有三个接待员正在办理入住业务。令尚美吃惊的是，其中一个竟然是新田。他在没有任何人辅助的情况下，独自接待着客人。在屏幕上确认预约信息，处理住宿登记表，收取入住押金，然后将房卡交给客人。一整套对应流程简明流畅，礼貌用语使用得体。连态度看起来也柔和了许多。

新田说着"请你慢走"送走了一名女客人之后，立刻回过头说："你对我的接待有什么不满吗？"

原来，新田早就注意到尚美在身后盯着自己了。

尚美摇着头："我可是以敬佩的目光在看着你呢。不过，你要尽可能在平时说话时就使用敬语。不养成习惯的话，会不小心说漏嘴的。"

新田皱着眉，用手指蹭了蹭鼻尖："我要是养成用敬语称呼的习惯才糟糕呢。等我恢复警察身份时，会被大家厌恶的。"

"不会啊。"

"人必须要扮演好自己的职责角色。话说回来，你刚才去哪了？"

"去总经理那里了。他外出刚刚回来，我去找他汇报了一下情况，包括栗原先生的事情。"

"啊，原来如此。"新田微微露出了不好意思的神色。

"说起来，栗原先生离开之后，你好像想到了什么重要的事情了吧。后来有什么进展？"

"啊，那个啊。"新田迅速环视了一下周围环境，把脸向尚美的方向凑了凑，"说不定，我们找到了解开疑团的突破口。目前正在进行绝密调查。所以再等一下吧。"新田在尚美的耳边小声说。

尚美将目光投向了新田黝黑帅气的脸："真的吗？你发现了什么？"

"不是发现，而是通过推理挖掘出来的。不过在一切水落石出之前，即使是对你，也只能说到这里了。"新田竖起食指，抵在自己的嘴唇上。

21

这一晚，新田一直待在前台，直至近午夜十二点。一部分原因是有客人很晚才来办理入住，但最大的原因在于，他还没有接到设立在办公楼里的现场对策部的任何联络。往常,一过晚饭时间就会接到那里打来的电话,把新田等人叫过去汇报一天的情况。所以在午夜零点过后才接到本宫的电话,得知要叫自己去会议室时,新田不由得问了一句:"发生什么事了?我还以为实在是没有什么进展,今天的会议取消了呢。"

然而本宫却用低沉的声音说道:"恰恰相反,何止是有进展,可能要发生决定性的逆转了。上面一直在多方商议,才拖到了这个时间。"

"逆转?是哪个部门的人立下了这个功劳啊?"这是新田最关心的问题。

"这个你过来就知道了。快点吧,你的搭档也在等你呢。"

"搭档?"还没等新田问完本宫就挂断了电话。

新田一边纳闷一边朝办公楼的方向走去。站在楼下向上看时,新田感觉二楼会议室的百叶窗帘后面,似乎比以往更加明亮。一般到了这个时间,为了不引起周围人的注意,会尽量关掉不必要的照明设备。

新田走进楼里,上到二层。会议室门前,安排了警戒的警察。这样的阵势还是第一次。新田走到会议室门前,穿着制服的年轻警察默默地朝他点头致意。

在门外基本听不到会议室里传来的说话声。新田心想可能里面也就剩下几个人了吧。但是一推开门,落到新田身上的视线数量,却远远超过了他的预期。十几张椅子全部坐满了,还有一部分刑警站在旁边。

"辛苦。"稻垣先开口说了一声。在他的右边坐着管理官尾崎。左边是——不只为何竟然是能势弓着身子坐在那里。和新田目光相遇时,有些不好意思地点了点头。

"发生什么事情了?"新田问道。

"谁给他让个座吧。"

稻垣说完后,坐在他对面的年轻刑警站了起来。新田坐在那里,环顾了一下四周。确认了全体人员脸上的紧张神色之后,新田再次面向上司问道:"到底是怎么回事?"

"发生在品川的冈部哲晴被杀事件,重点嫌疑人已经锁定了手嶋正树和餐饮店经营者之妻井上浩代。虽然还没有逮捕,但已经做好了随时动手的准备。还有，这件事对外界和媒体要绝对的保密。对饭店内部人员也不能透露半句，知道了吗？"

突然听到这个消息，新田一时之间显得不知所措。因为一时忘记了回应，稻垣又补充道："你没听见吗？"声音里夹杂着不满。

"不是，那个，这到底是怎么回事，锁定手嶋和井上是什么意思？"

"就是字面上的意思。手嶋有杀害冈部哲晴的嫌疑，井上浩代协助手嶋伪造不在场证明。我们详细调查了不在场证明的证人本多千鹤的手机通话记录，发现在她给手嶋家打电话几分钟前，还曾经给位于东品川的一家休业中的拉面店打过电话。而那间拉面店，是井上浩代的丈夫两个月之前还在经营管理的一家店。从那里到冈部哲晴的被杀现场，徒步只需二十分钟。虽然从拉面店的电话上没有检测出手嶋的指纹，不过在周围采集到了毛发和皮脂的样本，已经送去做DNA鉴定了。"稻垣没有任何停顿，一口气说完了这段话。似乎不想给新田留下提问的时间。

"请等一下。请稍等一下。"新田大幅度地摆动自己的右手，"关于本多小姐的手机，有可能被井上浩代做了手脚的事情，我今天傍晚刚和能势说过。这个调查结果，是基于我的推测查出来的吗？"

"可不能这么自以为是啊，新田，"管理官尾崎在一旁插口道，"这种可能性我们也早有察觉。因此暗中完成了调查。可能你也想到了，但还是晚了一步。"

新田坐在那里干眨眼。他意识到自己的目光正在游离状态，可是一句话都说不出来。

"目前，我们正在调查手嶋和井上之间的关系，"稻垣接着说道，"井上曾经以派遣员工的身份，与手嶋和冈部共事过一段时间。我们认为应该可以从中找出他们之间的关联。"

新田听着听着，渐渐明白了是怎么回事，他感到自己全身的力气都被抽走了。不知道是哪里露出了破绽，稻垣等人发现了新田和能势的秘密调查。但是他们一边说不允许这种个人表现行为，一边却利用自己的指挥权，先声夺人地说明早就在进行暗中调查，事情应该就是这样吧。

"还有什么问题吗？"稻垣问道，可是他的目光只落在新田一人身上。也就是说，今天这个会议，只是为他一个人开的。目的是让新田日后也无法抱怨他们抢自己功劳的事。

"请问系长，你们认为手嶋和井上是主犯吗？"新田试探着问道。

"基本上是跑不了的，这也是大家共同的看法。"稻垣回答道。

"那么，其他案件也算是解决了吗？如果说第二、第三起案件的凶手也是那两个人，只要监视他们一人，潜入这间饭店的侦查就没有必要了吧。"

但是稻垣系长却没有点头。他与管理官对视了一下，又缓缓地将目光转向新田，注视着他。

"我说新田，你是不是认为我是为了抢你的功劳才大张旗鼓地召开这次会议啊？还特意连管理官都请了过来。"

面对稻垣这番一针见血的话，新田调整姿态做好了与他争锋相对的准备，抬起眼看着上司说："那么，这次会议是为了什么呢？"

稻垣叹了一口气，接着说道："这件事情，比你想象的要复杂得多。不，也可以说是很简单吧。不管怎么说，仅仅逮捕了手嶋和井上并不是整个案件的终结。倒不如说，接下来一切才刚刚开始。"

"接下来？"新田正视着上司的脸，"什么意思。手嶋和井上不是真凶吗？那逮捕了他们两人不就可以结案了吗？"

"但是事情并不是那样——喂，把那个拿过来。"稻垣对年轻的部下使了个眼色。

一个文件夹放到了新田面前。

"这是什么？"

"你自己看吧。"

新田没有掩饰脸上的不满，打开了文件夹。里面收录着几张复印的A4纸，扫了一眼，好像是电脑里存的电子邮件。刚粗略浏览了一下大意，新田就觉得自己的血直往上涌，体温也急剧上升。

"这个是……"

"大吃一惊吧。我最初看到的时候也非常震惊。"

"这些东西是谁、在哪里找到的？"

"是追查千住新桥那件案子的刑警发现的。在查野口工厂的电脑时发现的。已经被删除了。只是野口那个家伙，不知道可以通过硬盘恢复数据。"

"那个野口不会就是……"

"野口靖彦。不用说，就是第二起案件中被害者野口史子的丈夫。"

新田不由自主地挺直了脊背，重新阅读起资料上的内容。

【收信

日期：10月4日 22：10：45

来自：x1

标题：计划1执行完毕

发送至：x2,x3,x4

计划1的m工作已经执行完毕。一切顺利。

x2，现在已经无法回头了。一定要在约定的地点执行计划。】

【发信

日期：10月5日 18：12：23

来自：x2

标题：关于计划2的联络

发送至：x1,x3,x4

x1的m工作，已经在新闻和报纸上确认过了。干得漂亮。当然，我这边的执行地点没有变化。将会在前几天告诉你们的经度和纬度，执行m工作。

给x3的最终确认：你那边m工作的执行地点有变化吗？如果有，迅速与我联络。完毕。】

【发信

日期：10月11日 02：28：43

来自：x2

标题：计划2执行完毕

发送至：x1,x3,x4

计划2的m工作已经完成。信息也留下了。x3务必要在约定的地点执行计划。明天开始，P会过来。不要给我发邮件了。完毕。】

阅读文字时，新田紧张得几乎无法呼吸。读完之后，他终于抬起头，长长地呼出一口气。

"收到自称x1的人的邮件时间是十月四日。就是发生第一起案件的日期吧。"

"是的。然后x2发出标题为［计划2执行完毕］的邮件日期是十月十一日，也就是野口史子的尸体被发现的日期。"

新田摇了摇头。这一切绝不是偶然。

"本次案件有多个凶手，这些邮件，应该就是那些人在商讨犯罪方案时留下的。"

"没错。"

新田看了一眼一脸严肃的稻垣，又将目光转向屋子里的其他人。当然，这里的所有人都应该已经知道了这个消息吧。因为所有人都紧绷着脸。

新田再次将注意力转回到邮件内容上。

"因为这是从野口电脑里发现的，那么发信的x2就应该是野口了？"

"这是当然。"

"这样的话，揪住野口不就可以了。邮件中还提到了经度和纬度的事，应该可以让他招供吧。"

"这个不用你说，老早以前就抓住他了，"尾崎在一旁说道，"虽然还没有正式逮捕，但已经以协助调查的形式控制了他。"

"那野口承认自己的罪行了吗？"

"大体上都承认了。"管理官淡然地说。

新田看着稻垣："真的吗？"

"嗯，是真的，"稻垣微微点了点头说，"根据野口的供述，他在十月十日晚上七点左右将自己的妻子史子掐死，地点是在家中的起居室。之后没有处理尸体，就和熟人一起出去喝酒了。目的不言而喻，是为了制造不在场证据。半夜一点左右野口回到家中后，用塑料布将尸体包裹起来，扔到了千住新桥附近的建筑工地里。随后发了那封邮件。和发信记录也完全吻合。"

"动机呢？"

"和我们的推测一致。为了得到他妻子的保险金。"

新田拢了拢额前的头发，叹了一口气："什么啊。这么简单吗？"

"所以刚才我先说了事情复杂，后来又改口为不如说很简单。之前因为数字的问题，我们一厢情愿地把事情想得过于复杂了，完全中了那群家伙的诡计。"

"那群家伙是指？"

"野口发的最后一封邮件里有一句话是'明天开始，P会过来'。P可能是指警察。说明他已经意识到当他妻子的尸体被发现后，自己将是第一个被怀疑的人。他为了摆脱自己的嫌疑，就使用电脑登陆了某个网站。一个能够帮助他人完成危险又违法工作的网站，也就是所谓的黑暗网站。m工作，是在黑暗网站的留言板上通用的暗语，是谋杀的意思。可能是英文Murder的缩略语。"

"黑暗网站……"新田似乎感觉到嘴里蔓延出一种苦涩的味道，"也就是说，邮件发信地址里的x1、x3、x4，都是在那里认识的同伴？"

"看起来好像是这样的。他们的同伙包括野口一共四人。彼此之间都没有见过面，甚至不知道对方的真名。四个人唯一的共通点就是都有自己想杀死的人。"

新田也终于模模糊糊地把握了案件的整体框架。但是，他还是半信半疑。真的有人行事如此荒唐吗？但是，转念一想。以前发生过在黑暗网站上结识之后，共同杀害路人的案件。

"最开始，野口似乎想在黑暗网站上雇佣一个杀手，"稻垣说道，"可是，事情进展得不是很顺利。但不久之后，野口收到了一个人的邮件，也就是最终自称为x4的人发来的。邮件的内容是，'虽然不能替你去杀人，但是不论你杀死了谁，我都会帮助你，保证你不会被警察逮捕。不需要报酬。可是，也需要你提供一些帮助。如果有兴趣就联系我'——以此作为结束语。"

"然后，野口就联系了对方吧？"

"是的。而且很快又收到了对方的回复。上面写着防止被警察怀疑的具体方法。那个方法，你应该已经猜到了吧。"

"把多人实行的杀人案，伪装成同一个人或者是同一伙人所为的连环杀人案。是这么回事吧？"

稻垣嘴角的弧度缓和了下来，可是眼睛里的神色却愈加凌厉了。

"在所有的案发现场，都留下共通的数字信息。单凭这一点，警察也会以为是同一人所为。但是，如果留下的信息过于简单容易模仿，就有可能出现模仿作案。所以，留下的信息必须要显示出与其他案件的关联性。他们选择了下一起案件发生地点的经度和纬度作为数字信息。当然了，如果直接留下经度和纬度，会被警察埋伏，所以他们又对数字做了一些加工，和日期组合起来。当所有的杀人计划完成以后，再给搜查本部寄去一封解释数字信息含义的信件。这样一来，警察就不得不完全认定这是一起同一杀手所为的连环杀人案了。单个事件中的可疑人物，只要找不到他们与其他案件的关联，警察就无法把他们当作嫌疑人。结果就是，让案件进入了死胡同。"像练习过多次似的一口气说完后，稻垣调整了一下呼吸，"综上所述，就是那个叫x4的人传授给野口的方法。x4还告诉野口，他已经找到另两名同伙了，再加上他，共四人执行计划。"

"另外两个同伙，应该分别是指x1和x3吧？"

"应该是吧。"

"既然野口的电脑里还留下了一些信息，那就可以通过IP地址把其他人查出来。"

稻垣用鼻子哼了一声："你以为我们没做过这些吗？"

"已经查过了，但还是不能确定案犯的身份吗？也就是说，案犯使用的

189

是网吧的电脑之类的。"

"他们一定是想着万一其中有人被捕，警察追查起来也不会牵连到自己吧。虽然可以确定他们使用的是网吧里的电脑，但每家都是东京市外不需要身份证且店内没有安装监控的不正规的小店。不用说，那群家伙肯定是故意找了这样的地方。也只有野口轻率地使用了自己的电脑。"

"原来如此。"新田仰靠在椅子上，眼睛盯着天花板。

迷局的真相原来是这样的。怪不得一直都查不出案件相关人物之间的共通点。原来案件之间本就没有什么关联。

"五年前，野口曾经出席过在这间饭店举行的一个晚宴吧，这件事情有下文吗……"

"应该纯属偶然吧，"稻垣说道，"其实想一想也没有什么不可思议的。毕竟这间饭店这么大。企业在这里举办的晚宴一年不下几十次。这次案件的相关人物碰巧出席过其中的一次宴会吧。"

"好吧，"新田失望地摇了摇头，"那么，这些事情你们是什么时候知道的？野口是什么时候招供的？"

对这个问题，稻垣没有马上给出答案。而是征求意见似的看向了尾崎。尾崎轻轻点了点头，像是表示同意。

"鉴定科搜查野口的电脑是几天前的事情，"稻垣说，"千住新桥的特搜本部将野口叫过去问话大约是在三天前。"

"三天前？"新田不由自主地站了起来。"对了，这么说来……"新田说着，将目光投向了弓着身子坐在那里的能势，"那个时候，从品川警署的特搜本部里，好像传出过不需要考虑案件之间的关联性的指示，这是基于野口的供述做出的指示吗？"

稻垣用指尖挠了挠鼻子一侧："嗯，就是这么回事。"

"那么，为什么当时没有告诉我呢？那个时候，我还问过系长吧。说品川署的特搜本部好像做出了这样的指示。而系长当时说，这只是误解。是这样的吧？"

"嗯，确实是这样。"稻垣显得有些不耐烦。

"为什么？为什么那个时候不把真相告诉我。这不是很奇怪吗？"新田有些激动，说得唾沫四溅。

稻垣将两只胳膊肘支在桌子上："每个案件的嫌犯都单独存在，没有共通点。各个搜查部门开始分头调查每个案子了——听到这样的消息，你会想要怎么做？"

"这个……"

"你肯定会要求回到第一起案件的特搜本部，也就是品川警署去继续调查吧。实际上，你也一直，都没有放下那起案件吧？"稻垣说着，看了能势一眼。

"不行吗？我是一个刑警。追查案件的真凶就是我的工作。"

"阻止即将发生的杀人案也是刑警的工作，你不这么认为吗？"

"这个我明白……"

"你在这里工作的情况，我已经听稻垣和本宫说过了，"尾崎在一旁说道，"好像做得非常好。虽然时间不长，可是已经成为了一名看起来很像样的饭店人员。这件事只有你能做到。没有人能够代替你。所以为了让你把精力集中在这里的工作上，才故意没有告诉你野口招供的事情。这一切都是我的指示。"

新田低下了头，放在膝盖上的两只手攥得紧紧的。烫得笔挺的西装裤分外清楚地映入眼帘。做刑警的在外面跑上一天，裤子基本上都褶皱不堪了。在搜查一课里除了自己，好像确实没有人更适合这身饭店接待员的制服了。可是，新田心里仍然不能接受。

"但是，"新田抬起头，看着尾崎，"让我回到品川本部的话，事情的进展也许会更快。"

"你想说什么？"

"如果我能把精力集中在那边的案子上，说不定能早点揭穿手嶋他们的诡计。"

尾崎的脸上露出了不置可否的笑容，摇了摇头："你刚才没有听到稻垣的话吗？逮捕了手嶋和井上并不是工作的结束，反而是开始——他是这么说的吧。接下来的事情才是最重要的。"

"什么意思？"

尾崎挑了挑右边的眉毛："回顾一下吧，这次案件的罪犯是独立存在的，一共有四个人。x_2是野口，x_1应该就是手嶋。第三起案件的嫌疑人x_3，我们正在追查，相信不久之后就会有结果。但是不能忘记的是，不管对已经发生的案件我们取得多少调查成果，都还没有触及到整个计划的始作俑者x_4。我们几乎没有关于x_4的任何线索。他是男是女，是老人还是年轻人，是有钱人还是穷光蛋，我们什么都不知道。唯一知道的就是，他近期会在这间饭店里策划杀人案。最初，我们给在饭店里侦查巡视的所有刑警都分发了案件相关人物的照片，现在全部回收了。因为这些照片起不到任何作用。听到这里，就算你再怎么执拗，也能明白事情的紧迫性了吧？"

管理官低沉的声音在屋内回响着，同时也震撼着新田的内心。目前的事态确实非同一般。至少自己一直认为，只要在其中一个案件里掌握住某条重要线索，便能够顺藤摸瓜揭开整个事件的谜题。但是目前看来，这种期待完全落空了。

"你根据品川事件，推断出凶手应该是个男人吧。"稻垣说道，"确实是个男人。但是x_4却可能是女人。还有，你从犯案的性质上考虑，认为案犯应该不属于跟踪狂吧，但是x_4却可能是跟踪狂。我们什么都断定不了。"

原来是这样，新田有些恍然大悟。当初汇报安野绘里子和栗原健治的事情时，虽然自己认为他们和案件无关，可是上司的反应却有些过于敏感。看来那时他们就已经意识到，犯人有可能是任何人。

尾崎缓缓地站起来，对全体人员说道："第三起案件，要继续调查。第一和第二起案件，也要继续取证调查。但是，接下来我们最重要紧急的任务，是无论如何都要阻止第四起案件的发生。从现在起，没有任务的人全部到饭店来巡查。所有人都按照这个方针行动，知道了吗？"

"是！"干劲十足的回应声在屋里回响。

之后，稻垣又做了几个详细的指示就散会了。新田正准备起身离开，又被稻垣叫住了。

"刚才的话，要对饭店的人保密，千万不能说。"

"当然，我不会说多余的话。但是，与其他案件无关的事是不是通知他们一声比较好。在警备上我们也需要饭店的配合。"

稻垣一脸严肃地摇了摇头。

"不行。绝对不能告诉饭店那边。警备的事情，我们会做充分的准备。"

"话虽这么说，可是最了解饭店情况的还是饭店人员吧。"

"你不觉得x4在饭店人员中吗？"

听了稻垣的话，新田不由得挺直了脊背。

"你是指内部作案？"

"这种可能性并不低。手嶋和野口都是这样，这次的犯人已经事先意识到案件发生后自己会被怀疑，才策划了这么复杂的计划。也就是说，x4本人的身份是很容易被怀疑的。比如说半夜里住宿客人被杀害了，会怎么样？最先被怀疑的是不是可以自由使用万能房卡的人呢。"

对于这个见解，新田无法提出异议。因为他也想到了同样的可能性，还寻求过山岸尚美的帮助。虽然结果是惹得她勃然大怒。

"我明白系长的意思。但是已经有很多员工知道了警察潜入饭店调查的事。如果其中也包括x4，会不会因此中止犯罪行为？"

"这个可不敢说。即使案犯知道我们解开了数字之谜，应该也还不知道我们已经查明了案犯是分别作案的。千万不能放松警惕。"

"那么至少，把这个消息告诉协助我们调查的人怎么样？比如说藤木总经理和山岸小姐等人……"

稻垣把脸凑过来："你啊，知不知道为什么我们不对手嶋和井上，甚至野口都没有下逮捕令呢？野口已经招供了，这种情况下完全可以实施逮捕了。比起派人二十四小时监视他，不如把他放在拘留所里更省事些。即使是这样我们还是没有逮捕他。你知道是为什么吗？"

新田并不知道真正的原因，只得沉默不语。

稻垣把声音压得更低："如果抓捕，就不得不对媒体公开了。这样一来会怎么样呢？手嶋和第三起案件的凶手无所谓。因为他们已经实施了杀人计划。问题在于x4。如果他知道野口被捕，就会意识到自己的计划已经败露，说不定就会中止在这间饭店的犯罪计划。"

新田眨了眨眼看着上司："难道是为了把x4引到这里，才暂不抓捕其他犯人的？"

"正是。管理官刚才说了，关于x4我们没有任何线索。这很正常。因为他还什么都没有做。如果他就此中止犯罪计划，那么我们可能永远都无法找到他。不，即使是以后真的有个号称x4的人出现，也不知道能不能起诉他。如果他一口咬定和野口等人的邮件往来只是单纯的恶作剧，我们也无可奈何。但是那样一来就麻烦了。因为本次案件的主谋是x4。如果不是受了他邪恶的怂恿，野口和手嶋他们可能还不会走向犯罪的深渊。可能也不会有人被杀害。无论如何，我们都必须抓住x4，把他关进监狱里。为此，我们必须要证明这不仅仅是恶作剧，x4本人也是有杀人意图的。"

以杀人未遂罪或者预谋杀人罪起诉x4——上司们应该是这么打算的。

"是这样啊，"新田嘟囔道，"如果饭店方面知道了真相，恐怕会对媒体公布。系长是这样想的吧。"

"如果我是饭店的负责人，就会毫不犹豫地公布出去。"稻垣说道，"这样一来，第四起案件的案犯就会放弃在这间饭店里杀人的念头。丝毫不关心案犯是不是会被捕。这些和饭店没有关系。一般人都会这么想吧。"

"就是说，要欺骗饭店方面……"

"不是欺骗。我已经说过很多次了，只是不告诉他们多余的事情。"

"这样可以吗？一旦发生什么，就是大问题了。"

"事后肯定会被饭店指责的。但是，不会发生那个大问题的。为了防止事件发生我们已经做好防范措施了。"稻垣将手放在新田的肩膀上，"不是吗？"

"当然了。我们应该是做好了防范措施……"

"这样不就行了吗？你和那位前台女接待员好像很情投意合的样子，为了她你也要保持沉默。知道的越多，需要承担的责任和心理压力就越大。"

目送着皮笑肉不笑的上司离开后，新田才恍然大悟，原来是这么回事！上司们之所以没有告诉自己实情，不仅仅是因为担心自己要求返回搜查一课，也因为害怕自己会把消息泄露给山岸尚美。

新田叹了一口气，移开了视线，刚好与本宫视线相接。本宫苦笑了一下，用手蹭了蹭鼻子。新田有些生气地瞪着眼朝本宫走去。

"本宫你也早就知道了吧。四起案件有不同的案犯。"

"我也是最近刚刚知道的。就是你问我关于品川警署的传闻后，我向系长确认时他告诉我的。"

"他也交待你不要把这件事告诉我吧。"

"你别往坏处想。我也和你一样想回去查品川的案子。你能明白日复一日装成客人、等待着一个不知道会不会来的对手的心情吗？不过我也想通了。他们肯定觉得你不如我通情达理吧。"本宫用手戳了戳新田的胸口，说了声"我先走了"，便离开了会议室。

不知何时尾崎也离开了。可是能势没有走，还静静地坐在那里。

"我们出去说吧。"新田小声说道。

能势默默地点了点头，站起身来。

离开会议室，新田往饭店的方向走去。能势隔了一段距离跟在后面。在通往酒店的入口处，新田停下脚步，回过头来。

"你也早就知道了吧，案犯分别存在的事？"

能势万分抱歉似的缩了缩身子。

"我和你说过课长指示我们把这件案子和其他案子分开来单独调查的事吧。在那不久以后我又被课长叫了过去，说了刚才 x1, x2 的事，而且叮嘱我这件事目前还是最高机密，千万不要告诉其他的刑警。"

"然后你就连我都没有告诉？连一直一起搜查的我都瞒着？"

能势低下了头发稀少的脑袋："瞒着你我心里也很难受。但是，我也不得不赞同让你把精力集中在目前的工作上。正如尾崎管理官刚才所说，现在你所做的工作，是只有你才能做到的。"

"这话从你的嘴里说出来，我真是感觉不到丝毫的高兴。"

"我知道……"

"然后呢？瞒着我的只有这些吗？不是吧。你把我们之间之前的对话内

195

容，都向上司汇报了吧。关于那个电话里使用的诡计的事情也说了吧？"

能势依旧低着头什么都没有说。看着能势的样子，新田把头别到一边："果然是这样。这叫什么事啊！"

"但是，从结果来看你解决了品川的案件不是很好吗？刚才尾崎管理官虽然嘴上那么说，但他一定会认可你的功劳的。"

"我说的不是这个。不过算了，什么都别说了。"新田抬起一只手制止了还想说点什么的能势，转身大步向前台走去。

22

看到新田将身体扭过去，偷偷忍住哈欠的样子，山岸尚美心想，到底是怎么回事。今天从上午开始就一直是这个状态。之前，新田虽然没睡够，可还是一大早就精力充沛地投入工作。对此，尚美暗自佩服，觉得他真不愧是警视厅的骨干刑警。可是看他今天的表现，完全感觉不到往日的雄心壮志。倒像是得了五月病的新员工。

尚美和几个接待员，像往常一样站在前台。现在是下午两点。虽然还有一些较晚过来办理入住的客人，但并非忙碌的时间段。

"川本，我离开一下，这里拜托了。"

跟年轻的接待员打过招呼后，尚美走到新田身边。

"现在方便吗？"

新田没问什么事，直接把脸转了过来。四目相对，尚美才发现新田的眼睛很浑浊。看来昨夜很晚才睡。而且，恐怕还喝了一点酒。身上虽然没有酒气，可是脸显得有些浮肿。

"我有些事情想要问你，去后面说吧。"尚美打开了通往后面的门。新田依旧是一脸死气沉沉的表情，跟在后面。

来到办公区后，尚美看着新田："我给你倒杯咖啡吧，来杯浓浓的黑咖啡？"

新田有些不满地瘪着嘴："咖啡？为什么呢？"

"因为，你看起来好像还没有睡醒，还是你最近太累了呢？"

听了尚美的话，新田用双手在自己的脸颊上拍打了两下。

"作为饭店人员不该带着这样昏昏欲睡的表情。真是不好意思,我会打起精神的。"

尚美抱着胳膊:"发生什么事了吗?"

这个问题似乎让新田有些意外,他一瞬间瞪大了眼睛,但马上又露出一脸怄气的表情,嘴里嘟囔道"没什么"。高中时有个男同学,只要一撒谎马上就能从脸上看出来,尚美觉得新田和他很像。说起来那位同学的正义感也很强。

"昨天晚上你说过吧,说不定找到了解决事件的突破口。那件事后来怎么样了?还是不能对我说吗?"

新田变得一脸严肃,深深叹了一口气,浓黑的双眉紧锁着,看着尚美,提高了声调:"侦破的事情是不能告诉一般人的,当然也不能告诉你了。"

"但是昨晚,你不是说让我再稍等一下吗……"

新田有些生气似的摇摇头。

"等到事情解决了,到了可以和媒体公布的时候,自然也可以对你说了。我说的稍等一下,就是这个意思。"

"那么,能不能先告诉我调查是否有进展呢?你告诉过我关于那串数字的秘密吧。我还自以为是的认为你很信任我呢……"

"你太啰唆了!"尚美被新田的话吓了一跳。吃惊的并不是新田粗暴的言辞,而是他那看起来很受伤的样子。

"对不起。"新田自言自语似的小声嘟囔着,微微低下了头,眼睛盯着脚下,"我们这些刑警,只不过是棋子。棋子是看不到整体的局面的。棋子也不会知道是否有进展。"

"新田……"

"我回前台了。拜你所赐我已经睡意全无了。"新田说着打开房门,走了出去。

宴会部婚宴课的仁科理惠,是和尚美同期进入饭店的。虽然两人被分配到不同的部门,但她一直是尚美的密友。

接到理惠打来的电话，大概是下午四点刚过的时候。她没有用内线电话，而是直接打了手机。尚美想着可能是私人事务，接起了电话。

"不好意思，你现在方便吗？"理惠压低声音问道。

"嗯，没什么事。"尚美把身体靠向前台里侧。

"其实是有点事想要和你商量，你能来我这儿一趟吗？"

"欸？你说的你那儿是指？婚宴课办公室吗？"

"是的。在你这么忙的时候真是不好意思。可是和课长商量后，还是认为这件事情跟你说最合适。"

理惠说的课长，应该就是婚宴课的课长吧。

"欸？为什么是我呢？"

"这个等你过来再说吧。电话里说不方便。拜托了。"

真是听得尚美一头雾水。尚美没有在宴会部工作过，所以他们也不可能因为工作的事情找自己商量。但是听她的口气，理惠她们好像碰到了什么棘手的难题，正面临着紧急状态。

"我知道了，马上过去。"

"谢谢，我等你。"

挂断电话后，尚美跟新田打了个招呼说要去一趟婚宴咨询处。新田依然是无精打采的样子，连什么事都没有问，只默默地点了点头。

尚美乘扶梯到了二楼，准备先去婚宴咨询处看看。拐进去以后刚看见第一个咨询台，就发现了娇小可人的仁科理惠等在那里。她长着一张讨人喜欢的圆脸，平日里很受欢迎，可是今天的表情却很阴沉。看到尚美后，有些不好意思地低下了头。

"不好意思，让你跑一趟。"

"没什么，到底发生什么事了？"

"你到这边来一下。"

接待客人用的桌子此时全部空着。两个人挑了其中一张，面对面坐下了。

"我先要问你一下。那个案件，有什么进展吗？"理惠首先问道。

"你说的案件是指……"

"就是最近将会在饭店里发生的案件。虽然我们不知道详细情况,但是客房部的人应该知道吧。经常和你在一起的男人,听说是一位刑警。"

"啊……"尚美低下了头,不一会儿又抬起头看着理惠,"那件事啊……我只是被告知需要辅助刑警的工作,并不知道其中的详情。"

"但是也不可能一点都不知道吧。你毕竟是在辅助一个化装成前台接待员的刑警呢。多少知道一些情况吧。"

"这个嘛,多少……可是,我也被告知不能随便说出去。"要瞒着朋友太辛苦了,尚美的回答有些含糊不清。

"你不要误会。我并不是想让你告诉我详情。你什么都不用说,只要帮我做一个判断。"

"判断?"尚美眨着眼,对朋友的这番话有些摸不着头脑。

"其实,在里面那间房间里有一位客人。本周六,将在我们这里举行结婚典礼。"理惠压低声音说道。

"那位客人有什么问题吗?"尚美也同样小声说道。

理惠一脸凝重,向前探了探身子。

"大约一周前,我们接到了一个奇怪的电话。是一名男性,自称是高山佳子的哥哥。想要确认一下结婚仪式的时间安排。"

"高山佳子是……"

"是新娘,现在正坐在里面。"

"为什么新娘的哥哥会打电话来呢?"

"据那个人说,是想要准备一个惊喜。"

"惊喜?"

"他想要瞒着妹妹,安排一位重量级的出场人物,为了决定出场时机,才需要详细的时间表——他是这样说的。"

"嗯,不知为什么,觉得这件事有点蹊跷啊。"

"我也这么认为。仪式的事情去问本人不就可以了。至于理由,随便编一个就行了。"

199

"那么,你是怎么处理的?"

"我说负责人现在不在,等回来后再跟您联络,还试着问了他的电话。我想如果知道电话号码,也可以确认他是否真的是新娘的哥哥。可是那个男人却说,他不方便在工作时接电话,他会再打过来的,然后就挂断了电话。很奇怪吧?"

"那之后来过电话吗?"

理惠摇摇头:"就那一次。"

尚美点点头,叹了口气。婚宴课好像经常会碰到这种事情。

本来,结婚典礼是一个象征着幸福的仪式,但并不是所有的人都发自内心地祝福举行仪式的两个人会永远幸福。既然选择了一个人作为一生的伴侣,那么理所当然无法选择其他人了。所以,肯定会出现那种觉得"为什么不是我"而对婚礼不满的人。如果只是不满的话还好,万一升级到憎恨,就麻烦了。那个人会想尽办法破坏结婚典礼。所以在婚宴课,只要没有确定对方的身份,关于仪式和宴会的任何消息都不予回答。

"那么,你想跟我商量什么?"尚美问,"这样的事,你不是已经习惯了吗?"

"确实如此,但是事情才刚刚开始,"理惠很介意似的回头看了一眼里面的房间,眉头紧锁,"今天,高山小姐一个人过来了,我觉得时机正合适,就对她说了电话的事情。我觉得这件事还是不让新郎知道比较好。"

"确实如此。"

如果是因为新娘和前男友还没有彻底斩断关系,那事情就复杂了。所以理惠的决断应该是正确的。

"然后,高山小姐说她没有哥哥,肯定是假的。"

"是这样啊。那没有受骗不是很好吗?"

然而理惠一脸严肃地摇着头说:"事情没有那么简单。高山小姐听完后哆哆嗦嗦地颤抖起来。是用眼睛能看出来的那种颤抖,我当时也吓了一跳。"

"发生什么了?"

"我也试着问她发生了什么事。结果她说:'果然不是自己的错觉,确实是被人缠上了。'由于她太激动,刚开始完全不知道她在说什么。等她平静下来后,我跟她谈了一会儿,才搞清楚状况。然后,我认为这种情况单凭我们的力量可能应对不了。"

"到底是什么事?"

理惠舔了一下嘴唇,注视着尚美说道:"高山小姐可能是被跟踪狂盯上了。"

"欸?"尚美不自觉地惊呼一声,吸了一口气问道,"是真的吗?"

理惠点了点头:"高山小姐一个人住,可是最近,经常有邮寄物品收不到,或者是收到后发现有被人打开过的痕迹,她觉得很恐怖。但是又苦于没有证据,即使报警可能也不会被重视,所以一直很苦恼。"

山岸尚美不由得挺直了脊背,看起来事情比想象中还要严重。根据理惠的描述,确实是跟踪狂的行为手法。

"也就是说打来电话的,应该也是那个跟踪狂吧?"

理惠点了点头。

"应该只有这种可能性吧。"

"她本人没有什么头绪吗?就是说……有可能是跟踪狂的嫌疑人。"

"我问过她了,她说想不出来。但是以前我从书上读到过,这种事情好像并不少见。女方不知道男方姓甚名谁,也没有见过面,但是男方却单方面喜欢女方并做出跟踪狂的行为。"

这种事尚美也听说过。

"那位跟踪狂得知高山小姐要结婚的消息并准备着手破坏——你想说的是这个吧?"

"嗯,如果是往常,我们也不会因为这种问题慌了手脚。因为经常会有打来伪造电话说要取消仪式,或者在仪式当天发来唁电之类的情况。还曾经发生过一个被新郎甩掉的女人,在仪式当天穿着丧服出场的状况。"

听着理惠若无其事的说着这些,尚美再次感觉到,这个部门的工作可真不简单啊。与表面上的繁华相比,背后会发生各种各样的状况。

"但是,我和课长商量了一下,认为这次的情况和往常有一些不同。第一，我们不知道对方的身份。如果知道名字或者长相的话，我们这边就可以事先做好防备。否则我们就无从下手了。如果对方伪装成客人，任何人都可以靠近婚礼仪式现场和宴会现场，甚至可以进入休息室。只要对方穿戴正式，周围的人也不会觉得有问题吧。"

"是有这个可能。"

"另外还有一点让我们比较担心，就是目前饭店面临的形势。课长担心这件事会和警察正在戒备调查的事有关联。虽然最后肯定是要向宴会部部长和总经理汇报，不过在此之前想先咨询一下你的意见。"

"原来是这么回事。"尚美终于理解了整件事情。鉴于事件的敏感性，理惠采取如此谨慎的叙述方式也不难理解。

"怎么样？你认为有关联吗？"理惠再次问道。

思考了十秒钟后，尚美开口说道："我不知道是否有关联。但是如果要问我个人的意见，我认为应该马上联络宴会部部长和总经理。我也会把自己的看法和警方沟通。因为我认为有必要这样做。"

理惠的眼神里浮现出了紧张的神色："也就是说你认为有关联的可能性很高喽？"

"我已经说过了，我不知道。但是如果有关系的话就大事不妙了。"尚美调整了一下呼吸，看着密友的眼睛说道，"因为是你，我才说的。那些警察正在调查的是一起连环杀人案。已经有三个人被杀了。然后近期，第四位被害者可能会出现在这间饭店里——警察是这么认为的。"

23

贴在墙上的纸上面，一百三十六个名字整齐地排成两列。右侧最上方写着渡边家，左侧最上方写着高山家。每一列最上面的名字分别是渡边纪之和高山佳子。

稻垣一手拿起资料说道："两家的结婚典礼，在星期六的下午四点正式开始。将在饭店四层的教堂里举行，可以容纳约七十个座位。超过这个人数就有部分人员需要站着观礼。目前，共有约八十人有出席的意向，但实际上能来多少人，不到仪式当天是无法确定的。邀请函上写着，参观仪式的两家亲戚在三点半之前，朋友熟人于三点五十分之前到达教堂门口。仪式大约花费二十分钟。之后，新郎和新娘开始拍照留念。婚宴安排在五层的蝴蝶厅，是可以容纳两百人的会场。拿到平面图之后，谁去扩印一下贴到墙上。婚宴于下午五点开始。出席者在接待处登记完毕之后，将会在会场旁边的休息室等候。"一口气说完后，稻垣又环顾了一圈会议室内的管理官尾崎和十几名刑警，"以上就是那个有问题的结婚仪式和婚宴的概要。"

本宫举手问道："我想确认一下，我们的调查要瞒着两家暗中进行吧？"

"当然，"稻垣立刻回答道，"目前还没有任何证据显示这次的跟踪狂就是我们正在追捕的x4。如果证明不是，我们在这间饭店里的潜入调查将继续进行。我们这次的调查，绝对不允许对外部人员透露。因此，这一次的特别警备也需要在瞒着两家人以及两家相关人员的前提下进行。新娘那边，我们只告诉她，这件事饭店方面已经和警方商量过了，并配备了万全的警卫人员，请她放心。"

"可是如果这样，我们就很难从高山佳子小姐那里得到跟踪狂的相关信息了。至于邮寄物品被盗、被私自拆开等问题，也有必要详细调查哪些邮寄物品是偷盗和私拆的目标。"

"这个也有对策。按照程序，接到她的报警后，我们就会派两名刑警向高山小姐本人重新询问详细的情况。如果她居住的公寓安装了监控摄像头，我们将联络保安公司，取得监控录像。接触高山小姐的只限于那两名刑警。即使是高山小姐出现在饭店里，也绝对不允许其他人接近她。"

一位年轻的刑警又举起了手："如果说她已经报警，那么我们的警备是不是就没有必要隐瞒两家的相关人员了呢？"

稻垣露出一丝苦笑，朝尾崎看了一眼。好像感受到了那道目光，管理官不慌不忙地说道："如果将特别警备的事情告诉两家人，想必一定会得到他们的感谢。因为警察为了对付一个不知道是否真的会来搞破坏，甚至都不知道是否真实存在的跟踪狂而动用了特别警备。如果婚礼得以安全举行，他们一定会到处宣扬这件事情。那么，听说这件事的人就会这么想：

下次如果自己身边出现类似的事情，就马上报警并且要求警方提供特别警备。但实际上，我们根本无法一一对应。这次是个例。你们都要记住。对于一般的民众而言，只要享受过一次特殊待遇，就会妄想每次都有同样的待遇，一旦没有了便会心生抱怨。"

真是一个恰当的比喻，在一旁听着的新田心想。刚才提问的年轻刑警缩了缩脖子。

时钟的指针，还没有指向下午七点钟。往常这个时候几乎所有的刑警都在出任务。之所以被紧急召集到这里，不用说，肯定是因为这次的跟踪狂事件被认为大有可疑。

新田已经从山岸尚美那里听说了详细情况，总经理藤木好像已经联系过稻垣系长。稻垣和尾崎商议之后，决定召开这次的紧急会议。

仪式会场、宴会会场以及周边的平面图扩印版已经被贴到了墙上。稻垣站在图纸前面。

"下面是关于当天的警备安排。话先说在前面，这次我们是以把那个跟踪狂当作x4为前提来准备的。反过来说，如果那家伙不是x4，我们就不采取行动。所以大家不要误会。我们的任务不是阻止跟踪狂破坏婚礼现场。只要他不是x4，就算他往婚礼现场扔烟雾弹，就算他全裸闯入宴会会场，我们都不能动手。那些情况都交给饭店的警卫部门去处理。这些已经和饭店方面交待过了。"

稻垣的话虽然听起来有些冷漠，可仔细想想也是理所当然的。在x4落网之前，潜入调查的事情不能对外公布。

"这里还有一个问题。"尾崎坐在座位上开口道，"到底怎样才能看出那个跟踪狂是不是x4。我们首先要推测如果他是x4，将会采取何种方式犯罪。如果能够事先预测出来，需要布下天罗地网的场所也就确定了。"说到这里，尾崎抬头看着稻垣，好像在说，下面就交给你了。

"如果跟踪狂就是x4，考虑到之前案件的发展规律，他肯定是要杀掉某个人。"稻垣开始了分析，"虽然说新娘高山佳子小姐成为目标的几率最高，但也不能排除目标是新郎的可能性。在这里我们需要明确一下，在什么情况下新郎新娘两人会单独相处或者新郎新娘会独处。我们已经从婚礼课那里拿到了资料。新郎新娘有可能独自一人，首先是各自换衣服的时候。虽然旁边会跟着工作人员，但还是要多加小心。然后就是在结婚典礼之前的休息室时。因为休息室是独立的，犯人抓住空当潜入，迅速杀人以后再逃出来，也不是不可能。还有结婚典礼以后、婚宴开始之前这段时间，只有新郎和新娘两人待在休息室。大体上就是上面的几种情况，可是还有中途换装退席时，去洗手间时等情况，即使是很短的时间，也可能会给犯人提供犯罪的机会。我们需要在考虑到一切可能性的前提下，来策划我们的警备方案。"

在稻垣一番充满气势的发言之后，各个刑警都被分配了任务。基本上，刑警会混入服务员和宾客之中，但是人数不能太多。如果有很多饭店工作人员看起来无所事事，一方面很反常，另一方面也会影响饭店的风评。但如果一味增加扮成宾客的刑警，又怕会被真正的宾客注意到，有引起骚乱的风险。

"在婚礼仪式会场和宴会会场的周边似乎只能安排少数的精锐部队了。"听了大家的讨论之后，尾崎像下结论似的说道，"剩下的，就要取决于到仪式当天我们还能掌握多少线索了。如果能在那之前查明跟踪狂的身份，当然最好不过了。"

"没错。"稻垣也表示同意。

这时新田举起了手："我可以问个问题吗？"

尾崎和稻垣同时看向了新田，好像在说，你有什么问题。

"仪式当天，我要去哪里？"

面对新田的问题，稻垣像是征求意见似的看向了尾崎。

"你就待在前台，"尾崎淡然地说道，"这还用问吗？你可是前台接待员。"

新田摇着头笑了出来。当然，并不是因为真的可笑，而是觉得这个决定很愚蠢。

"请等一下。将会安排很多刑警伪装成员工吧。是让他们装扮成饭店员工对吧？要是这样的话，把任务交给已经装扮成饭店员工的我不是更合适吗？"

稻垣露出了苦笑。也许他早就预料到新田会提出这样的问题。

但是尾崎却面无表情地说道："你是前台接待员。隶属客房部。结婚典礼和婚宴是宴会部的工作。如果在那里出现一个其他部门的人，不是很奇怪吗？"

"这种事，外部人员怎么可能会知道呢？"

"这可说不好。如果这次的跟踪狂真是x4的话，肯定已经反复踩过点了。踩点的时候，他经过前台，说不定已经记得你的样子。这时如果被他发现前台接待员在做宴会部的工作，不会被他怀疑吗？"

"不会的，他怎么可能如此敏锐？"

"如果他真的这么敏锐怎么办，"尾崎瞪着眼睛问道，"如果因为有你在场x4中止了犯罪计划，我们可能永远都抓不到他了。到那个时候，你打算怎么来负这个责任？"

新田的嘴唇一动不动。因为他想不到反驳的理由。

"而且，"尾崎表情又缓和了下来，"这个跟踪狂并不一定是x4。如果不是的话，我们还要像先前一样继续潜入搜查。不，先不说这个，举行结婚典礼期间，真正的x4也有可能会到前台去。你有你自己的工作，而且是只有你能做到的工作。怎么样，你还是把注意力集中在那边吧。"

尾崎的话明显是在安慰新田。

"明白了吗？新田。"稻垣再次问道。

新田小声回答了一声"明白了"。之后过了一会儿，新田就被告知可以先离开了。接下来继续讨论婚礼当天的警备问题，与这个任务无关的人员可以回归各自的岗位了。

新田心里充斥着不满。在本次潜入搜查过程中，新田自信自己的贡献比任何人都大。之所以接受短期培训后，就能够从事之前不熟悉的饭店工作，是因为新田一直希望在面对案件时冲在最前线。可是，上头好像对自己的这种要求完全视而不见。上次案件的整体情况瞒了自己这么久，这次终于到了真正的嫌疑人可能出现的时刻，自己又被排除在关键的警备之外，这到底是怎么回事？自己到底算什么。即使只被当作一颗棋子，可是棋子也有棋子的尊严啊。

带着郁郁不快的情绪，新田回到了前台。有两位前台接待员站在那里，可是不见山岸尚美的身影。新田以为她回去了，问了一下才知道她去办公楼了。

"她说去查点东西后就回去。"年轻的接待员回答道。

新田点了点头，转身离开了。山岸尚美到底在查什么呢。因为好奇，新田又返回了办公楼。

新田这次没有走楼梯，直接乘电梯来到了三楼。因为走楼梯可能会撞见还在继续开会的那群家伙。

来到客房部的办公室，不出意料看到了正对着电脑的山岸尚美的背影。似乎有所察觉，尚美转过头来，冲新田微笑着点了点头。

"你在查什么呢？"

"没什么大不了的。作为外行，我能做的事也不过如此。即便如此，我也觉得比什么都不做要好得多……你开完会了吗？"

"你并没有回答我的问题。"新田看着电脑屏幕说道。看到画面上显示的内容，新田皱起了眉头，完全是新田预想之外的内容。"你调查东京都内的路线图做什么？"

山岸尚美保持着微笑，把手里的资料递了过来："这个，是给婚宴主持人准备底稿时提供的参考，本来是不能给你看的，不过警察应该也很容易拿到。"

新田接过了资料，浏览了一番。上面记载的是新娘高山佳子小姐的履历。包括学历、学生时代参加的社团、工作单位，甚至是以前就职的单位都详细记录在上面。

"这个和路线图有什么关系？"

"我是想试试看能不能推断出跟踪狂的活动范围。"

"活动范围？怎么推断？"

山岸尚美指着履历的一部分说道："高山小姐是福岛县人，大学毕业后，为了找工作来到东京。之后，一直独居在位于高元寺租赁的公寓里，目前为止一共在两家公司工作过。我想，如果那个跟踪狂是高山小姐不认识的人，那么两个人肯定在某个地方有交集。当然了，两个人相遇的场所有无数的可能性，但是能够让男性发展到跟踪狂的程度，肯定是一个能够频繁见面的地方。明明可能见过很多次了，可是女性却完全没有注意到，这样的地方会是哪里呢？"

这时新田也明白了尚美的意思。原来如此，新田恍然大悟。

"通勤路线的某个地方——电车吗？"

尚美正中下怀似的使劲点着头。

"高山小姐现在工作的公司在池袋，之前的公司在四谷。这个没有和本人确认之前还不能断言，但恐怕一直坐的都是中央线。之前是乘坐中央线直达四谷，现在应该是在新宿换乘山手线后到达池袋吧？"

"你是说中央线的乘客中有一位跟踪狂？"

"不，如果是那样的话应该在很早以前就被跟踪了。高山小姐换到现在的公司大约是一年前的事。我想是因为这件事使通勤路线产生了微妙的变化，之后才第一次遇见了后来成为跟踪狂的人。"

"这样一来就是说，"新田看着路线图，"在新宿换乘山手线以后再到池袋的途中遇到了那个人。"

"这纯属外行人的推理。但是我认为这种可能性很高。其他几件案子的案发现场分布得也很平衡。"

"平衡？"新田盯着尚美问道，"什么意思？你说的平衡。"

尚美略显踌躇地敲打着键盘。接下来出现在屏幕上的是东京都的地图。

"最初的案件发生在品川吧。接下来是千住新桥，第三起是在葛西立交桥附近发生的。我一直在想这样的安排是不是有什么特殊用意。然后就在我左查查右看看的过程中，发现了一件不得了的事情。"

"是什么？"

尚美拿起桌子上一把三十厘米长的尺子，在画面的地图上比对。

"你看看这个。把千住新桥和品川用一条直线连接起来,在直线接近中心的位置就是这间饭店。"

新田瞪大了眼睛,把脸凑近屏幕。这些事情,到目前为止没有任何人注意过。或者真的像尚美说的那样,是个重大的发现。

但是新田马上又失望了。因为他注意到尚美用尺子的方法不对。他对尚美说了声"不好意思",便自己拿过尺子比对了起来。

"案发现场的地图,我几乎都要看烂了,所以已经背得滚瓜烂熟。用尺子准确地比对之后,是这样的效果。两个地点的中间位置,应该在东京站附近。"

"东京站,是不是也可以说是饭店附近呢?"山岸尚美有点较真。

"我知道了。先让我听听你的想法吧。"

尚美点了点头,再次拿起尺子放到屏幕上。

"第三起案件的案发地点在葛西立交桥附近,把它和这间饭店的所在位置用直线连起来。然后等距离延长,就是新宿西口附近。"

新田不由自主地张大了嘴:"也就是说,跟踪狂见到高山佳子小姐的地点有可能是在新宿附近。原来如此。地点的分布确实很平衡。"

"他们见面的地点和这些案发地点基本上组成了一个十字型。怎么样,这算不算重大的发现,"尚美的眼中闪烁着光芒。

新田将手插在裤兜里,耸了耸肩膀:"不,很抱歉,我并不这么认为。"

"为什么?你想说这只是单纯的巧合吗?"

"是的,"新田点头,"这只不过是巧合。"

山岸尚美一脸无法接受的表情盯着屏幕:"真是这样吗?"

"假如那个跟踪狂想杀高山佳子小姐,把犯罪场所选到这间饭店,是因为高山小姐将要在这里举行结婚典礼。但是决定在这里举行婚礼的是高山小姐和新郎渡边纪之先生,而不是跟踪狂。"

"但是……"

"你别再说下去了,"新田摆了摆手,打断了尚美的话,"这是为什么呢。为什么你也掺合起调查的事情。我不是说过了吗,你只要辅助我就可以了。我知道你也是为了饭店着想,可是调查的事情还是交给我们这些专业的警察吧。"

似乎是被新田的话惊呆了,山岸尚美的目光在空中飘浮不定。不过马上她又眨了几下眼睛,回过神来,激动得大口喘着粗气,胸口上下颤抖着看着新田:"我做这些事情确实是为了饭店。但是,我同时也想尽我所能,希望能帮上你……"

尚美这句出人意料的话,让新田有些不知所措:"为什么?"

"因为从今天早晨开始,你的样子就很奇怪,我想可能是因为调查进行得不顺利。所以当我从同事那里听说高山小姐的事情时,第一时间就跟你说了。我一直在想自己是不是还能做点其他的什么事,这才……"

"你是不是觉得把事情交给这警察是不会有结果的,所以才想要自己动手来寻找线索?"

"不,绝不是这样的……"

"总之,你没有必要留下加班。请早点回去吧。拜托了。"行了一个礼之后,新田转身离开了。一边大步流星地走着,一边在心里咒骂道,每个人都把我当作笨蛋。但是另一方面,新田对自己也很生气。

24

能势胖墩墩的身影出现在饭店大堂时,刚过上午十一点。因为已经过了退房的高峰,前台几乎没有什么客人。

能势对着新田微微点了点头,便向靠墙的沙发走了过去,从西装的内兜里掏出了手机。播完号后把手机贴到了耳边。新田上衣内兜里的电话马上震动起来。

看到是能势打来的,新田接起了电话。

"是我,能势。"能势说着用空着的一只手朝新田挥了挥,脸上挂着讨好的笑容。

"我知道。看见你了。"新田故意用冷淡的语气说道。

"能聊一会儿吗?有好多事情想要和你商量。"

"如果是借口的话,之前已经听过了。而且我说过不想再听了。"

"不是这样的。我不是说了吗，有事找你商量。十五分钟，不，十分钟就行。"

新田用力叹了一口气，声音大到电话那头都能清楚地听到。

"跟我商量之后打算怎么办呢？又去跟你的上司汇报吗？"

"不是。我不会那么做的。"

"可以啊，你完全可以去汇报。因为那是作为下属的职责。问题是你对我撒谎说不会去报告。"

"这一点我真的觉得很过意不去。如果你觉得我的道歉力度不够的话，要我下跪也行，做什么都可以。我马上在这里做。"能势直直地看向新田，开始在沙发上挪动屁股。如果不阻止他，好像真的要下跪似的。

"快停下来。我不是这个意思。"

"那么就请你相信我。今后我再也不会撒谎了。在这个前提下，我有些事情想和你商量。是瞒着上司们的秘密。"能势平时说话带点关东北部的方言，并且发音又不准确。所以当这样的能势认真地一字一句说完那段话时，不知为何让人觉得很有诚意。

"拜托了。"能势说道，坐在沙发上低下了头。

新田再次叹了口气："我知道了。到二层的婚礼咨询处吧。就是之前我们讨论电话诡计那件事的地方。"

"知道了。谢谢！"挂断电话后，能势露出了开心的笑容，并冲着新田再次低头致意。

把手机放回上衣内兜的时候，新田察觉到一道视线。往身旁一看，山岸尚美正一脸狐疑地看着自己。

"你和那个人怎么了？"尚美说着将目光投向了远处，目标人物能势已经起身准备离开，"刚才你讲电话时语气很强硬。"

"不好意思，打扰到你工作了吧。"

"这个倒没有……那个人，不是你的同事吗？"

"是的。我一会儿要去和他谈点事情。这里就拜托了。"

"啊，好的。"

在山岸尚美的注视下新田离开了前台。想起昨夜和尚美之间的对话，新田的心情很压抑。尚美真心为自己的事情担心，并拼命想办法帮助自己。三起案件的案发现场和这间饭店的地理位置之间关联的假说虽然不成立，但是她这种自然而然把四起案件联系到一起的推理能力确实很了不起。

但是自己非但没有表示感谢和安慰，反而冷淡地应付了事。为此新田一直郁郁不快，在休息室里，也没有睡好。

今天早晨本来觉得挺难面对她的，反而是尚美微笑着先和自己打了招呼。看起来好像什么事都没有发生。当然，可能她心里并非那么平静。

乘坐扶梯通往二楼的途中，新田暗想，要找个机会为昨夜的事情道歉。

一来到婚礼咨询处，新田就看见能势正拘谨地坐在前面的位子上。确认了一下周围没有其他人。新田看了看办公室的门，觉得仁科理惠应该在里面。这个名字是从山岸尚美那里听说的。她是那个结婚典礼的负责人。

新田在对面坐下，能势马上缩着脖子说："在你这么忙的时候真是不好意思。"

"我一点都不忙。我说的是我的本职工作。话说回来，你要跟我说什么？"

"不，在此之前我先要——"能势用两只手扶住桌子，低下了毛发稀少的头，"真的非常抱歉。我再次表达我的歉意。"

新田觉得很厌烦。他到底要道歉多少次才肯罢休呢。

"已经说了不用了。你真是太执着了。"

能势的手依然扶着桌子，抬起头看着新田，一副可怜巴巴的表情。

"我是真的觉得很抱歉。可是我不能违背上司的命令。"

"这个我明白。所以已经说过很多次算了。"

听了新田的话，能势终于将身体坐正。

"但如果就这样算了，我还是觉得不甘心，从昨天开始一直在想自己能帮你做点什么。"

"帮我，什么意思？"

"就是字面上的意思。如果你有什么想要调查的事情尽管对我说。无论是什么我都愿意做。就像揭穿手嶋的不在场证据那样，让我们两人联手揪出x4的真实身份吧。"

新田盯着能势的圆脸。

"你是认真的吗？"

"当然是认真的。不用说，这次我绝不会再对上司说了。我可以保证。"

新田瘪着嘴，轻轻摇了摇头："你想找我商量的就是这个吗？"

"是的。我会努力让你立功的。"

"如果是这样，那你就回去吧，我也要回前台了。"新田站了起来。

能势也起身道："新田……"

"你可能还不知道。这里的现场对策总部掌握了关于x4的重要线索，现在已经有大量的刑警在做准备工作了。"

能势的小眼睛略微睁大了一些："真的吗？从哪里得到的线索？"

"这里，"新田用手指着下面的桌子，"从婚礼咨询处得到的。"

可能是因为不知道新田是什么意思，能势盯着地板，不停地眨着眼睛。

新田缓了缓绷紧的嘴唇："可是，其他同事正充满激情要大干一场呢，只有我一个人被排除在外。上面指示我像往常一样，站在前台接待客人。x4可能在不久的将来就会被抓住吧，可是立功的肯定不会是我了。"

"可是，现在还不知道那个线索是否准确吧。有证据显示那个人肯定是x4吗？"

"那倒没有……"

"那我们就主攻别的方向吧，肯定会在某个地方找到突破口的。"

"算了吧，别做这些了。"新田摆了摆手，迈步向出口方向走去。

"请等一下，"在婚礼咨询处的出口处能势追了上来，挡在新田的面前，"关于品川的案子，我有事情要向你汇报。这个案子原来就是你负责的，现在也不能不管吧。"

新田无奈地转过脸来："到底什么事？"

"有证词表明，x1用的那间网吧，手嶋也去过很多次。那里的店员记得手嶋的长相。"

"这不是很好吗？又向前迈了一步。"

真是毫无意义的事。对新田来说，品川的案子已经结束了。恐怕稻垣和尾崎也是这么想吧。

新田准备离开，可是能势又堵在了他的前面："你也知道，不止x1用过网吧。x3和x4也通过网吧来上网。使用自家电脑的只有x2，也就是野口靖彦。"

"这有什么问题吗？"

"所有的计划，从设计到组织实施的都是x4。x4自己明明使用了网吧的电脑，为什么不指示x2也那么做呢？因为只要同伙中有一个人的往来邮件留下可查的踪迹，整个计划就要失败了。"

"他可能觉得这样的事情根本就不用多说吧。"

"是吗？我认为x4应该是一个很聪明的人，而且很谨慎。即使是在一般人看来不用特意交待的事情，他应该也会在一开始就确认清楚吧。"

新田不知如何作答了。因为能势的分析很有说服力。

"你是想说x4早就知道x2使用了自家的电脑，却故意没有阻止他？"

能势露出了少见的严肃表情点了点头："我认为是这样的。"

"为什么？为什么要故意做这种冒险的事？"

"这里就是问题的关键。他为什么要这么做？虽然我不知道其中的缘由，但是一定是这么做能够在某个方面给x4带来便利。"

新田皱起眉头，目光落在了地板上。这个想法很离奇。但是这种逆向的发散思维的确与解开谜题的关键点紧密相连。

"怎么样？"能势把脸凑过来，"脑细胞被刺激到了吗？"

新田用鼻子哼了一声："请不要用这种奇怪的形容。"

"但是，你的表情告诉我你很感兴趣，并且已经开始推理了。"

"没有。不过我确实觉得这个想法很有意思。"

能势把眼睛眯成了一条缝，笑着说道："那就好。怎么样，新田。这个问题，就由我们两个人去解决吧。在特搜本部里，没有任何人想到这个问题，所以我们可以自由发挥。"

"说是要解决，可是我们应该怎么做呢……"

"思考吧。用你那聪明的大脑，一定能够找到答案。"

真是无聊的恭维之词，新田正想脱口而出时，看到了能势的表情，于是又把话咽了回去。能势的嘴角含着笑，小眼睛里却闪烁着认真的光芒。

"那么，我就先走了。"也许能势认为新田的沉默说明自己的目的已经达到了，恭敬地行了一个礼后，就朝扶梯的方向走去。

目送着能势的背影走远，新田嘴里嘟囔道"白费力气"。确实是一个很有意思的想法，可是如果一味纠结这种细枝末节，是怎么都抓不到犯人的。即使真的找到了什么线索，到那个时候，在尾崎等人的指挥下，运用人海战术的调查应该早就取得成果了吧。

轻轻摇了摇头，新田准备离开了。就在这时他看到一个女人乘着扶梯上来了，她穿着饭店的制服。看到新田后，女人的表情一下子就僵住了，停下了脚步。

新田看了看她的胸牌，一下子就明白了。上面写着"仁科。"

"你就是仁科理惠小姐吧？"

她点点头："你从山岸那里听说了吧？"

看起来她知道新田的真实身份是警察。

"听说了。目前正在商讨对策。"

"太好了，那就拜托了。稍后我会跟高山小姐说，饭店方面已经想尽一切办法准备应对了。"

"稍后？今天，高山小姐会过来吗？"

"是的。还有一些最终的确认事项。"

"大概几点钟？"看到新田激动的样子，理惠一脸疑惑地后退了一步："我和她约的是两点……"

"两点是吧。我知道了。"

新田点了点头，确认了一下现在的时间，迈开步子再次朝扶梯的方向走去。

25

　　乘扶梯下到一楼的微胖中年男子，径直穿过了大堂，准备往通向地下的楼梯走去。没看到新田和他在一起，尚美冲出前台，追了上去。

　　男人走在前面慢慢悠悠地下楼梯。忽然从背后传来声音："那位客人！"中年男子停下了脚步，回头看到尚美以后，露出了吃惊的表情。

　　"你是……"说到这里中年男子压低了声音，"和新田在一起的那个人吧。"

　　尚美点点头，拿出了名片："我叫山岸。"

　　男人慌忙在怀中摸索了一会儿。"坏了，名片用完了。"男人一脸尴尬。

　　"不用了。我从新田那里听说过，知道您的身份。"

　　"这样啊。嗯，你是叫山岸小姐吧。"男人一边看着名片一边说道。跟着又介绍了自己名叫能势，是品川警署刑事课的警察。

　　"那么，你找我有什么事呢？"能势问道。

　　"实际上，我想问一下新田的事。能占用您一点时间吗？"

　　"啊……"虽然能势开始有些迟疑，不过马上就露出了老好人似的笑容，"可以。不过，我不知道是否能够回答。"

　　"没关系，非常感谢。"尚美站在楼梯中间，向能势行礼表示了感谢。

　　地下酒吧还没到营业时间，可是尚美毫不在意将能势带了进去。距离入口不远处有一个等位的空间。

　　"我还没来过饭店里的酒吧呢。"能势很稀奇似的看着墙壁上的装饰物。

　　"酒吧还在里面呢。"

　　"啊，是这样啊。应该很贵吧。"能势窥视着里面的黑暗处。

　　"那个，能势先生……"

　　"啊，是，"能势猛的直起脊背，将双手放在膝盖上，"什么事呢？"

　　尚美调整了一下呼吸开门见山问道："也许这不是我应该插嘴的事情，新田到底发生了什么事？"

　　"欸……"能势有点不知所措似的露出了不安的神色，"为什么这么说呢？"

　　"因为他最近的状态很反常，具体来说是从昨天早上开始的，完全不能集中精力工作，而且一直很烦躁的样子。前天晚上，到底发生了什么？"

"啊，"能势的嘴张成了一个O型，"是这样啊。啊，不不，变成这样了啊。"

"果然是有事发生。是调查进行得不顺利吗？"

能势板着脸将两只短胳膊抱在胸前："嗯。其实也没什么坏事发生。调查进展很顺利。但是，不知道是说没按照新田希望的方式在进行好，还是说在新田看不到的地方偷偷进行好……"说到最后，能势言词越发含糊。

"怎么回事？有进展不就行了吗？"

"嗯，一般来说是这样的。但是对于新田来说，这次化装成饭店工作人员并潜入饭店进行调查，肯定是想要取得一些成绩和功劳。这种心情是可以理解的。"

"也就是说虽然调查取得了进展，但是这个成果与新田化装成饭店人员没有关系。按照这个进展，即使案件解决了也不会有他的功劳。于是就觉得很失落在那里闹别扭，是吗？"

"不，不能说是闹别扭，不知道是应该说有些无可奈何，还是应该说心存质疑……"

"这算什么。真是闻所未闻。这不是笨蛋吗？"尚美不禁脱口而出。

大概没想到尚美会说出这种话，能势大吃一惊，瞪大了他的小眼睛。尚美看着能势，继续说道："竟然是这么无聊的理由。我真是白白担心他了。谢谢你。我完全明白了。"一口气说完后，尚美站了起来。

"啊，不不，请等一下，"像是要阻止尚美站起来似的，能势伸出了两只手，"请继续听下去，请听完我的话。"

尚美又坐了回去："还有什么？"

能势摸着自己头发稀少的脑袋，露出了沉稳的笑容："新田是一个很优秀的人。他那么年轻就成为了搜查一课的成员，并且被委以重任，这就说明他以前肯定立过不少功。因此有些自负也是很正常的。"

"话虽如此……"

"请听我说完。但是，这种自负确实也是他的缺点。他自身的优秀能力也因此没有完全被发挥出来。这种情况下，就需要他周围的人多多帮助他。可以是上司也可以是同事。但是目前这种状况下，这些人手头都有一大堆工作，没人有精力顾及到那些事情了。"

"这是当然了。现在怎么有精力去照顾他的情绪呢？"

"所以，"能势说道，"我想要拜托你去充当这个角色。"

"我？"尚美不由自主地皱起了眉头，"为什么是我？"

"因为你现在既是新田的同事也可以说是他的上司吧。呵护同事和部下的心灵，不也是工作内容之一吗？"

尚美苦笑着摇了摇头："我只是接到了上司的命令让我辅助警察的工作。作为个人我可不想和新田扯上什么关系。"

"是吗？如果是这样的话，你为什么要为他的事情烦心呢？"

"那是因为……"找不到合适的答案，尚美无言以对。想想确实如此，自己为什么要担心新田的事情呢。

"山岸小姐，"能势叫了尚美一声，"我觉得你也是一个优秀的人。正因为如此，尽管你和新田认识的时间很短，你也能够注意到他心境的变化。而且不止是注意到，还在想着为此做些什么。请将你的这份责任感继续保持下去吧。"能势说着向尚美低头致意。

尚美盯着面前这位其貌不扬的中年男子："能势先生，真是一个好人啊。"

能势抬起头，急忙摆着手说："不不，没有那么好。"

"可是一般人，不会如此关心他人的事情吧。你和新田认识的时间也不长吧？"

"我们是因为这次的案件认识的。"

"既然是这样，为什么你如此为他着想……"

能势有些害羞似的哈哈大笑："基本上就是喜欢多管闲事吧。我的性格就是如此，看不得有潜力的人才因为一些无聊的小事阻碍个人的发展。而且那个人身上散发着一种让人想助他一臂之力的魅力，你不这么觉得吗？"

尚美也有同感，微笑着点了点头。

"但是我觉得新田并不会想要我的帮助。他昨天晚上还和我说过,我只要在饭店业务方面辅助他就行了。"

能势对尚美的话丝毫不觉得奇怪,而是理所当然似的使劲点着头。

"我就是希望他能够改掉这个缺点。如果能够懂得别人的感情,那个人一定能成为一名更加优秀的刑警。对于你来说可能是件麻烦事,可是相识就是一场缘分,请默默地关心他吧。"

"有我的默默关心,那个人会改变吗?"

"会改变的。不,已经改变了,"能势断言道,"因为他的自负,可能有很多事情还看不出来,但是他有一种看穿事物本质的能力。他不可能感觉不到你对他的关心。他的自负并不是没有本钱的,因为他有一个配得起这份自负的聪明头脑。"

尚美对此也有同感。"可能是这样吧。"她答道。

26

一个女人乘扶梯上了二楼,新田确认了一下当前的时间,马上就要到下午两点钟了。平时很少有人在这个时间去二楼。所以那个女人多半就是高山佳子。

新田准备离开前台。就在这时,身后传来了一个声音:"你要去哪里?"是山岸尚美的声音。

"没什么,有点私事。"新田没有回头看尚美,直接离开了前台。

这个时候不能乘扶梯。饭店大堂里还有好几个潜入监视的刑警。他们应该也在盯着高山佳子。如果被他们看见自己乘扶梯追着高山佳子,一定会向稻垣汇报的。

新田从员工专用的楼梯通道上了二楼。穿过空荡荡的宴会会场,来到了二楼的走廊。这个时间段,宴会会场周围很冷清。

新田大步走向婚礼咨询处。从外面看过去,接待客人用的桌子空无一人。看来高山佳子是被带进里面的单间了。考虑到她正在被跟踪狂纠缠,这也是理所当然的。

新田走进婚礼咨询区域，毫不犹豫地径直向里走去。里面有两个单间，其中一间开着门，里面没有人。从另外一个单间里，传来了交谈的声音。

新田做了个深呼吸，抬起手正准备敲门。就在那一瞬间，新田被一股强大的力量扯住了后衣领处。因为事先没有防备，新田差点摔倒在地。站稳后回头一看，本宫正面目狰狞地瞪着他。接着本宫又抓住了新田的领带，把他拖走了。

新田甚至来不及发出声音，就被拖出了婚礼咨询区，到了走廊的拐角处本宫才终于松开了手。

松了松领带，干咳了几声后，新田才看向本宫。

"本宫，你怎么会在这里？"

"这还用问吗。因为可能被跟踪狂跟踪的女人出现了啊。时刻安排人手监视是理所当然的。我在柱子后面，看见居然是你过来了简直吓了一跳。你到底在搞什么鬼？"

新田重新把领带系好，直视着本宫："我想问高山小姐几个问题，不行吗？"

本宫的眉头紧紧地拧在了一起："你没有听到昨天系长说的话吗？接到报警后，今天早晨已经派了两个人问过高山小姐了。不是说过了吗，除了那两个刑警，谁都不能接近高山小姐。"

"这个我也听到了。但那是指如果有其他警察接近她，就会引起高山小姐那边的怀疑。所以我会隐瞒自己的警察身份。作为饭店员工去问她几句话，应该没有什么问题吧？"

本宫一脸怒气猛烈的摇着头："要说多少次你才能明白。你只要待在前台，留意客房部门有没有异常情况发生就可以了。那才是你的工作。"

"那个工作，我会做好的。而且盯着高山小姐的那个跟踪狂，今后说不定还会入住这间饭店是吧？考虑到这一点，我也需要充足的信息。"

"这个不用你说我们也知道。负责这个工作的刑警，应该正在巨细无遗地搜集消息。"

"不，我不想听二手消息，想要自己亲口去问。"

"别开玩笑了。你是不是觉得自己是世界上最优秀的刑警啊？明明就是半吊子还不知深浅。"

这句话让新田火冒三丈："我哪里是半吊子了？"

"你要是能独当一面的话，就马上回到自己的岗位上去。你擅离职守这不是事实吗？"本宫用手指着扶梯的方向。

新田和前辈的目光对峙了几秒钟后，终于移开视线。叹气的同时轻轻点了点头，朝扶梯的方向走去。

这次确实是自己不走运。现在回想起来，也许当初自己接到伪装成饭店员工的命令时，就决定了这个结果。做着这样的事，被排除在调查之外也是必然的。

像是抽到了下下签一样，新田意志消沉地回到了前台。山岸尚美马上走了过来："你的私事办完了吗？"

"嗯，算是吧。"新田看着前方，挠了挠鼻子一侧。

"那能给我一点时间吗？我有话想对你说。"

这时新田才第一次把目光转向了尚美："什么事？"

尚美的嘴边浮现出了一个笑容："去后面说吧。"

来到办公区后，尚美拿出了一份几张纸钉在一起的资料。上面密密麻麻地印刷着人名、公司名称和地址。

"这是什么？"

"你以前曾经问过我吧，关于五年前在我们这里举办的一个宴会的事。是由汽车配件工厂举办的。我跟宴会部的熟人谈过了，让他帮忙寻找当时的记录并且说明了任何相关的资料都可以。就在刚才，他给我拿来了这个。这是当时邀请函的名单。"

新田抬起头，刚想说点什么。尚美就好像要阻止他似先伸手做了一个停止的动作。

"你可别说让我不要做多余的事情。因为，关于宴会的事是你先问我的。"

由于尚美抢得了先机，新田只好叹了口气，将目光返回到名单上。

"而且，我觉得这份名单可能会对调查有所帮助。"尚美说。

"为什么这么说？"

"因为，你看看这里，"尚美指着第二页中间部分的名单说道，"名单上有一个叫野口靖彦的人。我觉得这个人应该是第二起案件中被杀害的女人的丈夫。一则因为上面写着野口靖彦先生的妻子史子女士，再则因为他们的住所就在案发现场附近。"

听着尚美兴致勃勃的分析，新田感到一阵空虚。

"怎么样，"尚美抬起眼看着新田说道，"这个，我觉得是个重大的发现。"

新田摇摇头，把名单放到了桌子上。

"你不需要这个吗？"尚美的声音中夹杂着惊讶与失望，"我还把它当作十分宝贵的资料呢。因为这个人，肯定就是第二被害者的——"

"这些我早就知道了，"新田脱口而出，"野口出席了那次宴会的事情，我们老早以前就查明了。因此，我才问你关于那次宴会的事情。这份名单，我们也早就拿到了。请你不要小看警察。"

"怎么会？怎么能说是小看呢……原来如此。这样一来，这个东西就不需要了吧。稍后我得用碎纸机把它处理掉。"山岸尚美拿起了资料，"那么，我想办法查查那次宴会当天在客房部发生过什么事情。之前你问我的时候，我说没有留下什么特别的印象，可是也不是没有办法追查。比如说查看当天的报告什么的——"

"不用了，"新田用强硬的口气说道，"关于晚宴的事情不用查了。你也忘了吧。跟晚宴没有任何关系。野口只是偶然出现在了那里。任何人都会偶尔参加个宴会什么的吧。而宴会的地点碰巧是这间饭店。就是这么回事。一次偶然事件。野口的事情就不要管了。"

"怎么能这样呢？一口一个野口的叫着……"

"当然了。因为他是罪犯。"新田别过头看向旁边说道。然而话从嘴里蹦出来的一瞬间，新田就意识到自己做了一件无法挽回的事。身上立刻起了鸡皮疙瘩，渗出阵阵冷汗。

新田惶恐不安地看着尚美。尚美正瞪大了眼睛，表情僵硬。

"罪犯？是吗？那个叫野口的人是罪犯吗？"

"不，不是这样。是我的口误。"

"你别想敷衍了事。你们已经知道谁是罪犯了。那么为什么还要继续调查呢？为什么你还要待在这里？"

在尚美的连番提问之下，新田有些狼狈不堪，敷衍的话一句都想不出来。

"请告诉我真实的情况。"尚美逼问道。

新田抬起头看向了天花板。

27

东京柯尔特西亚大饭店的宴会厅里，配备有单独的专用厨房。新田正待在其中一间厨房里，隔着一个料理台，山岸尚美站在对面。料理台上的餐具被四张便笺纸取代了。便笺纸上写着："x1·手嶋正树 被害者·冈部哲晴""x2·野口靖彦 被害者·野口史子""x3·未知 被害者·畑中和之""x4·未知 被害者·未知"。这是新田刚用圆珠笔写上去的。新田一边写，一边对山岸尚美将这次事件全盘托出。不用说，这严重违反了上司的命令。尾崎和稻垣交待过，外部人士自不必说，对饭店内部人员也要严守秘密。但是，因为已经将野口是罪犯的事说漏了嘴，再想敷衍尚美也是不可能的了。

在新田讲解的过程中，尚美一直听着，没有插嘴。刚开始一脸疑惑，听着听着就变成了震惊。可能不是不想插嘴，而是根本就说不出话来了。

新田说完后长叹了一口气，再次看着尚美："你理解了吗？这就是这次案件的全貌……真实的全貌。"

一直低着头的山岸尚美把头抬了起来。她的脸色很苍白，可是眼睛里却有血丝。

"我不知道该说些什么。坦白地说，我不敢相信，也不想相信。杀人犯们竟然通过网络勾结，用几起单独的案件制造出连环杀人案的假象……"尚美摇摇头，"这些都是真的吗？不会是你为了敷衍我而临时编造的谎言吧。"

"很可惜，不是这样的。如果是谎言，我的心情倒会轻松很多。"

尚美点点头，叹了一口气。

"这样一来我就明白了。上一次，在我叙述关于案发现场、饭店和高山小姐遇到跟踪狂的地点之间关系的推理时，你表现得很不以为然。因为你早就知道是这么回事。四个事件之间没有直接的关系。硬是把它们扯在一起也是没有用的——你当时一定很想这么说吧。"

新田露出略显尴尬的表情，挠了挠头。

"那天真是不好意思。确实有这种因素，但是对于协助调查的人，我不应该说出那样的话。实际上我一直想向你道歉。非常抱歉。"新田说着低下了头。

山岸尚美脸上露出了微笑，似乎在说这件事就算了吧，随后她靠在了后面的洗涤台上。

"然后呢，其他案件的犯人能够全部落网吗？照刚才的说法，自称x2的野口已经可以逮捕了吧？"

"对野口，随时都可以申请逮捕令。x1手嶋也只是时间问题。那个家伙还有一个女性同伙，那方面的取证调查应该也在顺利进行。只有x3，虽说目前还没有确定是谁，可是如果不与其他案件关联考虑，应该能够锁定几个嫌疑人，我想破案也只是时间问题。"

山岸尚美一边微微点头一边走向料理台，拿起了那张记录着"x4·不明　被害者·不明"的便笺纸。

"这个x4，还没有杀人吧。所以也不存在被害者。"

"是的。"新田一边回答着，心里产生了一种不祥的预感。

"也就是说，"山岸尚美把便签纸转向新田，"没有必要抓捕x4了吧。简单地说，只要预防第四起杀人案的发生就可以了是吧。"

新田将双手抱在胸前，低着头说："怎么预防呢？"

"很简单啊。把案件公布出去。如果知道自己的计划已经败露了，应该会中止犯罪行为吧。"尚美猜测道，"没有了杀人计划，你们警察也没有必要调查了。因为既没有被害者也没有罪犯。"

尚美的回答完全在新田的意料之中。新田再次感觉到面前这位女性的聪敏。明明应该还沉浸在知道事件真相之后的打击之中，可是她已经在第一时间，冷静地思考对策了。

"很遗憾，不能那么做。"

"为什么？"

"因为即使他放弃了在这间饭店的犯罪计划，x4也不是无罪的。他怂恿鼓动x1、x2、x3，并诱导他们实施了三起杀人案的罪名也很严重。"

"那么，抓住x4不就行了？但是这个可以等到让他放弃实施第四起案件的计划之后，这样也不晚吧？"

新田感觉到一种苦涩的味道在嘴里弥漫开来。"那可不行。"

"为什么？"

"因为我们没有线索。x4只用邮件与其他三个人联络，其他什么都没做。所以没有留下任何痕迹。也不存在任何与x4相关联的信息。另外还有一点，在目前的情况下，即使我们查出了x4的真实身份，能不能定他的罪还是一个问题。他可以一口咬定他在邮件里说的话都是开玩笑。"

山岸尚美的眉头紧锁，眼睛看起来微微上扬。

"等一下。难道说你们……"像是要平复心绪，尚美调整了一下呼吸继续说道，"为了抓住x4，故意在这里……让他在这间饭店里杀人吗？"

新田摇摇头："不会让他杀人。我们肯定会阻止他的罪行。"

"但是并不能保证防患于未然吧？"

"不，一定能防患于未然。"

尚美深吸了一口气，胸口也随之剧烈地起伏了一下。

"新田，你知道未然是什么意思吗？是指还没有发生的事情。如果什么都没有发生，不就不能逮捕x4了吗？为了逮捕他，必须要让他做点什么。不是吗？"

新田把目光从尚美身上移开："是的，没错。就是你说的那样。"

"果然如此。"

"但是不会产生被害者，"新田抬起头，再次正视着尚美，"我们会在犯罪未遂的阶段制止它。"

"就是杀人未遂的意思了？"

"有一种罪名叫作预备犯罪。只要他拿着凶器，我们就可以逮捕他。"

山岸尚美微微张开嘴，目光看向屋顶。保持着同样的姿势过了一会儿后，尚美边叹气边低下了头。

"要怎么保证犯罪行为能够在预备阶段至未遂阶段被中止呢？让被害者暴露危险之中也是事实吧？"

"所以我们会全力保护被害者的人身安全。"

"连被害者在哪里、是谁都不知道还谈何保护？"尚美的表情更加严峻了，"请回答我，你们要去哪里保护谁？如果现在，饭店大堂里出现一个拿着手枪的人，你们要准备保护谁呢？"

"即使真的拿着手枪，x4也不会在公开场合胡乱开枪的。"

"这种事，谁知道一定不会发生呢？"

尚美激烈的语气，一瞬间竟让新田有些退缩。他还是第一次听见山岸尚美用这么大的声音、这么尖锐的语气说话。

似乎是有点后悔自己刚才的感情用事，尚美用手扶住额头，一脸痛苦地摇了摇头。

"对不起。"尚美小声嘟囔着。

"我才应该道歉，"新田说道，"我完全能够理解你的心情。明明有一个方法能够彻底预防犯罪发生却不使用，确实是有些荒唐。但是请你理解。这是已经决定的侦破方针。"

"这种事情，不是随时可以变更吗？"

"为了抓到x4，只能采取这种方法。"

"那就和饭店没有关系了。"

山岸尚美毅然扔下了这句话，坚定地朝门口走去。

"等一下，"新田急忙追了上去，挡在了尚美的面前，"你要去哪里？"

尚美迎着新田的目光回答道："这还用问吗，当然是总经理办公室。"

"你打算把这件事说出去吗？"

"当然了。请让开。"

"别那样做,好吗?因为是你,我才说出了真相。我觉得你不是那种会把查案的事情四处散播的人,才对你说出了一切。"

"如果你想说自己看走眼了,我也没有办法。一般情况下,我肯定不会轻易透露查案的秘密。可是如果因为那个秘密,让客人和饭店员工陷入危险之中,那就另当别论了。"

新田咬着嘴唇,一拳打向了放在一旁的小推车。

尚美皱起眉头:"请你不要这么粗暴。"

"无论怎样你都要去说吗?"

"这件事必须要说。"山岸尚美说着准备从新田的胳膊下面钻过去。新田又一次挡在了尚美的前面,看见的却是尚美冷淡的目光。"请让我过去。还是要我大声叫人过来。那样恐怕会给你带来麻烦。"

看来尚美已经下定决心了。新田放弃了劝阻,让开一条路。"只要你们安全无事就可以了是吗?"新田的这个问题让尚美停下了脚步。

"你是觉得只要案件不发生在饭店里,发生在哪里都无所谓是吗?让策划了如此冷酷的犯罪计划的主犯逍遥法外也无所谓是吗?"

"那是另一个问题,"尚美背对着新田回答道,"请你们想想其他的破案方法。"

新田再次走近尚美:"我说过很多次了,没有其他方法。如果现在将事件的真相公诸于世,就永远无法逮捕x4了。之前的调查也都白费了。所以上司们才做出了明确的指示,绝对不能对饭店相关人员透露事件的真相。"

山岸尚美用侧脸对着新田:"饭店方面一旦公布了事件真相,警方肯定会调查是谁走漏了消息。早晚会查到你的身上,到时候可能免不了要接受处分了。关于这一点我很抱歉。"

"这个时候,我自己的事已经无所谓了。"

"是吗?你不是一直想立功吗?"

"这是当然。不过更重要的是我不想拖别人后腿。现在,所有人都在为抓住x4拼尽全力,我不想让大家的努力付诸东流。"

"你的心情我能理解。可是我也不想让一切付诸东流,这间饭店长年建立起的信誉和历史……告辞了。"说完后,尚美就准备离开了。

"这个周六,"新田叫了出来,"能不能再等一下,到这个周六。"

"周六是……"

"就是那个婚礼,高山佳子的婚礼举行的日子。你应该知道吧,那一天被认为是跟踪狂的人物可能会出现在婚宴现场。搜查本部目前怀疑那个人可能就是x4。已经为此策划了特别警备方案,各种准备也在有序进行中。"

"所以呢?跟这件事有什么关系?你是希望再给你一次建立功劳的机会吗?"尚美用冷淡的语气问道。

新田摇了摇头。

"即使那个人是x4,而且被顺利逮捕了,也不会是我的功劳。因为我没有参加这次的特别警备计划。但是,我并不会因此而希望那个计划失败。说句心里话,虽然我想亲手抓住他,可是如果不能实现的话,我也希望至少能别人抓住他。"

山岸尚美沉默了几秒钟后,回过了头。

"新田,我觉得你应该不是喜欢做无名英雄的类型啊。"

"老实说,我讨厌做无名英雄,"新田说,"但是我更不希望让恶人逍遥法外。"

"因为你是警察吗?"

"不是,我本来就是这样的人。因为我是这样的人才选择了当警察。"新田低下头说道,"拜托了。请等到这个周六。如果高山佳子的跟踪狂不是x4,那么你想怎么做都可以。但是在此之前,能不能别说出去,拜托了!"

新田深深地低下头,静止在那里。他从心底祈祷尚美能够改变主意。然而在他耳边响起的却是一句"对不起"。

新田缓缓抬起了头,只看到尚美即将走出厨房的背影。

身体里的力量仿佛被抽空了。新田走近洗涤台,拧开水龙头。接起喷薄而出的水,新田洗了洗脸。从兜里掏出手绢,把脸擦干。可是丝毫感觉不出体力的恢复。

新田迈着沉重的步子走出了厨房,看了一眼宴会会场,确认没人之后新田开了灯。许多圆桌随意摆放在场地中。新田走到会场中央,在附近的椅子上坐了下来。

新田想,从山岸尚美那里得知真相后,总经理他们应该会向警察抗议吧。他们多半会说,比起抓捕犯人,防止下一个牺牲者的出现才是第一要务。这种观点也不是没有道理。但是警察有警察的处理方式,绝不允许任何人以自己的便利为优先。

但是总经理应该不会同意,肯定会和山岸尚美一样,主张将一切公诸于世吧。这样一来即使是警察也无法阻止。真相被公布以后,x4应该会中止犯罪计划。现阶段,即使有人跳出来自称x4,被问罪的可能性也微乎其微。

我应该会被开除吧,新田做好了心理准备。应该不会被从警视厅除名,但是会被踢出现在的工作岗位。被安排个闲职,或者被赶出管辖区。因为自己的缘故,使同伴们的努力付诸东流,并且永远都无法抓到x4。受到这样的惩罚也是应该的。

看了看手表。距离山岸尚美离开已经好几分钟了。她应该已经在跟总经理汇报了吧。虽然不知道总经理会不会向警察抗议,这件事还是事先跟稻垣他们说一声比较好。

就在新田准备起身离开时,周围忽然暗了下来,屋顶的照明被关掉了一大半。

新田向开关所在的墙壁看过去,发现了山岸尚美的身影。

"你一个人用这间屋子就够奢侈的了,还把全部的灯都打开,这不是浪费电吗,新田。"

"已经去过了吗?总经理办公室。"

尚美叹了口气,默默地摇了摇头。

"为什么?"

面对新田的问题,尚美缓和了一下嘴角:"不是你说让我等等吗?所以我决定等一等,等到这个周六。"

新田站了起来。他想知道尚美为何改变了心意,但还是不问比较好。不知为何,新田有这样的感觉。所以新田只说了一句"谢谢你"。

"可是请你不要忘了。如果在此之前发生了什么事,我就会辞职。不止是离开这间饭店,我会离开饭店行业的。我已经做好了心理准备。"

"我也是,"新田说,"我也会辞去刑警……不再当警察了。"

山岸尚美轻轻点了点头,忽闪忽闪地眨着眼睛,挺胸抬头,口齿伶俐地说:"新田,我们回前台吧!"

28

看着一个戴着针织帽和墨镜的男人走进饭店,尚美察觉到一丝危险的气息。男人穿着肥大的牛仔裤,手里提着一个大包。他挥手赶走了准备帮他提行李的服务生,独自穿过大堂。最后在一张距离前台很远的沙发上坐了下来。

很可疑,凭直觉判断。至少不是一般的客人。本来想和新田商量一下,可偏偏这个时候他不在。

过了十分钟左右,男子开始有所动作了。他将帽檐压得更低,装作双手抱在胸前,却用一只手挡住了嘴。明显不想让人看清自己的长相。

没过多久,从饭店正门进来一个女人。年约二十五岁,身材苗条,五官精致,颇有日式古典美女的韵味。她直接朝着前台走了过去。

"我是预约过的森川。"女人对尚美说。

"是森川小姐啊,请稍等一下。"尚美说着在终端机上确认起来。是用森川宽子这个名字预约的,要求是无烟双人房,附加早餐。

尚美拿出了住宿登记表,交给了森川。在她填表时,尚美用眼睛的余光捕捉着针织帽男人的动作。男子的脸正冲着前台。因为墨镜的缘故看不清楚眼睛,但他应该正盯着森川小姐呢。

"让您久等了,森川小姐。您的房间号是2025,我们带您上去吧。"尚美说着挥手叫来了一个服务生。

"不用了,我没有行李。"森川宽子边说边摆摆手。

"这样啊……"尚美又往后瞟了一眼，看见针织帽男人已经站了起来。

"那个，把房卡给我吧。"森川宽子说道。

"啊……真是不好意思，"尚美递过房卡，低头行了一个礼，"请您好好休息。"

目送着一脸莫名其妙的森川小姐离开后，尚美又看了一眼针织帽男人，这时他已经移动到电梯间附近了。因为面向墙壁站着，从尚美这边看不清他的长相。

森川宽子从男人身边经过，直奔电梯间而去。男人虽然没有动，但他明显一直在关注森川宽子。尚美可以肯定。男人是想冲进森川乘坐的电梯里。在电梯中两人独处时他打算做什么呢？尚美脑海中出现了各种不祥的想象。

"这里先交给你了。"尚美对后辈接待员交待了一声后，离开了前台，小跑着赶往电梯间。

针织帽男还在那里。尚美偷偷地站在他的后面。不一会儿，电梯就来了。门打开后，森川宽子走了进去。没有其他客人。

接下来的瞬间，男人动了，他准备冲进电梯。因为和预想的一样，尚美迅速做出了反应，双手抓住了男人的手腕。

"欸？"男人惊讶地回过头来。就在这时墨镜也掉了。露出了大眼睛，竟然很可爱。

"森川小姐，你快走。"尚美冲着电梯叫道。电梯门，依然还开着。

"混蛋！你在干什么，快放开我。"男人试图甩开尚美。

但是尚美用尽全身的力气拉住他不放："住手，否则我要报警了。"

"你在说什么？我犯了什么罪啊？"

"怎么没干，你是不是打算袭击森川小姐？"

"袭击？这怎么可能？"

"你装糊涂也没有用，我一直盯着你呢。"尚美边说边看向电梯间，结果大吃一惊。因为森川宽子正站在那里。她从电梯上下来了。

"森川小姐，请快点回房间……"

森川宽子慢慢地摇着头，打断了尚美的话。

"没关系，你放开他吧。这个人是跟我一起的。"

"欸？"尚美交替看着森川小姐和男人的脸，脑子里一片空白。

"放开我。"男人使劲甩开了手腕。尚美也松开了手。

男人焦急地把墨镜戴好。这时，尚美察觉到了。这个人的脸好像在哪里见过。对了，是经常在电视中出现的政治评论家，但应该是已婚人士。

"太笨了。我就说你做出这样奇怪的事情反而更引人注目。我们走吧。"森川宽子牵起了男人的手，朝电梯走去。但是马上又停了下来，回头说道："这些能帮我们解决一下吗？"

尚美吃惊地回过头。发现不知何时，已经聚集了很多人。新田也在。

"给您造成困扰非常抱歉。"尚美冲着离开的两人深深地鞠了一躬。

"也就是说，在电视里很受欢迎的政治评论家和年轻的女人在饭店密会，因为害怕被别人注意到，故意乔装打扮了一番，还和女人分头行动。想要晚一步冲进电梯，也是因为不想被别人看到两个人单独相处——是这么回事吧？"像是在脑海里整理思绪似的，藤木用慢悠悠的语气向尚美确认。

尚美有些惶恐地点了点头。

"我想，应该是这么回事。虽然他们最终也没有明确告诉我们什么。"

那之后，尚美来到了森川的房间，再次表达了歉意。用免除房间费用的方法得到了森川小姐的谅解。可是那位政治评论家却一直没有露面。

"还真有这种行事怪异的人呢。不想被人看见两个人在一起的话，自己稍微晚一点进房间不就行了，是吧？"

藤木征求意见的对象，是站在一旁的客房部长田仓。

"不想被人看到两个人在一起，却又想一起进入房间，有人抱着这种想法。"

田仓的回答，让藤木颇感赞同。

"可是，"田仓继续说道，"这么轻率的行为可不是你的风格。今天这种情况，虽说产生误解也不奇怪，但应该还有更恰当的解决方式。"

"您说得对，我会好好反省的。"尚美低下了头。这句话是发自内心的。

今天做出了这么愚蠢的事情,尚美对自己也很生气。

"不过,我能明白山岸的心情。在这种状况下,变得有些神经过敏也是可以理解的。"藤木像在重新给尚美鼓劲似的说着,"但是,作为一名饭店人员,如果影响到了本职工作,那就有点本末倒置了。对案件的思考就交给警察吧。因此我们才让他们潜入饭店调查的。"

"我知道了。以后会注意的。"

"嗯,打起精神吧。"

尚美再次低下头,说了一声"告辞了"便离开了总经理办公室。此时已过了下班时间。所以她没有回前台,直接朝办公楼走去。

然而到了三层的客房部办公室后,尚美却不想马上换下制服,只是脱了上衣,坐在身边的椅子上。

犯错的原因尚美自己也知道。正如藤木指出的,是因为对案件过分在意。但是藤木并不知道为什么尚美会对案件如此敏感。

虽然答应了新田要等到周六,可是心中自然忐忑不安,也可以说充满了罪恶感。明明知道如何中止x4的犯罪计划,却不告诉藤木等人,简直不配做一名饭店人员。这个念头一直在尚美的脑海中挥之不去。万一,x4真的犯下了什么案子,自己肯定无法面对这件事。抱着这种心理,才会草木皆兵,从而导致了错误的判断。

刚才在总经理办公室时,"干脆不理会和新田之间的约定,今天就在这里把一切都说出来"的念头在尚美的脑中一闪而过。然而,最后还是没有说出口。因为她又想起了新田的那句话,"我讨厌做无名英雄,但是我更不希望让恶人逍遥法外"。尚美不想无视他这种执着的信念。

但是这样真的好吗?作为一个人自己做的事情正确吗?她真的无法轻易给出答案,尚美轻轻地摇了摇头。

"很累吗?"忽然从后面传来了一个声音。尚美吓了一跳,回头一看,是新田。

"请别吓唬我。"

新田说了声"不好意思"便走过来,坐在了椅子上。

"那件事我听说了。关键时刻我不在真的很抱歉。"

尚美盯着新田问道:"如果是你的话,会怎样处理?"

新田琢磨了一会儿:"要是我的话……我会先和针织帽男搭话,问他是否需要帮助什么之类的。如果时间不允许,就干脆和他们一起坐上电梯。"

尚美点了点头:"这样很好,我也应该这么做的。"

"你之所以没有做到,是因为现在的你已经不是往常的那个你了……是吧?"

"也许吧。虽然作为一名饭店人员不应该给自己找借口。"

新田尴尬地挠着头,嘴里嘟囔着"不好意思"。好像认为自己也要负一部分责任。

"但是我也再次意识到,饭店这个地方真是汇集了形形色色的人。而且好像每个人都心怀鬼胎呢。"

听了新田的话,尚美露出了微笑:"以前,前辈曾经这样教过我。他说到饭店里来的人,都带着一张叫作客人的假面,绝对不能忘记这一点。"

"哈哈哈,假面啊。"

"作为饭店人员,一边想象着客人的真实面目,一边又必须要尊重他们的假面。绝对不能试图揭开他们的面具。从某种意义上来说,客人就是为了享受假面舞会的乐趣才到饭店来的。"

"假面舞会啊。那可有些麻烦。那个政治评论家,如果早点亮出他的身份,可能就不会引发这场莫名其妙的骚乱了。"

"那位客人的情况还算简单。有些名人还会用更加复杂的方法来冒险。"

新田的眼中浮现出好奇的光芒:"欸?什么方法?"

"嗯,现在能马上想到的就是,伪装成全男性的旅行团队。"

"原来如此。就是说看起来全员都是男性,实际上有女性参杂在里面,是吗?"

尚美苦笑着说:"哪有那么简单。实际上办理入住手续的确实只有男性。也就是名人和他的男性同伴。接下来,会出现一名女性独自办理入住手续。从表面上看,女性与那个男性团体似乎没有任何关系。可是到了晚上——"

"到了晚上，女性就会进入名人的房间。"新田接过了尚美的话。

"就是这样，"尚美点头，"这是惯用的手段。"

"这样啊。只要有人愿意帮忙，总会有办法的。"

"团体住宿客中的一位，实际上竟然和别人是一对，一般很难想象吧。"

"是啊。"新田将双手枕在脑后，身子向后仰到了靠背上。可是突然间，新田像是上了发条似的站起来："你刚才说什么？团队中的一个人，实际上和别人是一对？"

此刻新田的眼中散发着警察特有的光芒。尚美迟疑地问："那句话有什么问题吗？"

新田没有回答，紧锁着眉头似乎陷入了深思。终于，新田说了声"原来如此"，猛地从椅子上站了起来。

"有这种可能性。一旦成立的话就不得了了，可是很有可能。"

"那个，新田，到底怎么了？"

新田终于看向了尚美："谢谢你。托你的福，这个巨大的谜题可能要解开了。如果真是这样，那你今天晚上的失误也算值得了。"说完转过身，朝着楼梯冲了出去。

29

能势进入店里时，已经接近午夜十二点，日期更换的时刻了。他先是新奇地环顾店里的环境，看到新田后，满脸笑容地走了过去。新田站起来，朝能势郑重地行了一个礼。他现在依然穿着饭店的制服，因此不能让周围的人认为他对客人无礼。

他们在饭店地下一层的酒吧里。距离凌晨一点的闭店时刻，还有一点时间。店里也还有十几个客人。

"让你久等了。"能势来到新田面前，点了点头。

"请坐。"新田和颜悦色地让能势坐下，可是自己还站在那里，这让能势有些摸不着头脑。新田有些烦躁地暗想道："他在这方面还真是迟钝。"只好一边使眼色一边不停地说"请坐"。

"啊！好的好的。"能势好像终于反应过来了，答应着坐了下来。

新田坐下后，服务生过来点单了。不用说，服务生知道新田他们的真实身份，可是在其他客人面前，也不能对他们视而不见。能势点了一杯鲜橙汁。

"突然把你叫过来真不好意思，"新田小声道歉，"有些话今天晚上无论如何要告诉你。"

"不不，"能势边摆手边说，"请不要介意。上次你叫我过来时，破解了手嶋的电话阴谋。这次我还期待着你是不是又给我准备了一份大礼。要我猜，是不是那个谜题解开了？就是今天早上我说的那件事。x4为什么没没有嘱咐野口，让他不要使用自家电脑——是不是？"

看着能势满是探索欲的眼睛，新田笑了出来："不是那个谜题，但是也有点关系。还处于推理阶段，但我认为这个假说成立的可能性很大。"

能势挺直了脊背，努力地睁大他的小眼睛："看吧，我说的果然没错。你一定能做到。我早就这么觉得了。"

"不，还没有任何证据呢。所以才需要你的帮助。"

"当然了，让我出点力吧。什么都可以，请随便指示。不过在此之前，你得先让我听听你的推理。"

新田点了点头，可是马上又闭上了嘴。因为这时服务生拿来了鲜橙汁。像是注意到了这一点，能势自己站了起来，把橙汁和账单从托盘上拿了下来。只瞥了一眼账单，能势就不敢相信似的眨着眼睛说："啊……一杯果汁而已，怎么这么贵？"

"因为这个是鲜橙汁，是用新鲜的橙子直接榨的。"

"真不愧是一流饭店里的酒吧。"能势插入吸管喝了一口后，露出了吃惊的表情，"原来如此。和装在纸盒里的果汁味道就是不一样。"说着用手绢擦了擦嘴角，向前探出身子："请说吧。"

新田喝了一口杯子里的水，润湿了嘴唇。

"对于x4的计划，有一点我怎么都想不通。那就是，他为什么不把犯罪手法统一呢？"

"犯罪手法？"

"第一起案件是勒死，第二起案件是掐死。这两个还有点相似。可是到了第三起案件，被害者是被钝器击中后脑而死的。如果他想要制造出同一犯人连环杀人的假象，是不是把杀人手法也统一一下比较好？"

能势又喝了一口橙汁，双手抱在胸前："就像开膛手杰克那样。"

"实际上，连环杀人案的凶手不一定每次都用同样的手法。为了隐藏同一个人作案的事实，每次都选择不同手法的人也不在少数。这次的情况恰好相反，犯人好像希望我们认定是同一人作案。"

"确实如此，这样一想的确有些奇怪。然后呢，你的想法是？"

"我觉得罪犯们，不，应该说x4的真正目的是不是在别的点上。即使警察认定案件不是同一人所为的连环杀人案也无所谓。不仅是这样，其实是四个人分别作案的事实败露了也无所谓。重要的是，诱导警察将这四起案件联系到一起思考。没有特别叮嘱野口不要使用自家电脑的理由，这样一来也就说得通了。x4丝毫不关心案件的整体情况败露与否。"

但是，能势似乎无法认同似的歪着头："想不明白。案件的整体情况被警察知道后，对于x4来说应该没有任何好处吧。"

"一般来说确实如此。但是，只要满足了那个条件，就会产生一个大大的好处。"

能势低着头，撅起了下嘴唇，不解道："什么条件？"

"x4还有其他的杀人计划。"

"还有其他的？"能势被惊得一时说不出话，"什么意思？"

新田确认了四下无人后，又往能势的方向凑了凑："假设x4想杀死的人一共有两个，但是又不能只杀死这两个人，因为万一警察把这两个案件联系到一起调查，x4很有可能会作为嫌疑人浮出水面。这时x4就开始思考，怎样做才能让警察不把两起案件联系到一起。他的办法就是，把其中一起杀人事件和其他三个毫不相关的案件联系在一起。具体的操作方法你已经知道了。先通过黑暗网站的交流招募同谋者，并且在案发现场留下包含纬度、经度和日期的奇怪数字。警察一直把四起杀人案作为一个整体在调查。实际上，唯独第四起案件，和发生在其他地方的杀人案才是真正相关的——怎么样？"

能势半张着嘴，一直看着新田的小眼睛，好像失去了神采。终于他深吸了一口气："这些是推理……都是你的假说吧？"

"是的，只是假说。还没有任何证据，只是单凭想象想到了这些……"

新田的话刚说了一半，能势却大幅度地摆着手说："不不不，你的过人之处就是能够发挥这样的想象。如果说根据已有的线索来推理，我周围也有一个刑警比较擅长。可是你不一样。没有任何材料，就能从嫌疑犯的视角出发，尽情发挥想象力，提出一个至今无人想到过的假说，而且还非常有说服力。真是让我大吃一惊。完全像是在和x4对话一样，干得漂亮。"

这种夸张的说法让新田不由得露出苦笑："这样的恭维话就免了吧。"

"不是恭维。都是我的真实想法。你把这样的想法都告诉了我，我一定不会辜负你的期望。从明天，不不，从今天晚上开始我就行动起来。如果说那个假说成立，x4应该还有另外一个杀人计划对吗？"

"是的。而且，另外一个很有可能已经被实施了。"

"也就是说……现在已经出现了被x4杀死的被害者了？"

"最近发生在东京都内或近郊的杀人事件中，还有没有没确定嫌疑人的案子，我觉得有必要查一查。"

能势气势汹汹地把双手按在桌子上："让我们试试看吧。问题是，怎样确定是x4犯下的罪行呢？你有什么好主意吗？"

"我也觉得那是一个难题。但还是有一个提示。那就是，x4把犯罪地点选在这间饭店，不会没有原因的。这中间肯定有什么缘由。或者是x4，或者是被害者，抑或是双方可能跟这间饭店有些关联。如果是这样，另外一位被害者，有可能也在哪里和这间饭店存在交集。"

能势目不转睛地盯着新田，露出微笑，缓缓地摇着头。

"真是了不起。我们就按这个方向查吧。我一会儿就回警署，搜集一下近期案件的相关消息。"

能势刚要起身，"请等一下，"新田说了句，"要想调查管辖区外的案件不是一件简单的事。如果你应付不了,就把刚才的话汇报给你们课长,再让他传话给尾崎管理官。这样一来本厅就会有所行动了。就像揭穿手嶋电话阴谋的时候一样。"

看到能势一幅茫然不知所措的表情,新田摇摇头。

"你不要误会。我并不是记恨上一次的事情,故意挖苦你。因为我觉得现在已经不是计较自己功劳的时候了。我唯一的想法就是,尽快抓住x4。但是如果是我直接去对管理官说,他又会认为我没有把精力集中在本职工作上。所以跟你们课长说的时候,也不要提起我的名字。拜托了。"

"新田……"能势眉头紧锁,点头道,"我知道了。如果碰上紧急情况,我就那么办。"

"碰上紧急情况?"

能势拍了拍自己的胸脯:"你先交给我吧。我有办法。如果实在不行,我就找我们课长哭诉去,怎么样?"

"不,但是这样一来——"

"没关系的。这次我不会傻乎乎的被抢先一步了。既然你把自己的想法第一个告诉了我,那么我也要让你看看我的魄力。"能势站了起来,"等一等吧,明天晚上之前我会查到些成果的。"点头道别后,能势拿起账单向出口走去。那杯价格高得让能势大吃一惊的鲜橙汁,还剩了大半杯。

30

山岸尚美出现时,已经过了上午九点。她先向前台经理久我为自己的迟到道了歉。对尚美来说,这个时间出勤确实算是晚的,但是目前她的出勤时间可以自由掌握。因为要协助新田的工作,经常不得不加班到深夜。因此久我也笑着说没有必要道歉。

"不,因为交班的时间是九点。如果不在这之前出勤的话,还是会给一些人造成不便。"山岸尚美再次低头表达了歉意,这时新田也来到了旁边。尚美脸色不太好,眼睛也有些充血,就连打招呼说"早上好"的声音都失去了往日的活力。

"你没事吧？"新田小声问道。

"怎么这么说？"

"你看起来好像很累的样子。"

山岸尚美轻轻地拍打了两下自己的脸颊，像要使头脑马上清醒起来似的晃了晃头："我没事。"

"你是不是昨晚没怎么睡啊？"

尚美没有说话，看起来好像被新田说中了。"这样可不行，"新田说，"这里现在没事，你去找个地方休息一下吧。自从我来了之后，你的工作时间大幅度增加了。现在稍微休息一下，没有人会说什么的。"

尚美抬起来盯着新田，摇了摇头道："我现在可不能去休息。"

"为什么？现在不用担心我了。退房的业务流程，我已经非常熟练了。"

"我不是这个意思。"

"那是什么意思？"

山岸尚美没有回答。忽然她满面笑容地说了一声"早上好"。不用问，当然不是对新田说的，说话的对象是一位迎面走来的男客人。尚美就这样投入到了退房业务中。

不一会儿大批退房客人集中到了前台。新田也混杂在真正的前台接待员中间，处理着退房业务。

这一天他接待的第一位客人，是一个傲慢无礼的中年男人。

"我在赶时间呢，给我快点！发票要手写的，打印的我用不了，还有，别写日期。"男性用生硬的语气说着。

新田说着"知道了"，接过房卡，开始在终端屏幕上操作起来。以前无论做什么都会手忙脚乱的业务，如今也能应付自如了。

"客人，请问您消费了冰箱里的饮品吗？"接待用语也运用得体。

"嗯？啊，有啤酒，还有乌龙茶，应该就是这些。你动作快点吧！"

在客人的催促声中新田打印好了账单，让客人签名后开好了发票。问清发票抬头之后手写上去，最后贴上明细单，大功告成了。连新田自己都觉得应对得很顺利，无论在接待用语上还是动作上，新田都觉得自己基本已经可以算是一个真正的饭店工作人员了。对此新田非但没有不快,反而觉得有些骄傲。

"让您久等了,您看这样可以吗?"

"啊,可以!"男人抢夺似的接过了发票,依然板着一张脸,转身离开了。

"非常感谢。期待您的下次光临,"

新田冲着男人的背影,一边鞠躬一边在心里暗想,"我真是变了。"

退房业务的高峰过去之后,久我招呼道:"新田,能过来一下吗?山岸也来一下。"

两人过来后,久我说:"你们去一趟总经理办公室,我也过去。"

"发生什么事了吗?"新田问道。

"详细情况到了再说吧。"久我不但声音低沉,表情也很凝重。新田心想,看来不是小事。

三个人一起来到总经理办公室。久我敲响了房门,门打开了。

迈进房间的一瞬间,新田有些吃惊。因为稻垣在里面,本宫也在,两个人正面对藤木坐在沙发上。藤木旁边是客房部长田仓。

"这么忙的时候叫你们过来真是不好意思,"藤木说,"可是,发生了一点紧急情况,所以把稻垣系长也叫过来了。"

"到底怎么了?"新田将视线从藤木转移到自己的上司身上。

"你应该知道。明天周六,就是那个结婚典礼举行的日期。"稻垣说。

当然。新田沉默着点了点头。

"结婚典礼会场以及会场周边的警备工作正有条不紊地进行中,可是又出现了新的问题。"

"什么问题?"

田仓把脸转向新田:"渡边先生……也就是明天的新郎,刚刚接到了他的电话,说是今天晚上要住我们饭店。"

"欸?这么突然……为什么?"

"不,这不是突然的事情。渡边先生和高山小姐本来就在今天晚上预约了套房。"

新田倒吸了一口气，看着稻垣摇了摇头："这个我可没听说。"

"是啊，"稻垣说道，"我们也是刚刚才得知的。可是了解了一下情况，好像也不是传达消息上的失误。"

"怎么说？"

"在我们饭店举行结婚典礼和宴会的客人，我们都预备了一天的套房免费使用券当礼物，"田仓说，"这个免费券没有规定使用时间，那两位便预约了在结婚当天使用。"

"当天，那也就是明天吧？"

"是的。可是又发生了一件让人头疼的事。新娘高山小姐，提出了想让自己中意的一位造型师来担任发型设计师的要求，这样一来就不能使用饭店的化妆室了。需要客人自行预约一个房间，在房间里化妆。"

"那样不是正好吗？他们正好预约了一间套房。"

然而田仓却摇了摇头。

"新田你应该知道，本饭店的入住时间最早也要从下午两点开始。如果只是化妆，可能还勉强来得及，可是再加上准备礼服，时间就不够了。"

"准备礼服？"

"如果按照流程表，当天上午就应该把礼服和首饰类的东西搬到化妆间里。按照我们饭店的规定，如果从外部请造型师，就需要提前一天入住。"

新田终于明白田仓想说什么了。

"也就是说，他们预约了今天和明天两天入住套房是吗？"

"是的。虽然因为一些事情不得不预约两天，可是他们当初决定的是实际入住的只有明天。"

"然后他们突然决定，今天也要去住了？"

"就是这么回事。好像是新郎提出的好不容易预约了这么好的房间，不如两天都来住吧。我们肯定也无法拒绝。因为这本来就是他们的权利。"

新田耸了耸肩膀："新娘都有可能被跟踪狂盯上了，他还真是悠闲自在呢。"

"也是没有办法吧。"稻垣说，"新郎还不知道有跟踪狂呢。作为新娘呢，新郎想要去住，她也无法拒绝吧。"

新田叹了口气，点点头。

"那么，我应该怎么做呢？"

"他们两个人预计下午五点钟办理入住。入住以后，可能会外出吃饭，但基本上都会待在饭店里。大堂和休息室有本宫他们盯着，他们两人在房间里的时间我们也无可奈何。你要尽可能留在前台，如果有从他们的房间打来的电话要马上接起来。如果他们没有电话打过来，你也要时不时地给他们打电话。至于打电话的借口，饭店方面会替你考虑的。"

"例如礼服的搬运时间，发型设计时化妆镜摆放位置等，打电话的理由能找到很多。"田仓补充道。

"也就是说要定期确认两人的安危是吧？"

"就是这个意思。还会通过监控摄像头监视他们房间的入口处，一旦有可疑人物出现，我们马上就能知道。不过以防万一，还是时不时给房间打个电话。"

"我知道了。"

"我的指示就这么多，还有什么问题吗？"

暂时也没有想到别的，新田摇了摇头："没有了。"

"那好，大家回各自的岗位吧。不用我说，盯着高山小姐的跟踪狂并不一定是我们要找的嫌疑人。我们要像往常一样，打起精神完成任务。"

"我知道了。那么就先告辞了。"新田鞠了一躬后离开了，尚美紧随其后。

离开房间后刚走了没几步，山岸尚美压低声音问道："那件事，你已经跟上头汇报了吗？"

"哪件事？"

"昨天晚上的事。就是在我说有客人使用那种打掩护的方法偷情旅行时，你好像突然想到了什么。"

"那个啊。我没有直接说。"新田边走边回答。

"为什么呢？我感觉你好像有重大发现。"

"只是我个人的一些想法。比起这个——"新田停下了脚步转过身看着尚美说道，"对于你，我真心感到很抱歉。"

"为什么突然这么说？"

"我想了一下你昨夜没能睡好的原因。答案显而易见。还有，昨天你犯下的那个不像你犯的错误也是同样的原因。就是因为你一直惦记着和我之间的约定。"

山岸尚美低下了头，看样子是默认了。

"我知道，明明清楚该如何阻止第四起案件——至少是将在这间饭店发生的案件的方法，却不能说，是一件非常痛苦的事。一旦有谁受到了伤害该怎么办——想着这一点当然无法睡着。看着你一脸疲惫，我觉得更过意不去了。因此我有一个提议，你休息一阵子好吗？"

听了新田的话，尚美仿佛被吓了一跳，抬起了头。看着她的眼睛，新田继续说道："至少到明天的结婚典礼结束吧。一旦结束，你就算完成了我们之间的约定。你就可以把一切都告诉总经理了。这样一来你心里的负担也会减轻吧。"

山岸尚美做了个深呼吸，挺起胸膛，微微扬起下巴，目不转睛地看着新田："你是让我抱着一个天大的秘密躲在家里吗？你认为那样我的心里会更轻松？"

"我是为你着想才这么说的。"

"请你不要小看我，"尚美严厉地说，"如你所言，明明知道防止罪案发生的方法却不能说出来，对此我抱有很大的罪恶感。但是，并不能因此就只想着自己逃避。我应该比任何人都要努力地去防患于未然。休息什么的，怎么可能……想都没想过。"最后一句话，听上去经过了深思熟虑。

新田再次由衷地感觉到，面前的女性真了不起。他只能露出微笑，叹了口气："我知道了。这件事我不会再提起了。我也下定决心了。"

山岸尚美把嘴紧抿成一条直线，回答道："那就请你这么做吧。"

回到前台后，新田和尚美共同开始处理前台的业务。因为是周五，单是预约客人就基本上满了。看来从傍晚之后，要一直忙着应对前来办理入住的客人了。

快到下午四点的时候，警卫长杉下来到了前台，和其他前台接待员交谈了几句以后，便朝着新田走去。

"关于渡边先生和高山小姐房间的事情，和你商量就可以了是吧？"

"是的，什么事？"

"房间已经确定下来了吗？如果定下来了，我想把一些物品先送过去。"

"物品？"山岸尚美在一旁插口道，"如果是婚礼礼服之类的物品，应该是明天搬进去的。"

"不是礼服，是一个快递。里面是一瓶红酒，应该是别人送给他们的礼物吧。"

"礼物？"新田问道，"东西现在在哪呢？"

"在警卫办公室。"

"请你把东西拿到里面的办公区吧。"新田说着跟尚美对视了一下。

杉下拿过来的，是一个看起来只能装得下一瓶红酒的包裹。收货地址是这家饭店，收件人写的是渡边纪之和高山佳子。发件人是北川敦美，住址是东京都吉祥寺。可是，没有电话号码。

"有点可疑，"新田马上说，"这个包装纸是百货商场的东西。如果是在百货商场买的，应该从那里直接邮寄才对。但是这个快递的单据不是百货商场的。应该是买完之后先拿了回去，然后又到别的地方寄的。"

"是不是想要在里面装入留言卡片……什么的。"

"如果是那样的话，应该事先把卡片准备好，在包装前交给店员不就行了吗？"

"买了红酒以后才想到要送卡片的，有这种可能性吧？"

新田看着尚美："就算是这样吧。如果是你，你会怎么做。买完红酒之后拿回去倒是可以理解。但是会特意把包装拆开，装入卡片，再重新包装吗？如果是我不会这么做。我会准备一个纸箱子之类的，把包装好的红酒和卡片一起装进去。"

杉下点头表示同意。尚美也微微点了点头："确实……如此呢。"

"你跟婚礼课的仁科小姐联系一下吧。"

新田刚说完，尚美已经拿出了手机。

"北川小姐的名字在这里。"打开婚宴的座次表,仁科理惠说道。顺着仁科理惠手指的方向,确实有"北川敦美"的名字。名字的上方写着"新娘朋友"。

"知道是什么样的朋友吗?"

"这个就不知道了……"

"应该给北川小姐送过邀请函了吧。知道她的住址吗?"尚美问道。

"当然。邀请函都是我们发出去的——这就是名单。"仁科理惠在新田面前翻开了一个文件夹,上面排列着姓名和住址。

北川敦美的名字也在其中。上面的住址与快递单据上的住址一致。

"目前为止没有发现可疑点。"

"但是,单据上没有写电话号码还是有些奇怪。"

对新田的看法,尚美也表示了赞同。

"能不能给高山小姐打个电话?"仁科理惠说道,"说明事情的经过,并请她告知北川小姐的联系方式。"

婚礼负责人皱起了眉头。

"事情经过必须要说吗?是不是另外找个什么理由侧面问问会更好?"

新田轻轻摆了摆手:"我能理解你不想让高山小姐平添紧张的情绪,可是用这种小伎俩,可能日后会更麻烦。和北川小姐本人确认一下,如果确实是她送的,那么高山小姐也可以放心了。反之,如果不是,那就是从未知人物那里送来的可疑物品,也必须要告诉他们本人。"

可能是认可了新田的分析,仁科理惠一脸严肃地点了点头。她掏出自己的手机,沉默了一会儿,像是在思考措辞,然后开始拨号了。

电话似乎很快接通了,仁科理惠开始说明事情经过。说明的过程中理惠的用词很慎重,反复使用着"暂且""为慎重起见""为以防万一"等词语。电话那头的高山佳子,似乎显得焦虑不安。

"我知道了,那我就等您的消息。"说完后,仁科理惠挂断了电话。

看起来她并没有问出北川敦美的电话号码。"她好像准备自己打电话给北川小姐确认。弄清楚之后，会给我打电话。"理惠看着新田等人说道。

"好。这样也可以。"

"高山小姐的状态如何？"尚美开口问道，"还是觉得很害怕吗？"

"那肯定的。和北川小姐虽说是大学时期的好友，可是据本人说，北川与其说往饭店寄红酒，倒更像是会往家里寄餐具的类型。"

听着她们的对话，新田也觉得很有道理。

在沉郁的沉默中，时间一分一秒流过。包装好的红酒依然放在桌上。新田一边盯着它一边在心里做了各种各样的推测。他不得不预想到最糟糕的情况。根据情况的紧急程度，有可能需要立刻向稻垣等人汇报。不过，要是最终证明只是虚惊一场就再好不过了。

仁科理惠的电话铃声响了起来。仿佛已经凝固的空气中立刻充满了紧张的气氛。

"您好，我是仁科。……啊，是这样啊……好的……好的。"

理惠越说声音越低，脸色也变得苍白起来。看到这种情形，新田已经大致把握了整个事态。他和山岸尚美对视了一眼，她的表情也凝重起来。

仁科理惠挡住了手机的话筒部位，冲着新田的方向说："高山小姐向北川小姐确认过了，对方说没有寄过那样的东西。"这是意料之中的回答。

"你先对高山小姐说，稍后我们会与她联络，电话先挂了吧。"新田说着将目光落在了桌上的红酒上。

看到山岸尚美正准备触摸红酒包装纸，新田不由自主地大声阻止道："别碰！"尚美吓了一跳，赶紧缩回了手。

新田咽了口唾沫，调整了一下呼吸，再次开口说："大家都别碰那个东西。我觉得需要叫鉴证课的人来看看。"

"鉴证……"山岸尚美眨着眼睛不解道。

"而且，在把它打开之前。需要先用X光扫描一下，确认里面到底是什么东西。"

"你是说里面不是红酒？"

"从外观看起来应该是红酒。可是拆开包装的一瞬间，谁也不敢保证这东西不会爆炸。"

听了新田的猜测，隔着制服都能够看出山岸尚美的身体变得僵硬起来。

31

刚过下午五点。尚美已经感觉到了大堂里氛围的变化。虽然正在给一位男士办理入住手续，可尚美还是不由得抬起头，环视了一下周围的情况。

她心里清楚大堂内潜入了不少刑警。有几个人的长相她已经能记住了。他们今天的神态也不同于往常，全都面色紧张地盯着饭店大堂正门。

尚美也将目光投向了那里。果然不出所料。高山佳子小姐正和一个男人手挽着手走进饭店。那个男人，应该就是明天的新郎，也就是渡边纪之吧。他个子很高，可是给人的感觉很纤弱。

"发生什么事了吗？"尚美猛地回过神来，发现客人正莫名其妙地看着自己。

"不，没事，真是失礼了。"尚美迅速办完了入住手续，叫来服务生，把房卡交给他并指示他将客人带去房间。

送走了客人之后，尚美再次看向正面大门。渡边纪之和高山佳子正在看婚礼的海报。可能正边看边想象着他们自己明天的样子吧。新郎的表情像是在说，比起模特，明天你穿上婚纱的样子一定会更漂亮。新娘且不说，此时此刻的新郎应该已经被幸福冲昏头脑了吧。

盯着海报看了一会儿后，两个人来到了前台。一旁的新田用眼神打了个暗号。两人已经事先商定，由尚美来接待他们。

"欢迎光临。是要办理入住吧？"

"是的，我叫渡边。"渡边纪之说道。他和高山佳子依然手挽着手。

"您是渡边纪之先生吧。恭候已久，同时也真心地向您表示祝贺。"尚美低下头，寒暄过后，又拿出了住宿登记表，"那么，能麻烦你们填写一下这个吗？只写渡边先生的就可以了。"

不同于往常，他们的房卡已经事先准备好了。在渡边填写住宿登记表的时候，尚美窥视了一下高山佳子的样子。她很明显有些焦虑不安。脸上虽然挂着淡淡的笑容，可还是难以隐藏畏惧的神色。她身边的未来的丈夫，难道从她的表情中什么都看不出来吗？看来渡边纪之是一个粗枝大叶的人。不过这种事情只能绝口不提。

确认了渡边纪之填写的住宿登记表后，尚美把房卡和服务券等一并放到了服务台上。讲解了附加的服务内容之后，尚美叫来了服务生。服务生是关根假扮的，他和新田一样，对饭店员工这个角色已经得心应手了。应该不会被怀疑。

看着准新郎新娘的身影消失在电梯间，尚美回头看了看新田。终于，发出了一声长长的叹息。

"现在真像是在扔骰子一样呢，要赌一把了。"新田说。

"我还以为高山小姐会改变主意。"

"这也是没有办法。婚礼已经定在明天了，可是自己的性命却正在被一名身份不明的跟踪狂威胁，对男朋友说出这样的事情还真是需要勇气。"

"这个我也懂……"

那瓶红酒，不，正确的说应该是标记为红酒的那件物品，已经拿到警视厅的鉴证课了。考虑到有爆炸的危险性，可能会拿到某个安全的地方去拆封。目前还不知道里面是什么。

上级已经让仁科理惠向高山佳子转述了事情的原委，也顺便再次确认今晚是否决定住在这里。饭店方面希望他们不要入住，可是高山佳子却说事到如今，计划无法改变了。明天所有的准备，都是以今晚住在饭店为前提来进行的。当然，主要还是不想让新郎知道跟踪狂的事。

两人即将入住的套房，由真正的房间保洁员打扫以后，又由鉴定课的警员确认了是否有可疑物品和窃听器。可以看出，警察同时也在怀疑凶手有可能是饭店员工。明天一早，新娘礼服和手捧花，新郎的服装等物品将会被送到房间，在此之前会在别的房间安排女刑警事先检查所有的物品。

"那个送来红酒的人，接下来会做什么呢？"尚美问新田。

新田将双手抱在胸前思索着。

"还不知道那瓶红酒里到底是什么,所以还不好说,如果里面放了毒药,那么罪犯应该首先要确认犯罪计划是否顺利进行了吧。"

"确认是指……"

"假设按照罪犯的计划,两个人喝了红酒之后死亡了。那么发现两人倒地后,饭店方面应该会先联络医院和警察吧。救护车和警车很快就会来——"

明白了新田的意思,尚美点了点头。

"也就是说,罪犯会在饭店附近观望吧。"

"如果我是罪犯的话就会这么做。问题是,我要观望到什么时候。如果救护车和警车没来,也不能认定计划失败。因为不知道两个人什么时候才会喝红酒。一般来说,应该是吃完晚饭,回到房间以后喝一点吧。如果是那样,假设二人喝了红酒已经死亡,也很有可能第二天早晨才被人发现。但是,第二天早晨一定会被发现的,因为需要把礼服什么的送到房间。最迟到明天上午十一点,如果还没有任何异常动静,凶手就可以判断计划失败了。"

新田的分析,尚美很赞同。如果自己是凶手,可能也会这么做吧。

"得知计划失败后,凶手又会怎么办呢?"

"这个嘛,就不知道了,"新田冥思苦想道,"如果红酒是x4送来的,他应该也不会就此罢手,因为之前下了那么多功夫。"

"也就是说他可能在结婚典礼或婚宴上做点什么?"

"可能性很大。只是,就算明天的仪式顺利结束了,还是不能掉以轻心。因为两个人明天也会住在饭店里。"

是啊。这种紧张感要一直持续到后天早晨两个人退房之后。

还有一些当天入住的客人稀稀落落地到前台来办理入住手续。尚美自不必说,新田也暂时专注于前台接待工作。现在,新田已经是一名合格的前台接待员了。

接近下午七点的时候,大堂里的气氛再次发生了微妙的变化。一位装扮成客人的刑警快速向电梯间走去。

尚美看了看新田。可能因为他无法使用对讲机，耳朵上戴的是耳机。

"听说高山小姐他们好像要出去吃晚饭，预约了七点钟顶层的铁板烧餐厅。"

"警察也会跟过去吧。"

新田露出了微笑。

"那个家伙倒是很幸运。可以免费吃一顿高级餐厅的铁板烧，就是不能喝酒。"新田边说边从上衣内兜里掏出了手机，小声交谈了几句之后，挂断了电话，面色也严峻起来。

"怎么了？"尚美问道。

新田确认了四下无人后，凑到了尚美的耳边。

"鉴证课送来了报告。那瓶红酒并不是爆炸物。"新田的声音低沉而有穿透力，"但是，在封住瓶口的封皮上，有一个像是被针扎过的小孔。又查看了里面的酒塞，也发现了针扎的痕迹。两个针孔的位置完全一致，很可能是有人用注射器扎进去的。"

"注射器……"

新田的眼神闪烁着锐利的目光，缓缓点了点头。

"应该不只是扎了一个小孔。是混进了某种药物吧。"

"药物……毒药吗？"

"恐怕是吧，"新田说道，"目前还不知道是什么。要做一个详细的分析，需要花点时间。"

新田的话让尚美突然觉得喉咙发干，继而打了一个冷颤，浑身都起了鸡皮疙瘩。自从从新田那里得知了查案的绝密事项以后，尚美就感到自己背负了巨大的责任。但是那个念头好像还只是在头脑中的一个角落，并没有强烈的现实感。不会发生什么大事吧，张罗了半天结果什么都没有发生吧——她在心里残存着这样乐观的侥幸的想法。

但是这次终于意识到了。一切都是现实。在某个角落里有人正在企图杀死别人，并且已经开始行动了。

想到这里，尚美待不住了。她准备离开前台，新田抓住了她的肩膀。

"你要去哪里？"

"我要去餐厅，看看他们两个人怎么样了……"

新田苦笑着摇了摇头："餐厅里除了刚才那个刑警，应该还安排了其他人手。你去了也帮不上什么忙。你想想我刚才说的话吧。如果凶手真的在红酒里投毒了，今天晚上是不会行动。"

"啊……说的也是啊。"

"成败取决于明天。如果x4的目标真的是高山小姐的话。"新田用慎重的语气说道。

32

晚上十点整，新田和尾崎、稻垣等人都在会议室。另外，还聚集了十几名刑警。白板上贴着小教堂所在楼层和婚礼宴会所在楼层的平面图。上面用签字笔详细标注了刑警的警备配置。

"发快递的地址查到了。是高元寺车站旁边的一家便利店。"稻垣一边看着资料一边大声说道。

"好像是昨天下午两点左右拿过去的。根据店员的回忆，好像是一名年轻的男性。从他的说法中不难看出，他的记忆非常模糊，别说客人的长相了，连穿着装束都记不清楚了。所以不要被年轻男性这个限定束缚住。还有出售红酒的那间百货商场，那边没有人记得买这种酒的客人。甚至都不记得酒是什么时候卖出去的。从单据上看应该不是昨天出售的。下面是鉴证科的补充报告。红酒瓶上没有发现任何指纹。也没有擦拭过的痕迹，推测犯人可能戴了手套。从包装纸和箱子上检测出几个指纹，可是案犯应该不会在购买和邮寄时放松警惕，所以案犯的指纹混入其中的可能性很小。"

新田暗暗叹了一口气。也就是说，目前从那瓶红酒上面没有获得任何线索。

其中一名刑警报告了向北川敦美问询取证的情况。关于明天的婚礼，她只说自己会和大学同学一起参加，彼此通过电话商量过礼金的数目。对于自己的名字被盗用的事情完全没有头绪。

"看来这个女人的名字被盗用,只是一个偶然事件。"稻垣对旁边的尾崎说,"高山小姐的邮寄物品近来频繁地被盗取和私自拆封。只要看看确认出席结婚典礼的回执明信片,就能够轻易弄清楚出席明天婚礼的人员住址。"

尾崎似乎是同意了,默默地点了点头。之所以面露不悦,应该是觉得调查没有进展吧。

"犯人是怎么知道高山小姐今晚将会入住这里的?有进展吗?"稻垣将视线投向本宫。

本宫边翻开记事本边站了起来。

"这个也可能是看了给高山小姐的邮寄物品后得知的。几周之前,饭店给高山小姐寄去了结婚典礼和婚宴的费用预估明细。那个明细上写明了将会入住套房两晚。但是从金额上来看,因为有饭店赠送的一晚,所以只收一晚的费用。但是看到那个以后,就应该马上联想到可能会在婚礼前一天和当天入住吧。或许犯人根本就不知道两人原本没打算今天入住呢。"

稻垣一脸严肃地挠了挠头:"一切错误的源头,都在于不应该把婚礼相关的资料邮寄到新娘的住所吗?"

听完本宫的话,新田心里冒出了一个疑问。他举起手来:"可以打断一下吗?"

稻垣没有回答,直接用手指了指新田。

"寄去的只是金额预估的明细吗?里面没有夹带婚礼仪式和婚宴的流程之类的资料吧?"

"有吗?"稻垣问本宫。

本宫歪着头表示自己也不确定。

"没有确认除了明细之外还邮寄了什么——流程表有什么问题吗?"本宫的后半句直接变成了向新田的提问。

"我们意识到高山小姐可能被某人盯上了的契机,是打到婚礼咨询处的那通可疑的电话。对方自称是高山小姐的哥哥,想要问询婚礼仪式和婚宴的详细流程。如果邮寄物品中夹带了流程表,疑犯应该就没有必要打那通电话了吧。"

"那么，就应该是没有装进去吧。"稻垣轻描淡写地说。

"谨慎起见，我还是确认一下。"本宫说着拿着手机走出了房间。

即使流程表没有一起寄过去，那通电话也无法理解。如果事先已经计划了通过红酒投毒，那么无论婚礼仪式和婚宴怎么安排应该都无所谓了。而且要不是因为那通电话，疑犯的毒杀计划说不定已经成功了。

本宫终于回来了。一脸迷惑地看了一眼新田，又将目光转向了上司们。

"怎么样？"稻垣问道。

"说是流程表也一起寄过去了。现在正让他们准备复印件。"

稻垣露出了意外的表情，和尾崎对视了一眼。

新田离开办公楼时，已经夜里十一点了。案犯明明已经看到了流程表，为什么还要往婚礼咨询处打电话呢。这个疑问，到最后也没有找到答案。稻垣他们的意见是，流程表上只记录着大体的时间段，没有更详细的时间分配。而案犯想知道更详细准确的时间表。新田对此持保留态度。即使知道了详细的时间表，婚礼仪式和婚宴也不一定能够准确地按照时间安排来进行。

抱着心中的疑团，新田回到了大堂。山岸尚美已经不在那里了。今晚，尚美很少见的提前回去了。因为新田强烈要求她这么做。

"明天说不定就是决定胜负的一天！今天晚上无论如何都要好好休息，保存体力。"新田的这番话，让一向顽固的尚美也只能点头同意了。

在通往前台的途中，新田的手机响了。是能势打来的。

"你好，我是新田。"

"辛苦了。我是能势。能到楼上来一趟吗？"

"楼上？"新田把电话贴在耳边，向上看去。能势正在二楼的扶手栏杆处往下张望呢。看着能势的圆脸，新田问道："你是什么时候来的？"

"刚刚。有些事想要马上对你说。听说你刚才在开会，所以就在这里等你。"

能势一副煞有介事的样子，看来应该是有所收获。新田故意什么都没说，挂断了电话，登上了通往二楼的扶梯。

两个人再次走进了婚礼咨询处。现在自然是空无一人，而且一片漆黑。

两人只开了一部分照明,隔着桌子相对而坐。

"我在搜查一课的资料班有一个同期,他向我透露了目前警视厅正在处理的杀人案件的资料。"能势边打开记事本边说着,"虽然自己也住在这里,不应该说这样的话。可是东京的杀人事件真是不少啊。今年开始被认定为杀人案件的就有一百三十多起,其中有三十多件案子还没有侦破。其中也包括由x4策划的三起案件。"

一个月有十几个人被杀害,近四分之一的杀人犯没有被起诉。这里确实不太平。

"要想把没有解决的三十多件案子全部过一遍实在是不太可能,所以重点关注了近三个月发生的案件。符合条件的案件共有六起。其中一件是肇事逃逸,两件是反抗暴力团体产生的杀人事件。这些事件与你列举出的事件性质不同,所以我认为可以排除在外。"

"没有问题。可以排除。"

"剩下的三起,其中有一件可以认定为无差别杀人事件。有一个流浪汉被发现死在了隅田公园的旁边。根据检验应该是遭到了多人的暴打导致死亡。"

这个事件新田也有所耳闻。推断应该是不良少年们干的。真是一群不知天高地厚的孩子。

"应该可以排除。"

"我也这么想。接下来是抢劫杀人事件。被害者是一位独居在中野区的富婆,被盗走了大量的现金。一眼看上去就是冲着钱犯下的罪行……"像是要征求新田的意见一样,能势抬起了头。

"轻率的断定是有风险的。有可能是故意伪造出这样的假象。"

能势露出了一个满足的笑容:"同感。我也是这么想。这个事件是在中野警署的搜查本部立案的。从前有一个一起工作过的刑警参与了这件案子,于是我就通过他向被害者的家属确认了被害者生前是否跟东京柯尔特西亚大饭店有关联。"

"你拜托别人这么摸不着头脑的事情,对方不觉得奇怪吗?"

听了新田的问题,能势咯咯地笑着,身体都跟着颤动起来。

"没关系。因为我在他心里一直是个怪人。结果是这样的,被害者的家属一致认为被害人不会和这么高级的饭店扯上什么关系。如果继续深挖下去的话,可能还能查出点什么,可是,我觉得在这个事件上可以暂时排除了。"

"知道了。"

"这样一来只剩下一起了,这又是一件棘手的案子。"能势舔了一下手指,翻过一页,"实际上,还没有正式作为杀人案立案。"

"这是怎么回事?"

能势将目光从记事本上移开,抬起头说道:"因为无法确定死因。"

根据能势的消息,死者名叫松冈高志,是一个二十四岁的男模。一个多月之前,被同居的女人发现倒在下高井户的自家房间里。虽然马上叫了救护车,可是救护人员赶到时,他的心脏已经停止了跳动。

"没有外伤。桌子上散落着横七竖八的空啤酒和烧酒瓶。因为他本来就像营养不良似的很消瘦,所以当初首先怀疑是因为白天大量饮酒造成心脏病突发而死。他虽说是模特,可基本上没有什么工作,实际上是靠女人养,所以看起来没什么可查的。"

"但是后来又有了杀人事件的可能性吗?"

"因为与他同居的女人一再强调,被害者不是一个白天就会喝酒的人,即使是喝肯定也是少量的。因此进行了血液检查。证实血液中的酒精浓度确实没有那么高。所以后来还是对尸体做了解剖。但仍然没有能够确认最终的死因。也没有查出中毒的痕迹。只是有一点不同寻常的发现,"能势竖起了食指,"死者的右脚有注射过的痕迹。"

"注射?但是又查不出中毒的痕迹……"

能势笑了起来,把目光重新投向了记事本。

"要说查不出使用痕迹的药物好像倒是有几种。比如说肌肉松弛剂。但是,以发现的注射痕迹来作为杀人的依据还是有点牵强。所以还没有作为杀人案来处理。虽然调查还在继续进行,但是关于这一点没有发现什么线索。"

新田点点头,一边用手指敲打着桌面,一边在脑子里整理刚才接收到的信息。

"如果这个案件是杀人案，倒是满足了支持我推理成立的条件。"

"如果你这么想的话，我马上跟我的熟人联系一下。"

"熟人？"

"我在高井户警署的警务课有个打麻将的牌友，我拜托了那家伙，想办法安排我和被害者同居女友见个面。"

新田眨了眨眼，目不转睛地盯着能势。

在警视厅的搜查一课的资料班有同期照应，在中野警署和高井户警署也有门路。面前这个一眼看上去其貌不扬的中年男子，实际上却拥有着强大的人脉和背景，对此新田不得不敬佩。昨晚，能势曾信誓旦旦地说"要让新田见识一下自己的气魄"，也是因为他有这些坚实的后盾吧。

"怎么了？"发现新田看着自己出神，能势问道。

"不，没什么，"新田摇了摇头，"那么，你跟那个女人见面了吗？"

"见过了。"

据能势说，女人名叫高取清香，是一名设计师。比死者松冈高志大四岁。去年年底，在一场音乐会上两人因座位相邻而结识。之后便开始约会。今年开始同居，实际上就是松冈跑到女方家里住了下来。

"松冈自去年十一月从名古屋来到东京之后，在大学时的朋友家里混了一段时间。来东京的目的是参加某知名剧团的选拔活动，可是却落选了，在穷途末路之时遇见了高取小姐，基本上就是这么回事。两人同居后，松冈加入了一间模特事务所，为今后成为一名演员继续做准备，高取小姐也在背后支持他……"

新田不由得露出了苦笑。

"也就是吃软饭的男人呗。这样的人，一旦成为了知名演员或艺术家，就会立刻抛弃女方。"

"这是常有的事。如果我是高取小姐的父母，一定会觉得这样的男人还是死了的好。虽然这种话不能对高取小姐说。"

"你是怀疑高取小姐的父母吗？"

"不，这个应该不可能。高取小姐的父母好像连女儿在和他人同居这件事都不知道。除此之外也没能找出其他有嫌疑的人。查了松冈先生和高取小姐的人际关系，似乎也没有被卷入纷争，说起来松冈先生在东京基本就不认识什么人。因为以上种种原因，才产生了这个案件可能不是杀人事件，而是自然死亡的说法。"

"原来如此。那么，最关键的一点呢……"

"是松冈先生与东京柯尔特西亚大饭店之间的关联吧，当然了，这我也跟高取小姐确认了。原本就是为了这个才找她谈话的。"

"结果呢？"

"很遗憾，她说没有什么印象。"

新田呼出了积攒在胸口的那口气。刚觉得很失望，又觉得哪里不对。他觉得能势应该不仅仅是为了说这些而特意跑过来。

"她想不起来……也就是说，你还问过别人了是吗？"

能势马上摆出了一副满肚子鬼主意的模样，在大拇指上沾满唾沫把记事本又翻过了一页。

"在和高取小姐同居之前，松冈不是在他大学时的朋友家里混过一段时间吗？刚才，我去见过他的那个朋友了。"

终于要进入正题了。新田向前探了探身子："然后呢？"

"那个人和松冈一起在名古屋读同一个大学，关系也谈不上特别好，本来只是想让松冈住上几天，没想到一住就是一个多月，让他觉得很烦。自从松冈搬走后，两个人就再也没有见过面。知道松冈的死讯，警察也来问过话，只是关于案件他也没有什么头绪。我觉得即使现在提起松冈，他还是不太高兴。本来以为松冈没有钱，可是在松冈搬离前夕才发现他有不少银行存款，所以一时生气让松冈交了半个月的房租。那么，问题是，他怎么会发现松冈有存款的呢，"能势用舌头舔了舔嘴唇，"因为他发现了一张收据。"

"收据？"

"高档饭店的，收据。"能势的嘴角露出了满意的微笑。

新田用双手敲打着桌子，挺直了脊背："饭店的名字呢？他还记得吗？"

"嗯，他明确地说是东京柯尔特西亚大饭店。"

新田感觉到自己的体温在上升，双手紧紧握在了一起。

"根据收据上显示的日期，好像是松冈去年来到东京的那天。他的朋友便以此追问松冈，为什么能住到这么高级的饭店？钱是哪里来的等等。一开始松冈还想蒙混过去，最终还是坦白了。实际上是父母给的生活费。为了纪念来到东京，想住一天高级饭店。"

"到东京的纪念啊。"新田双手抱在胸前，仰靠在椅背上，"你刚才说是去年的十一月吧。稍后我会查一下饭店的记录。只要没有使用假名，应该就能查出准确的日期。如果真的和这边的案件有关联的话，那么当天一定发生过什么事情。"

"事情好像越来越有趣了。我打算明天去一趟名古屋。"

新田皱起了眉头，看着能势的圆脸："名古屋？"

"我想知道为什么松冈高志会选择住在这间饭店，也想确定一下他到底是个什么样的人。刚才我已经和我们课长联络过了，只要我愿意自费，他也没什么意见。"

能够做到这一点也是因为上司对能势的评价很高吧。事到如今，新田已经对能势的能力确信无疑。

"我知道了。那就拜托了。我这边明天也要迎来紧要关头了。"

能势使劲低了一下头，马上变成了双下巴。

"我从上司那里听说了。明天在这里举行的结婚典礼，新娘可能被盯上了。"

"不仅如此，犯人已经开始行动了。"

接着新田对能势说了红酒的事情。

"刚才听了你的话，我觉得两者之间存在着共同点。松冈有被注射药物致死的嫌疑。而今天寄过来的红酒也有被注射器扎过的针孔。我觉得这并不是偶然的。"

"确实如此。只是，有一点我还想不通……"能势竖起一根短短的手指。

"什么？"

"如果真的是x4,案发现场应该会留下那串数字吧。还是说在装红酒的箱子里或者什么别的地方放进了写着数字的纸片呢?"

"不,鉴证课的报告没提到这方面的消息。案犯可能会以其他方式留下那串数字吧。比如说往高山小姐的手机里发邮件什么的。"

"这个倒是有可能。但即使毒杀计划成功了,案犯也不知道被害者是什么时候死亡的吧。就算可以根据救护车和警车到来的时间推断,可是被害者的死亡时间很有可能要更早一些。过了午夜十二点日期就要更迭了。你应该还记得吧,那串数字是由经度、纬度和犯案日期组成的。日期改变一天,经度就要改变一度。这小小的一度,可是从东京塔到山梨县的胜沼之间的距离呢。即使只差了一天,对于犯人来说也有无法忽视的影响。"

新田不由自主地睁大了眼睛。能势的观点使他受到了冲击。确实如此。可是在案情分析会议上没有一个人注意到这个细节。

"那个,刚才我说的话,有什么问题吗?"看到新田的反应,能势问道。

"没有,"新田摇着头,"我认为是一个非常好的着眼点。能势,你是一个了不起的人,一个优秀的刑警。"这是新田发自内心的赞扬。

"哪里哪里。"能势害羞似的不停摆着手,把记事本收回了兜里。

"我只不过是说出了自己注意到的问题。那我就先回去为明天做准备了。我们一起加油吧。"

看到能势准备离开,新田也站起身来。

"我送你到饭店门口吧。"

"不用不用了。"

"你就别客气了。看看我这身制服,饭店人员送客人离开是理所当然的。"说完,新田便朝扶梯的方向走去。

33

时间刚过上午九点。完成和夜班人员的交接后,尚美站到了前台,偷偷地做了一个深呼吸。一边想着这一天终于还是来了,一边又怀疑今天是否真的会发生什么，这两种情绪交替着向尚美涌来。但是，尚美对自己说，不管今天会发生什么，或是什么都不发生，自己应该做的，就是尽全力做好本职工作。

今天大堂里的气氛很明显不同以往。因为是周六，比平时人员混杂倒是正常。但是产生异样感的真正原因，恐怕是那个吧。

尚美缓缓地环视了一圈大堂里的情况。平时看着眼熟的刑警今天都不在。

但是可以确定的是，今天安插在大堂里的刑警数量，比平时都要多。从他们每个人身上散发出来的危险气息，使原本活跃欢快的气氛变得有些焦灼。

"山岸。"从尚美身后传来了一个声音，是新田。

"能耽误你一会儿吗？"

尚美点了点头："嗯，什么事？"

"有件事想要拜托你。"新田说着把手指向了后方。

两个人来到后面的办公区。久我正站在那里，手里拿着一个打开的文件夹。电脑终端显示屏上，显示着客人的名单。

"是在查什么东西吗？"尚美问道。

"是的，去年十一月的事。"

"十一月？"

"准确地说，是十一月十七号。"

"那天怎么了？"

新田点点头，将笔记本电脑拉过来，指着名单的一部分说道："那天有一个叫松冈高志的男人一个人在饭店住过。单人间一个晚上。喝了两瓶冰箱里的啤酒，在一层的咖啡厅用过餐。"

"这位客人有什么问题吗？"

"不，还谈不上有问题。甚至也还不知道他是否与案件有关。但是，如果他与案件有关，那么他之前住在这间饭店就是有特别意义的。我们就是在查这件事。"

尚美一边歪着头思考一边看着屏幕。松冈高志。她对这个名字好像没有什么印象。"

"嗯,"这次出声的是久我,"那天并没有发生什么特别事件。是一个工作日,根据记录显示也没有什么大型活动。"

"第二天呢?"

"十八号我也查过了,没有发生任何事。"久我摇了摇头,把文件夹放到了桌子上。

"这个,请随便看吧。"

"我知道了。给你添麻烦了。"

久我点点头,走出了房间。

"那个,问问松冈先生本人是不是更好呢?"尚美说道,"问他那天在饭店发生过什么事。"

"如果还能这么做的话当然最好不过了,"新田耸了耸肩膀说,"可是他已经去世了,一个多月之前。"

尚美大吃一惊:"难道说他是……被谋杀了?"

"现在只能说,这种可能性很大。"

"为什么你觉得可能与这边的案件有关联呢?"

新田用手指蹭了蹭鼻子下面:"要解释这个有点困难。我先把话说在前头,下面的内容都是警察的直觉。因为是直觉,所以也很可能不准确。可以吧。去年十一月十七日,或者说十八日,你能想起些什么吗?"

尚美操作着电脑,把去年十一月十七日和十八日的数据调了出来。那两天,售出房间的类型和数量,来过什么样的客人,销售额是多少等信息都在里面。

但即便看着这些数据,尚美也没能唤起什么特别的记忆。无论是十七日还是十八日,对于饭店来说似乎都是平静无常的一天。根据记录,尚美当天是夜班,可是尚美连这个都不记得了。

"既然你都这么说了,那肯定没有发生什么特别的事。看来警察的直觉失误了。"新田一副放弃的表情,轻轻摇了摇头。

"那边的情况怎么样?高山小姐那边?"

"如果你是指是否安全的话，当然两个人都平安无事。刚才还叫了客房服务，这个时候应该正在用餐吧。在厨房里安排了刑警监视，送餐的也是化装成服务生的关根。所以不用担心有人下毒。"

听到新田说厨房里也安排了刑警，尚美多少受了些打击。看来警察是真的连饭店员工都怀疑了。但是为了做到防患于未然，也许确实应该彻底加强警备吧。

"稍等一下啊。"新田说着皱起了眉头。今天他也戴着耳机。

"追加联络。婚礼礼服和首饰类物品，应该已经送到高山小姐他们的房间了。所有的东西都经过了鉴定课的检验，所以应该没有问题。"

尚美看了一下时间。马上就要到上午十点了。

"昨天你说过，如果过了十一点还没有看到警车和救护车赶过来，案犯就会意识到毒杀计划已经失败了，是吗？距离那个时间只剩一个多小时了。"

"案犯可能已经意识到自己失败了。问题是怎么失败的。他会认为只是两个人碰巧没有喝红酒呢，还是会认为红酒的秘密露馅了。如果是后者的话，看到警察已经有所行动，他应该也会老实下来按兵不动一段时间吧。"

"但昨天你不是说如果是x4，是不会轻易放弃的吗？"

"如果是x4的话确实不会轻易放弃。但是我觉得关于红酒的事和x4没有关系。"

"为什么呢？你是说，另外发生了一起和x4毫不相关的杀人事件吗？会有这么巧的事情吗？"

"可能性很小。但是如果x4要是想通过红酒下毒，又有一个地方让人想不通。"

事先言明了是能势的推理后，新田开始了分析，这次的内容让尚美觉得眼界大开。假设高山佳子小姐喝过红酒之后死亡了，凶手也无法知道死亡时间是晚上还是早晨。即使只是错了一天，经度也会发生很大的变化。——这样听来，是很有道理。

"真是了不起的推理呢。"

"同意，"新田马上应道，"一开始，我还觉得他只是一个其貌不扬的大叔呢。"

"然后你打算怎么办。如果红酒这件事不是x4干的的话？"

面对尚美的问题，新田有些意外的瞪大了眼睛。

"怎么办？这不是很明显嘛，不管是不是x4，只要有人想要伤害他人的生命，阻止他就是我们警察的使命。同时也是为了保护我们重要的客人。"

听着新田范本似的回答，尚美抬起了头："刚才的话，你是站在一个刑警的立场呢，还是站在一个饭店工作人员的立场呢？"

新田像是遭到了偷袭一样露出了略显狼狈的表情，随即苦笑着说："哪个都是一样的。我们快回前台吧。要忙起来了。"

34

退房业务告一段落的时候，新田上衣内兜里的手机震动了起来。看了一眼来电显示后，新田走到了前台的角落里。是能势打来的。

"我是新田。"新田压低声音说。

"我是能势，现在说话方便吗？"

"可以。你在名古屋吗？"

"是的。刚刚去过松冈高志的老家。他家在瑞穗区一个叫妙音大道的地方，是一座相当气派的府邸。他的母亲正好在家，于是就跟她聊了好一会儿。不过，再怎么说独生子才去世一个月，谈话中途他母亲一度又哭又闹的，真是可怜啊。"

新田的眼前似乎浮现出现场的情景。不过能势即使面对那样的场面，也一定能顺利问出自己想知道的内容。

"然后呢，有什么收获吗？"

"可能还谈不上是收获。据他母亲说，松冈从学生时代就痴迷表演，曾经参加了一个小剧团。因为他在排练场的时间比待在大学里的时间还要长，曾一度担心他无法从大学毕业。毕业以后也没有正式找工作，而是一边打工一边演戏。到了去年秋天，突然决定要去东京。"

"突然？是不是应该有个什么契机呢？"

"这个他母亲好像也不太清楚。松冈认为如果想要继续表演就必须去东京，所以父母才同意了。他母亲还说，他们一直以为松冈从剧团落选后，会回到名古屋，可是没有想到他居然一直待在东京。听说松冈住在东京的朋友家时，觉得太给人家添麻烦了，所以给松冈寄去了充足的生活费。和女人同居的事，是出事以后才知道的。父母总是最后知道真相的！"

"那关于案件，他母亲想到什么了吗？"

"她说自己没有任何头绪。据我观察，不像是有所隐瞒的样子。听到儿子的死讯赶到现场，被告知是因心脏病突发而猝死时，他们还以为自己儿子是被坏女人缠住，生活荒淫无度而导致的死亡。他杀的可能性，他们完全没有想过。不过死者家属的说法差不多都是那样的，不必太认真。"

因为完全同意能势的说法，新田把电话贴在耳边点了点头。

"饭店方面怎么样？松冈曾经入住饭店的事，查到什么线索了吗？"

"我这边查到了一些东西。松冈考大学的时候，曾经参加过东京一所大学的考试。当时就是住在东京柯尔特西亚大饭店。松冈好像对饭店的服务感到格外的满意，即使是考试结束回到名古屋后，也一有机会就说起饭店的好处。"

"因此再次来到东京时才想要再次入住作为纪念吗？"

在学生的眼里，东京的高级饭店想必是一个焕发着华丽光彩的地方吧。可能饭店人员的高水准服务也令他深深折服。想到这里，新田不由觉得欣喜，但自己明明不是真正的饭店人员，却有这种想法，多少有点奇怪。

"松冈选择入住这间饭店的理由我清楚了。但是仅从这一点还看不出他和这次的事件之间的关联。"

"是的。所以我接下来准备去找松冈在表演方面的同伴聊聊。我打听出了其中一个人的名字和住址。"

"嗯，好的。"

"我还准备去排练场看看。虽然不知道能不能查出什么线索，但是还是想掌握与松冈生前关系亲密的人员、名单和照片。"

"那就拜托了。我这边目前为止没有异常。"

"要是能抓住案犯的马脚就好了。查到什么的话我再跟你联络吧。"能势说完便挂断了电话。

把手机放回到内兜里，新田叹了一口气。那边的事情只能交给能势了。而且新田现在可以确信，交给能势完全没有问题。

之后新田又开始处理前台的日常业务，一直到下午两点半，从左耳的耳机里传来了声音。内容是换好了衣服的高山佳子和渡边纪之已经离开了房间，往摄影室的方向走去。负责相应场所的刑警们一一给出了回应。

想到真正的对决终于要开始了，新田也紧张起来。因为怕被客人听见声音，特许新田在处理前台业务期间可以把无线电收发机的电源关掉。目前没什么客人，新田决定开着电源。

终于，耳机里又传来了高山佳子等人已经安全到达摄影室，开始拍摄的消息。时间是下午两点四十分。一切都在按照计划进行。

新田将目光投向了饭店正门。只见一位身穿礼服的年长的男性和一名身穿短袖和服的女性并排走了进来。两人走到显示本日活动的指示牌前停下了脚步，指着高山家和渡边家结婚典礼的字样，微笑着眯起了眼睛。两个人带着温和的笑容，向电梯间走去。

此后，来参加婚礼的男女老少，也陆续到达了饭店。伴随着人数的增加，从耳机里传来的指令和应答数量也多了起来。

（这里是A组。正在渡边家和高山家亲属用休息室的入口附近。没有发现单独行动的人物。）

（我是稻垣。知道了。B组，摄影那边怎么样了？）

（这里是B组。拍摄刚刚结束。新郎新娘准备离开拍摄室，往休息室走去。）

（我是稻垣，知道了。）

光是听着他们的通话，现场的情景便浮现在眼前。穿着婚纱的高山佳子，一定是一边沉浸在幸福之中，一边又想着跟踪狂的事情，正心怀忐忑吧。而新郎渡边纪之呢，应该是从未想过自己的新娘竟怀着如此不安的心境，只是在那里自顾自的欢喜吧。

也许这次的事件会在今天有个了结吧，新田的坚守已经很辛苦了。自己也想和其他的刑警一同，盯着婚礼仪式会场和婚宴现场的情况。但是那却不是自己的工作。自己现在应该做的事情就是留在前台，对前来饭店的所有客人进行排查。

接近下午三点半的时候，一位客人的身影映入了新田的眼帘。从地下乘着扶梯上来的这个男人，一眼看过去好像走错了地方。他身材纤细，一时搞不清是成人还是孩子，穿着牛仔裤的腿细得像根棍子。有些驼背，上衣的肩膀部位被挂得突出了一块，像是刚刚从廉价衣架上拿下来似的。一张长脸，给人一种苍白孱弱的感觉。然而，看着他走下扶梯，粗略地环视饭店大堂时的表情，却给人一种隐藏着悲怆绝决的压迫感。还有他略微上吊的眼睛中散发出的光芒，也给人一种近似疯狂的感觉。

男人手里提着一个纸袋。他看了一眼大得离谱的手表，确认了时间之后，走到了附近的沙发上坐了下来。新田的目光一直跟随着他移动，可是男人坐下后忽然抬起了头，险些与新田的目光撞到一起。

刑警的直觉……吗——

新田在心里嘟囔着，不由得露出了苦笑。如果仅凭第一眼的感觉就能找出嫌疑人，那么警察的数量就可以削减为现在的百分之一了吧。

这时有一名中年男人，径直朝新田走了过来。新田低头行礼，开始接待他。男人预约了一间单人房。按照流程新田为他办理了入住手续。在此期间耳机里又传来了各种各样的信息。新田便将无线电收发机的声音调低了。

办完了入住手续后，新田叫来了服务生，把房卡交给他。目送客人离开以后，新田又将目光转向了刚才的男人。可是男人不知何时不见了踪影。新田环视了大堂一圈，依然没有发现他的身影。

好像是走了。饭店的地下连着地铁，可能只是乘坐地铁的人偶然间上来了。看来警察的直觉不灵了，新田想着，无奈地笑了出来。

"有什么可笑的事情吗？"从旁边传来了一个声音，山岸尚美正朝着新田走过来,"发生了什么值得高兴的事情吗?"

"怎么会呢,"新田摆摆手,"我感觉到自己能力有限,正在灰心丧气呢。当然了这是指我作为刑警的能力。"

"那你的意思是说,作为饭店工作人员的能力还没有感觉到界限吗?"

"至少,我觉得在那方面还有发展的可能性。"说完以后,新田又补充了一句,"只是玩笑话。"如果被当真了可就麻烦了。

山岸尚美淡淡一笑,看了一眼手表。

"你是在担心结婚典礼的事情吧?要不就上去看看吧。不用担心这里。再说久我他们也在。"新田说道。

"不,我过去了也只是添麻烦。而且,有一位重要的客人马上就要来了。"

"重要的客人?是谁?今天有VIP的预约吗?"

"不是VIP,不过等她来了你就知道了。"

新田正对尚美的话感到纳闷时,无线电收发机那头又热闹了起来。新田也调高了音量。

(这里是A组。继新郎新娘的家属以后,亲属和朋友也陆续进入了教堂仪式会场。没有发现可疑人物。新郎新娘以及新娘的父亲,已经进入了教堂的休息室。)

(我是稻垣,知道了。全员进入教堂以后,再联络大家。)

(A组收到。)

新田看向山岸尚美:"婚礼仪式马上就要开始了。"

"希望不要发生什么事。"

"不会发生的。即使要发生也会被阻止。请相信警察。如果今天一切都平安无事,顺利将高山小姐他们送出饭店后,你就可以把这次案件的情况告诉你们总经理了,"新田压低了声音,"实际上不是连环杀人案件的事。"

"可以吗?"

"这是我们之间的约定。"

山岸尚美保持着头部微微扬起的姿势,目光却向下看去。她的胸口上下起伏,叹了一口气,一脸认真地看着新田。

"至于要怎么办，等高山小姐他们回去以后再考虑吧。"

新田点了点头："知道了。"

从无线电波里传来了婚礼仪式已经开始的消息。到目前为止，没有发现任何异常，一切都很顺利。

寄红酒的那个人，现在在哪里做什么呢。是不是又在暗中策划着什么。如果有计划的话，又是何时准备实施呢。

大约二十分钟以后，传来了婚礼仪式已经结束了的通知。新郎新娘以及亲属，将会到照相室合影留念。

（新人的朋友们将移动到五层的宴会会场。A组的三名成员将会按照原计划留守在四层。）

（我是稻垣，知道了。五层宴会会场周围的警备组，报告一下那边的情况。）

（这里是C组，没有发现异常。）

（这里是D组，目前没有异常。）

（这里是E组，没有异常。请指示。）

许多没有出席婚礼仪式的人也来到了宴会会场。在婚宴正式开始之前，已经预计到走廊和休息室会有些人员混杂。但是没有想到，实际上人员流动量比想象中的还要大得多。在与宴会会场相通的员工专用区域内，早在宴会开始很久之前，就已经有大量的员工像篮球运动员一样在做热身运动。其中即使有人出现了可疑的举动，恐怕也没人会注意到。因此，在宴会会场周围十分细致地划分出多个警卫区。

"看来要在婚宴上一决胜负了。"新田对山岸尚美说。

尚美点了点头，表情却有些漫不经心。她的视线正看向远处。

"怎么了？"新田问道。

"啊，没有……"山岸尚美的目光依然集中在一点上，"我觉得坐在那边的那个女人有点奇怪。"

"在哪里？"新田与尚美看向了同一个方向。

"就是坐在扶梯前柱子旁边的沙发上的女人，戴着黑色的帽子。"

在尚美描述的地方，确实坐着这样一个女人。从新田的角度能够看见她的右侧脸。但因为帽沿很宽，还是看不太清楚。她穿着灰色的连衣裙，膝上放着一个黑色的手提包。

"那个女人哪一点让你觉得奇怪？"

面对新田的问题，尚美歪着头思索道："要问哪里的话我也说不清楚，简单来说就是整体的感觉都很奇怪。那顶与周围气氛不搭的帽子自不必说，就是觉得哪里不对劲。我从刚才开始就一直盯着她，她始终保持着一个姿势，基本上没有动过。可是只有左手，虽然动作不大，却在频繁移动。可能是在看手表吧。"

"这次不是警察的直觉，换成饭店工作人员的直觉了吗？"

"你是想说这种直觉靠不住吧？"

"不，这样的事情可——"新田将刚想说出口的"不一定"咽了回去。戴着黑帽子的女子正在看时间。令新田真正说不出话的却是女子戴的那块手表。是一块与服装完全不搭的风格粗犷的手表。就在刚才，新田见过同样的东西。

新田盯着女子的侧脸。虽然她大半张脸都被帽子遮住了，但是还能看出鼻子的轮廓。

"山岸。"

"嗯。"

"那个人……是男人。"

"欸？"

新田为了看清楚黑帽人的长相，在前台范围内移动着。不会有错的。他就是刚才从地下走上来的、手里拿着纸袋子的男人。纸袋里装着的应该是女性服装。刚才在洗手间或者其他什么地方换上的吧。

"他是什么人呢……"

想直接去问本人，可是又不能这么做。男扮女装这种行为本身并不违反法律。并且，新田目前的身份是饭店工作人员。如果工作人员去揭穿客人的隐私就会引起大乱子。

正想做点什么的时候，男人站了起来。他踩着高跟鞋朝扶梯走去，直接乘上了自动扶梯。整套动作没有一丝迟疑。

"山岸，这里就拜托你了。"新田说着离开了前台。

新田飞快地横穿过大堂，登上了扶梯。在尽量不发出脚步声的前提下向上迈着台阶。到达二层后迅速观察了周围的情况。

在走廊的拐角处看到了他的背影，再往前应该有楼梯。新田快步跑了起来。感谢地上铺着的毛绒地毯，隐藏了新田的脚步声。

到了拐角处新田先探出头观望了一番。发现身着灰色连衣裙的身影正在上楼梯。

这时，耳机里又传来了声音。

（这里是A组。和亲属的合影留念拍摄完毕。家人和亲属会前往五层的宴会会场。新郎新娘暂时返回这层的休息室。）

（我是稻垣。知道了。）

新田按下了无线电收发机的发信按钮，将话筒靠近嘴边。

（我是新田。发现可疑人物，请回答。）

（我是稻垣，说明一下情况。）

（我是新田。男扮女装。年龄二三十岁。身材瘦小。黑帽子加灰色连衣裙。正从二层婚礼咨询处旁边的楼梯向上移动。应该已经上到了三层以上。）

（A组，听见了吧。到相应位置的楼梯去盯着他。）

（A组收到。）

（新田，辛苦了，你回去吧。）

新田回复了"收到"以后准备返回。虽然不知道那个穿女装的男人是不是嫌疑人，但只要他进入宴会区域，就只能交给现场的同事了。

新田正准备乘扶梯下去时，耳机里又传来了声音。

（这里是A组，已确认可疑人物的位置，目前进了亲属休息室旁边的女卫生间。）

稍微隔了一会儿，稻垣有了应答。

（好，现在让真渊进去问他。）

（A组收到）

真渊是一名女刑警。装扮成房间保洁员潜入饭店,为了今天的警备也被调集过来了。正好让她去问讯可疑人物。

新田正想,这下可以知道那个男人的真实身份了,耳机里传来一声"被他跑了!"

(可疑人物逃走。楼梯下行方向。实施追捕。)

(笨蛋!你们都在干什么?)耳机里传来了稻垣的叫骂声。

新田转向楼梯的方向,跑了过去。在下面的楼梯等了一会儿,便看见一个穿着灰色连衣裙的男人拼命向下跑来。他没有戴帽子。追捕他的脚步声,也从后面不远处传来。

男人看到新田后停了一下,又再次加速准备往下跑。他可能认为能轻易甩掉饭店人员吧。

新田出手截住了他。纤弱的对手被新田轻而易举地制服了。拿在手里的手提包也散落到地上。

"放开我。不是,不是我。我只是受人指使,我只是个打工的。"男人惊慌失措地叫唤着。

上面追捕他的刑警们也下来了。所有人都穿着饭店的制服。

"你受了谁的指使?"新田问。

"我不知道他是谁。我们是通过网络认识的。那家伙提出只要我给婚礼咨询处打电话并把信交给新娘就给我钱。"

"信?"

"在那里面。"男人用下巴指了指散落在地的手提包。

其中一位刑警带上手套后将手提包捡起来,开始翻查。结果找到了一个白色信封。

"这封信是对方交给你的吗?"

面对新田的质问,男人摇了摇头:"我只是把他告诉我的奇怪的数字写在纸上,然后装进信封里。"

"奇怪的数字?"新田一下就明白了。对拿着信封的刑警使了一个眼色。

那名刑警打开信封拿出了里面的纸，看了半天后又看向新田。纸上写着以下数字：

46.409755

144.745043

新田抓住男人的衣领问道："他还让你做什么了？"

"就只有这些。对方让我把信交给新娘后就赶快离开饭店。事先藏在女卫生间，等新娘过来，也是对方的指示。真的，相信我吧。"

"送红酒的不是你吗？"

"红酒？你在说什么，我完全不知道。"

看着吓得哆哆嗦嗦为自己辩解的男人，新田松开了手。这种家伙不可能是x4。

"……马上联系系长吧。"把男人交给其他刑警后，新田站了起来。准备离开的同时也在不停地思索着。

这个男人恐怕没说假话。他只是被x4利用了。那么x4的目的究竟是什么。只把数字交给高山佳子，是想要干什么？

新田一边思考着一边准备乘扶梯回去时，兜里的手机响起了短信提示音。新田掏出手机，看了看发信人，是能势。

短信的题目是"剧团龟"。好像是松冈曾经隶属的剧团的名字。

正文写道："我去了松冈所属剧团的排练场。有几张剧团成员的宣传海报，我拍下来发给你看看吧。"后面添加着几个附件。

新田心想，现在哪是做这种事的时候，一边还是打开了附件。确实是几张戏剧的宣传海报。不过演员们都是不认识长相也叫不出名字的无名之辈。

新田想着稍后再跟能势慢慢确认，准备关上画面。就在这时，一张海报的一部分吸引住了新田的目光，是一个女人。

盯着照片仔细一看，新田感到心跳加速。他忙乘上扶梯，下到一层。在通往前台的途中，掏出手机给能势拨了过去。

"你好，我是能势。邮件你看到了吗？"

"看见了。能势，正想要问问你第五张海报上女人的事情。"

"第五张？嗯，稍等一下。"

新田跑到前台，在里面找了一圈，没有发现山岸尚美的身影。

"啊，这个啊。这部剧的名字叫'没能乘上泰坦尼克号的人们'，题目很有趣。最中间的女性，扮演女主人公——"

"不是中间的。是左边角落的那个人。戴着墨镜，脖子上系着围巾，身穿黑色套装那个。"

"啊，这个老婆婆吗？"

"是的，你立刻帮我查查这个演员。"

"啊，查这个人……"

"名字和背景什么的。拜托了。"

新田挂断了电话。能势肯定一肚子疑问，可是没有时间解释了。

新田看见久我便叫住了他："山岸去哪了？"

"她正在陪客人挑选房间。"

"陪同？"前台接待员通常是不会陪客人去房间的，"所谓的客人，难道是……"

"嗯，"久我点了点头说道，"就是前些天来过的片桐瑶子女士。"

35

尚美在0917号房间门口停下了脚步。使用房卡解锁后，打开了房门。"请进吧。"尚美握着门把手，对身后的片桐瑶子说。

"谢谢。"老妇人露出了微笑，从尚美面前走过进入了房间。和上一次不同，她没有使用拐杖。因为已经没有必要伪装成视觉障碍者，自然就不需要拐杖了。虽然还带着墨镜，可是镜片的颜色与上次相比浅了许多。可能因为这个缘故，她的皮肤看起来年轻了许多。可是手上依然戴着手套。尚美想起她曾说过，手上有被水烫伤的伤痕。

饭店接到片桐瑶子的电话是昨天晚上的事。

接电话的是夜班工作人员。根据那个人的说法，片桐瑶子在电话里是这么说的：

"明天，我丈夫将会入住你们饭店。但是他是一名视觉障碍者。前些天我和一位叫山岸的工作人员说明了事情的经过，把这件事拜托给她了。她明天上班吗？"

得到了山岸尚美肯定上班的回答后，片桐瑶子放心了。接着她说："我丈夫预计下午六点钟左右到达饭店，在此之前我想先过去帮他确认一下房间。我大概四点左右过去，能帮我转达给山岸小姐吗？"

夜班人员说"知道了，一定帮您转达"。所以早晨交班时，他就把这件事告诉了尚美。

确认了一下预约清单，确实有片桐一郎的名字。

"过几天我丈夫为了和老朋友见面会来东京一趟。"——上次，片桐瑶子就是这么说的。"按照以往的习惯自己应该陪在他身边的，可唯独这次他坚持要自己去。所以我就提前来帮他踩点。"对于她居然演戏装作看不见的行为，尚美大为震惊。同时也为她对自己丈夫深深的爱而感动。

现在，虽说饭店正处于紧张状态中，但这些事情与来访的客人没有关系。不能辜负片桐瑶子对饭店的期待，这也是今天自己必须要做的事情之一，尚美心想。

刚过下午四点，片桐瑶子就出现了。正好新田刚刚离开。她来到前台，对尚美微笑着说："前几天真是麻烦你了。"

"我们已经恭候多时了。感谢您的再次光临。"尚美说着鞠了一个躬。虽然是套话，却是尚美发自内心的想法。

"真是不好意思，这么麻烦你。"片桐瑶子致歉的声音依然是那么温柔悦耳。

"不，请您别客气。"

"上次我也说过，我丈夫的通灵感比我还要强烈。但是我想了一下，那个人毕竟是第一次自己出门，即使发现房间不合适，大概也不会提出要换房间的要求。好不容易住进了高级饭店，要是带着郁闷的情绪那就太可怜了不是吗？所以我想先替他选好房间。"

"我想没问题。上次我们交谈的时候，您说当天自己有非常重要的事情,那边没有关系吗?"

"朋友家千金的结婚典礼吧。那边没关系的。我先选好房间,五点半左右从这里出发就来得及。"

"是这样啊。那我马上带您上去。根据预约信息您先生选择了一间单人房,没有问题吧?"

"没有问题。但是今天是周六,房间基本都住满了吧?还有可供选择的房间吗?都这个时候了我还这么说真是不好意思。"

"没关系的。因为并不是所有的房间都办理了入住。我已经预备好了几个房间,现在就带您上去看看吧?"

几分钟之前,尚美手里拿着五个房间的房卡离开了前台。首先要给片桐瑶子看的,就是0917号房间。因为尚美对片桐瑶子报出备选的房间号后,她自己提出要先看这一间。

片桐瑶子环顾了室内一圈,"很好的房间,"她点着头,"不错!"

"谢谢您!"

"不过,请等一下。"

"好的。没关系,您慢慢看。"

片桐瑶子站在床边,好像冥想似的闭上了眼睛,反复做着深呼吸。终于睁开了眼睛,对尚美说道:"你站到这里来试试。"

"我吗?"

"是的,我想让你帮个忙。先帮我把行李放到那边吧。"

尚美把片桐瑶子的大包放到了旁边的行李架上。虽然不知道她想要干什么,也许这些是检验灵异的必要程序吧。带着疑惑,尚美站到了片桐瑶子指定的地方。

"这样可以了吗?"

"嗯,能把脚稍微再并拢一些吗?好的,这样就可以了。"片桐瑶子在地板上打起了正坐,双手合十,抬头看着尚美说道:"这就像是一种驱邪仪式。本来应该是两个通灵者一起来合作,可是当无法聚齐两人时,其中一个人单独操作也没有关系。"

"是这样啊。"尚美只能配合着她说了。从事饭店行业这么多年，被要求配合通灵者驱邪还是第一次。

"按照我说的去做。首先，在胸前将双手合十。然后闭上眼睛。接下来这个可能有点难，要努力摒除杂念。"

"啊……这个确实是很难。"

"尽量做就可以了。接下来继续闭着眼睛，将双手放在眼睑上。就像蒙住自己的眼睛那样。好，这样就可以了。然后保持这个姿势不动。不可以睁开眼睛哦。"

尚美想，自己怎么会被要求做这么奇怪的事呢。通灵者单独一个人的时候又该怎么办呢。

这时尚美感觉到有什么东西碰到了自己的脚腕。她到底在干什么呢。

尚美拿开了蒙住自己双眼的手，微微睁开了眼睛。看到自己的脚腕被皮带一类的东西绑住了。

"那个，客人，这到底是怎么回事？"

听到了尚美的问题，片桐瑶子抬起了头。看着她的表情，尚美心里一惊。片桐瑶子的嘴角浮现出了一丝冷笑，刚才的优雅和稳重气息已经消失得无影无踪。

"我不是说过不能睁开眼睛吗！"她的声音，听起来也冷得让人直打颤。

片桐瑶子迅速站起来，朝还没有反应过来的尚美的胸部猛推了一把。因为两只脚被皮带绑住了，尚美没有任何办法，只能倒在了后面的床上。发出了一声尖叫。

"客人，你要干什么？"

然而片桐瑶子沉默地开始了手里的动作。尚美先是被她翻过身俯卧在床上，两只胳膊也被扭到了身后。反抗徒劳无功。因为她的力气大得惊人。

还没有来得及发出呼喊，双手瞬间就被什么东西捆住了。凭触觉像是金属。

"这是什么？住手，放开我！"

片桐瑶子一把扯住了尚美后面的头发。一时之间，尚美竟然叫不出声来。尚美依然俯卧在床上，因为被人强行从后面抓住头发，不得不抬起了头。这时片桐瑶子把脸凑近尚美："太吵了！你要是不想被勒死的话就给我老实点。"她的声音像是从幽深的古井中传出来的一样让人不寒而栗。明明是同一个声音，可是刚才的柔和温婉已经荡然无存。

尚美看着对方的脸，又是大吃一惊。之前一直没有仔细观察，如今近距离的凝视之后尚美才彻底看清楚了。

这个人根本就不是老妇人。实际上要年轻得多。而且——很久以前，好像在哪里见过。

36

山岸尚美的手机打不通。刚才打通了一次，可是马上就关机了。工作中的尚美不可能自己去做那样的事情，所以肯定发生了什么。

据久我说，尚美给片桐瑶子事先准备了几个房间备选。的确，上次也发生了以通灵之类的理由要求换房间的麻烦事。确实还不如一开始就多准备几间房，让对方自己来选可能还更快一些。

"查到了，新田，"正在前台操作者终端机的久我抬起头，"山岸预备的是0508号，0917号，1105号，1415号和1809号这五间房。"

久我边说边把房间号记在便笺上，放到了柜台上。

看着这些房间号，新田表情凝重："真是太分散了。"

"她好像是故意这样选的。她认为还是让人感觉到有变化会好一些。"

新田瘪着嘴点了点头。虽然应该赞叹她这种周全的考虑，可是此刻新田没有这个心情。

"那个，新田，发生什么事了吗？片桐女士有什么问题吗……"

"不，现在还不好说……"新田也只能这么回答。因为他还没有掌握确凿的证据。只是，那个装作双眼失明的老妇人，竟然出现在那么不可思议的地方。这绝不可能是偶然的。

正在新田盯着便笺上的五个房间号冥思苦想时，手机响了起来，是能势打来的。

"查到了。那个女人叫长仓麻贵，三十五岁。虽然装扮成老婆婆，可是实际上很年轻。擅长扮演老年角色。她之前和松冈隶属于同一个剧团，可是去年年底突然退团了。真正的原因谁也不知道。由于跟松冈之间的合作很多，有传言两人正在交往，不过也没人知道到底是真是假。退团以后就和剧团的人中断了联系，现在不知道她在哪里做什么。不过，发现了一个值得玩味的问题。"

"什么？"

"她的学历。长仓麻贵毕业于当地国立大学的药学部。而且，还曾经在动物医院工作过。"

"药学部……动物医院……"

"你还记得松冈的死因吗。有可能是因为被注射了某种药物引起的。"

没错！新田的心脏剧烈地跳动着，握紧了手里的电话。

"能势，请继续追查那个女人的事情。可能就是她。"

"这个不用你说我也会做的。虽然不知道你为什么会注意到这个女人，但是我也感觉她应该就是我们的目标。"

"拜托了。"新田说完便挂断了电话。盯着那个便笺纸看了一会儿后，快速向电梯间跑去。

已经没有时间跟稻垣他们联络了。而且，上司们现在可能满脑子都是那个男扮女装的人。

新田甚至怀疑他们肯不肯听自己讲述这段如何怀疑到片桐瑶子的复杂的发展过程。

长仓麻贵——

那个女人的目标肯定是山岸尚美。上次她来饭店时，就直接拒绝了其他接待员的服务，要求尚美来为自己服务。

之前所有的一切，都是为今天打下的伏笔。

可是到底为什么是山岸尚美呢？

37

　　要说尚美现在的感觉像做噩梦一样？有些不太贴切。可能更像是中了狐狸精的迷魂计。虽然已经渐渐意识到自己正身处极度的危险之中，可因为实在是事发突然，尚美竟然都不怎么害怕。是不是哪里搞错了？是不是有人在恶作剧？尚美心里还残存着一丝这样的幻想。

　　但是看看自己目前的情况，就发现这绝对不是在开玩笑。双脚被皮带绑着，双手被反铐在身后。嘴上还粘着胶布。连求救都做不到。刚才手机响了一声，可是马上就被切断了电源。

　　片桐瑶子从浴室里走出来。跌倒在床上的尚美抬起头看到她时，不由得瞪大了眼睛。站在自己眼前的，根本就不是那个老妇人。摘掉假发后的片桐瑶子，露出了乌黑的短发，一根白头发都没有。皮肤的状态很年轻，从脸颊到下巴的线条清晰流畅。摘掉了墨镜的眼神里充满了令人生畏的气魄，性感的嘴唇带着一种诱惑力。身上穿着白色罩衫和突显一双长腿的黑色裤子，看起来简直就是一个女扮男装的美人。

　　"怎么样？被吓到了吧？"她站到了床边，俯视着尚美，"我看起来很年轻吧？"

　　尚美也不知该如何回应，只是眨着眼睛。如果她想听赞美的话让尚美说多少都没问题，可是现在她无法开口。

　　"我说，你看着我的脸没想起什么吗？"

　　被她这么一说，尚美再次端详起面前的女人。既然对方问出了这种问题，就说明应该是在哪里见过。在哪里见过呢，见面的场景如何呢，怎么想都想不出来。

　　"没办法啊。忘记了客人的长相，真不配做一名饭店工作人员。"

　　客人？有过这样的客人吗？但是应该也不是在饭店之外的地方见过面。

　　见尚美想不起来，女人便从放在一边的手提包里拿出了一张照片，放到了尚美的面前："看看这个怎么样？是一年前的我。这样还想不起来吗？"

　　照片上是一对男女。都穿着T恤衫，两人并排坐在剧场舞台的边缘。女方比现在丰满些，留着长发。男方显得很年轻，看起来应该不到二十五岁。

尚美倒吸了一口气。她记得照片上的男人。紧接着也唤醒了与此相关的沉睡的记忆。关于那天的记忆。尚美深吸了一口气，对比着照片和现实中的本人。

女人笑着说："看来你已经想起来了。"

尚美点了点头，装作想不起来也没有任何意义。

是啊，那个时候的——

"那天晚上的事情，我永远都无法忘记。"女人眼中露出了恶狠狠的光芒，"被你赶出来的，那天晚上的事情。"

尚美其实想说，我也一直没有忘记。那件事还清晰地刻在记忆里。就在前几天，还跟新田说起过。在安野绘里子入住的那天晚上。为了说明除非有极其特殊的理由，不能把客人的房间号告诉外部人员，举出了一年之前的那件事作为案例。

那个女人，宣称自己刚刚从纽约回国，一直和自己远距离恋爱的男友今夜就住在这里。想要突然出现在他面前给他一个惊喜，因此想知道他的房间号。就是那样说的。

这本来是一个十分浪漫的惊喜计划，可是尚美在女人身上感觉到了一种危险的气息。所以尚美偷偷联络了男客人说明了情况，果然不出所料，故事出现了不同的版本。男客人强烈要求绝对不能说，并把女人赶走。

"那个时候你说饭店里没有这样的客人是吧。没有一个叫松冈高志的客人，"女人说道，"我当时说，不可能，我知道他已经预约了这里。可是你却说确实是预约过，可是后来又取消了。怎么样？你还记得吗？"

当然记得了。而且尚美还想到，恐怕这就是今早新田调查的去年十一月十七日发生的事情吧。那时的年轻男人就是松冈高志。

"我当时想，如果你们不告诉我他的房间号的话，我就自己找。可是你说，真不巧，今天已经住满了。我说如果要多少钱我都可以出，可是你根本不以为意。你觉得后来我是怎么做的？乖乖回家了吗？或者去别

281

的饭店住了？"女人不断地摇着头，"我怎么会那么做呢。因为我有必须要见到他的理由。我必须要让他对我负责任。"

责任？什么责任？——尚美看着女人的目光里充满了疑惑。

女人的脸上露出了又哭又笑的表情。

"是作为男人的责任。因为他已经是一名父亲了。我腹中孩子的父亲。"

38

敲门之后没有回应。新田插入万能卡开锁后，气势汹汹地打开了1809号的房门。扫视了室内一周，没有人停留过的气息。又看了一眼浴室，也没有发现异常。

马上离开房间，新田又向电梯间跑去。已经没有时间磨磨蹭蹭了。到达电梯间，按下按钮。但是电梯却迟迟不来。新田知道着急也没有用，可还是按了好几次按钮。

如果是山岸尚美的话，会以什么样的顺序来介绍房间呢。新田想，可能还是会从高层开始吧。大部分客人，都会比较喜欢住在高层。因此新田才从高层开始查找，但不知道自己的判断是否正确。

终于来了一部电梯，门打开了。新田急忙钻进去，按下了十四层的按钮。但是在电梯门关闭的一瞬间，新田的心里涌起一阵不安，于是赶快又按住了"开门"按钮。

如果尚美选择了从上往下介绍房间的话，可能一会儿就会来到1809号房间。现在这样的找法很有可能跟她擦肩而过。怎么办呢？

新田随即摇了摇头，把手指从按钮上移开了。如果还没有发生任何事，山岸尚美的手机不可能处于关机状态。她肯定已经待在某个房间。而且，一定已经出事了。

39

女人的话让尚美惊讶得无法出声，不知道对方是否察觉到自己的震撼。

"三个月，嗯，可能已经快四个月了。我和他的孩子，我本来想要把他生下来。可是他明知如此……不，应该说正因为他知道了，所以突然从剧团退出，并且消失得无影无踪。这样的事情你觉得可以原谅吗？但是，我心里很清楚。他离开名古屋后想要做什么。近期他十分憧憬的一个剧团马上要招募演员了。他一定会去参加选拔的。而且那个时候一定会住在东京柯尔特西亚大饭店。因为他像梦呓一样老是说着那句话。说下次来东京时，一定要住在那间饭店。"说到这里，女人的表情稍稍柔和了下来，不过马上又再次瞪着尚美，"被你赶出来以后，我决定站在饭店外面等。到了早晨他就不得不出发去参加选拔了。我就准备抓住这个机会。就这样，我躲在寒冷的路边等了一夜。偏偏那天晚上特别冷。我没有大衣也没有围巾，一直冻得瑟瑟发抖。虽然身体冷得像冰一样，但是我也忍住了。第二天早晨终于到来了。我死死盯住饭店的正门。娇生惯养而且又对东京的交通不熟悉的他应该不会乘坐地铁，肯定会选择坐出租车。结果我的猜想完全正确。他终于出现了。带着神清气爽的表情，带着一种庆幸他从被他一时兴起搞大了肚子的大龄剩女手里成功逃脱的心情。我站起身来。准备拼尽全身力气向他跑过去。"

说到这里的时候，女人的嘴紧抿成一条线，身体微微颤动着，好像在强忍着不让身体内的某种情绪爆发。

"就在那个瞬间，一阵剧烈的疼痛向我袭来。那种痛就像被滚烫的金属棒敲进身体里面一样，我瞬间失去了知觉。我那时还不知道发生了什么。等我醒来时已经躺在医院的病床上了。然后我就被告知，我已经流产了。被告知在我身体里面的那个宝贵的生命已经消失了。"接着女人又露出了诡异的笑容，"这是当然的了。那样寒冷的夜晚，我竟然一直蹲在路边。但是我那时只能这么做。既不能离开那个地方，又不被允许住进饭店。躺在床上，一边摸着已经变得平坦的肚子，一边下了一个决心。这个仇我一定要报！那两个人……我一定要杀掉夺走我孩子生命的那两个人！"

女人拉过了手提包，从里面拿出了一个塑料材质的细长容器。

"怎么样？这样一来你也明白自己为什么会遭到这样的对待了吧？为了这一天的到来，我可是做了充分完美的准备。警察盯上这间饭店，完全在我的意料之中。因为这就是我的计划。这样一来，警察就不会把他被杀的案子和你被杀的案子联系到一起了。即使是两个人被同一种方法杀死。你也只是奇妙的连环杀人案的被害人之一。我唯一担心的事就是你今天休息。但是我上次来时，就确定了你不可能会休息。跟你在一起的那个男人是警察吧？你是他的助手。所以像今天这样重要的日子你不会休息的。"

女人从塑料容器里拿出一个注射器。

"我们俩进入这间房间后有多久了？如果有人通过监控录像在盯着这间房间的话，按说会觉得可疑，可只有这次他们不会怀疑。片桐瑶子是一位奇怪的客人。所以派来了聪明伶俐的山岸尚美来对应。但是，如果只有片桐瑶子一个人走出房间，还是会让人觉得有问题。所以我剪短了头发，换上了白色上衣和黑色裤子，还带了一件外套。只要披上外套，从监控录像那模糊不清的屏幕上，只能看到你留下了客人，自己离开了房间吧。"

看了看女人的发型，尚美也觉得确实如此。身材也很相似。只要她低着头走出房间，就算有人一直盯着监控录像的屏幕，恐怕也不会觉得可疑。

"你别害怕。好像并不怎么疼。他走时也没有什么痛苦。刚才我说要勒死你，那些都是假的。我才不会做那种野蛮粗鲁的事情。说起杀人，我只能想到用药物杀人。"女人说着又向尚美靠近了一些。

40

新田离开了1105号房间。继1809号、1415号房间之后，这里也空无一人，也没有人入侵的迹象。还剩下两间房。下一个是0917号房间。新田一度犹豫要不要走楼梯，最后还是选择了电梯。因为乘电梯在走廊里的走动距离比较短。各个楼层的房间配置，已经完美地印在了新田的脑海中。

长仓麻贵打算杀死山岸尚美吗？动机是什么？到底是什么样的理由，让她如此憎恨一位那么优秀的前台接待员呢？松冈高志在去年的十一月十七日入住过这间饭店，但据尚美说，那天并没有发生什么特别的事。她甚至连松冈的名字都不记得了。怎么会有把他们两个人一起杀死的理由呢。

电梯到达了九层。新田毫不犹豫地穿过走廊，站在了0917号房门前。调整了呼吸以后，新田缓缓地敲了两下门。

没有回应。新田使用万能卡，打开了锁。握住门把手，推开房门。

房间里空无一人。新田看了一圈室内的情况，走到了窗户旁边。窗帘依然是拉上的。

新田调转方向，打开房门，向走廊走去。

41

听到门"咣当"一声关上时，尚美的心情是绝望的。知道有人来了的那一刻，她曾经期待来的人是新田，但也许根本就不是。

尚美就在浴室里。新田进来不久之前被带进来的。她正坐在洗手台的前面。

女人紧贴着她站在后面。手里拿着注射器。听到敲门声的一瞬间，便把注射器贴到了尚美脖子的静脉上。如果你敢出声的话我马上就扎进去——她这样威胁着尚美。

这种状态保持了一会儿之后，女人听到了外面传来的一阵叹息声，暂时放下了手中的注射器。

"真是危险，幸亏移到了这边。"

尚美抬起头，通过洗手台上面的镜子，和站在自己后面的女人四目相对。女人笑了起来。

"刚才进来的人是谁呢。应该不是警察吧。现在警察正在咬我布下的鱼饵呢。就是那个缠着美丽新娘的跟踪狂。"

看着尚美瞪大眼睛露出惊讶的表情，女人更是露出了满意的笑容。

"是的。那些也都是我设计的，目的就是要将警察的注意力吸引到那边的结婚典礼上去。是高山佳子小姐吧，今天婚礼的新娘。和她本来没有任何关系。她只是便于我实施计划的一个有利因素。因为她一个人住，所以下手的机会很多，邮寄物也很容易拿到手。红酒已经顺利送到了吗？当然没有被交到本人手里吧。现在可能正在警视厅接受鉴定呢吧。他们应该已经发现了留在瓶塞上的针孔痕迹，但是却查不出红酒中被注射了什么药物。那就对了，因为什么都没有。我只是用针扎穿了瓶塞，并没有注入毒药。这是当然的了。万一谁都没有怀疑，直接将红酒交到本人手里，而且他们又不小心喝了的话就糟糕了。我可不想杀死毫不相干的人。"

女人说得越来越起劲了。可能她被自己的言语所刺激，已经陷入了自我陶醉的状态，控制不住越说越想说的冲动了吧。

从冲着镜子里的自己一直喋喋不休的女人身上，尚美感觉到了一种疯狂的气息。

突然女人的目光又对准了尚美："怎么样，现在你已经没有任何疑问了吧。已经觉得被杀死也没有办法所以想放弃了吧？你的尸体什么时候才能被发现呢。应该是看你一直都没有回去，有人担心，上来巡视的时候最终发现的吧。犯人是一个叫片桐瑶子的老女人。但是警察却无法查明那个女人的行踪。因为那个人根本就不存在。到底是哪里的什么人呢？查一下上次的住宿记录吧。但是住宿登记表上填写的都是胡编乱造的。指纹怎么样？住宿登记表上没有吗？再查一下她在餐厅用餐时使用过的盲文菜单吧。"女人舔了舔嘴唇，"但是你应该知道吧。他们做这些都是没用的。片桐瑶子的指纹哪里都找不到。因为她一直都戴着手套。即使在使用盲文菜单时我也没摘下来过。"

女人的话一字一句地打击着尚美。上次接待片桐瑶子，还被尚美当作饭店人员难得的宝贵经验而沾沾自喜呢。可是这一切都是自己的错觉。这一切都不过是杀人者的阴谋罢了。

从镜子里看见女人再次准备好了注射器。看来尚美已经无处可逃了。

"你不要妄想逃跑了。别看我这个样子,我还给疯狂的杜伯曼犬做过静脉注射呢。"

女人猛地抓起尚美的头发。虽然身体扭曲着,可是脖子却一点都不敢动。尚美已经感觉到了抵在自己脖子上的针头,呻吟着闭上了眼睛。

就在这时,浴室内的空气流动了起来,就好像一阵大风吹过。同时响起了一声惨叫。是女人的声音。尚美睁开了眼睛。

女人已经倒在了地板上,胳膊被反拧着。是新田。注射器掉落在一边的地板上。

"长仓麻贵,现在以杀人未遂现行罪将你逮捕。"新田拿出手铐,铐在了女人的手上。手铐的另一边,则套在了浴室的门把手上。

女人待在那里一动不动,精神恍惚地抬头看着屋顶,好像还没反应过来发生了什么事情。

新田走近尚美,帮她揭下了贴在嘴上的胶布。她的脸上感觉到一阵疼痛。但与能用嘴自由呼吸的快感相比,这点疼痛不算什么。

"看起来没受伤吧?"

"新田……你不是已经离开了吗?"

"我只是为了让她误解,开关了门而已。实际上我一直站在浴室门外,在没有搞清楚里面的情况之前,没有莽撞地闯进来。"

"你是怎么知道的?"

"我还没有迟钝到连床上的褶皱都看不出来。不过,更重要的是,我进门的一瞬间,就感觉到了你的气息。"

尚美看着新田的脸:"我的气息?"

"这个嘛,说白了就是你身上的味道。虽然你化妆绝不能说是浓重,但是还是有一种味道。好闻的味道。"

"你能记得我身上的味道吗?"

"这个当然了,"新田耸了耸肩膀,"因为我们俩最近一直在一起嘛。"

尚美低下了头,因为她不想让新田看见自己脸上抑制不住的微笑。

42

逮捕长仓麻贵后,各个相关的搜查本部几乎同时采取了行动。

首先是发生在千住新桥的野口史子遇害事件,正式对她的丈夫野口靖彦发出了逮捕令。接着是发生在品川的冈部哲晴遇害事件,经过对他的同事手嶋正树和与冈部有婚外情的井上浩代的反复调查询问,他们终于招供了。这两起案件均是警方已经掌握了关键性证据,为了等待抓捕x4才按兵不动,目前已经照计划解决了。

要说最峰回路转的还是发生在葛西立交桥附近的高中教师畑中和之遇害事件,在东京柯尔特西亚大饭店发生了杀人未遂事件被报道后的第二天,犯人就到警察局自首了,是畑中执教的高中的一名男生。

他说自己在学校遭到了同学的欺凌,可是校方根本不在意,也没有任何举措。就在这时他偶然间在网上认识了x4,于是便想参加他们的计划杀掉一个人。他没有特定的目标,不过刚好知道畑中老师每天晚上都有跑步的习惯,于是就骑着自行车跟在他后面将他杀害了。——以上就是他自首招供的内容。

关键人物长仓麻贵依然保持沉默。不过关于她使用的药物的入手渠道,已经陆续取得了物证。当然最关键的一点还是她杀人未遂被新田当场抓获。

那个男扮女装的人所持的信中的数字之谜也解开了。隐藏在那串数字里的经度和纬度,正指向第一起案件的现场品川。这样一来四起案件就形成了一环套一环的整体。

新田在许久未正式出席的搜查会议上,听到了管理官尾崎声音洪亮的胜利宣言。

43

站在门前做了一个深呼吸后,尚美敲响了房门。

"请进。"里面传来了藤木沉稳的声音后,尚美推门而入。

藤木像往常一样坐在黑檀木的办公桌前，旁边站的是田仓。尚美首先行了一个礼，向他们走过去。

藤木苦笑着和田仓对视了一下，用有些逗趣的表情看着尚美："你怎么又是一脸严肃的表情啊。到底什么事？你说想找我认真地谈谈，所以我就等着你呢。怎么，又想表示什么抗议吗？"

尚美调整了一下呼吸："不是。不是这样的，相反我有些事情想要向您道歉。所以需要占用您一点时间。"

"道歉？是不是关于这次犯人的犯罪动机？"藤木说道，"我听说这次犯人的犯罪动机是因为你没有告诉她不知是男友还是前男友的房间号，并且拒绝了她住宿的要求，你是想为这个来道歉吗？"

"不是这样的，"尚美干脆地说，"难道那天晚上我的应对是错误的吗？我应该告诉她恋人的房间号吗？还是说，当她提出要住宿时，我应该毫不犹豫地给她准备一个房间呢？"

"山岸，"田仓用责备的语气说道，"你不要那么固执，你的应对没有错，这种事情我们都明白。"

"是吗？"尚美脸上的表情缓和了下来，"但是，真的是很难。长仓麻贵小姐也有她值得同情的地方。如果她当时对我说出实情，至少告诉我她已经怀孕的事，我想我一定会采取不同的方式应对吧。她之所以没有这么做，是因为她认为我不会站在她那一边吧。我想如何能够让初次见面的客人信任我们，对我们敞开心扉，将是今后的一个课题。"

听了尚美的话，藤木连续点了两次头。

"我同意。从这次的事件里，我们也应该学习到一些东西。再把它融合到今后的服务中，我刚刚还在和田仓讨论这个问题。不过你说想要道歉的事，不是指这个吧？"

"是的，我要道歉的是，因为我背叛过总经理。"

藤木将身体靠在椅背上，抬头看着尚美："这我可不能不听。怎么回事？"

尚美舔了舔嘴唇。

"已经被报道过了，这次事件非常少见。并不是一人所为的连环杀人，

289

而是联合了多名犯人，想要制造那样一个假象。警方明明已经知道了，却向饭店方面隐瞒了这个情况。"

"好像是的。怎么了？"

"实际上……案件的整体情况，我早就知道了。"

"早就知道？你吗？"

"至于是谁我不能说，有人告诉了我。听了以后我最先想到的是，如果企图在本饭店犯罪的人和以往案件的犯人不是同一个，那就没必要再让那个人有犯罪的机会。但如果把警察已经解开了事件的结构之谜，而且整个饭店已经在监视之中的情况公布出去，那犯人很可能会中止犯罪计划。所以我最终还是没有把情况告诉你们，这才引起了这次的骚乱。真的非常抱歉。"

尚美深深低下了头。不知道此时藤木是什么样的表情。沉重的沉默持续了几秒钟。

接着听见藤木呼出了一口气："是这样啊。你为什么没有说呢？"

"是因为……有人拜托我不要说。让我不要告诉任何人。"

"原来如此。这样确实是不好。"

"非常抱歉。"尚美把腰弯得更深了。

"山岸，把头抬起来。"

"不，可是……"

"快抬起头吧，"这次说话的是田仓，"你这样我们就没办法交谈了不是吗？"

尚美回答了一声"是的"之后抬起了头。看见两位上司正默默地笑着。

"我说的不好是指，"藤木说道，"既然别人告诉你这么绝密的事，并且拜托你不要告诉其他人，你就不应该轻易说出来吧。即使是为了饭店也是一样的。在这个层面你的决断是正确的。刚才你还说过要把如何让初次见面的人信任自己、对自己敞开心扉作为今后的课题吧，能够得到别人可以托付秘密的信任，这一点，对饭店人员也是非常重要的。"

尚美看着藤木神色坚定的脸庞。总经理的眼神中，散发着柔和认真的光芒。田仓则站在一旁默默地点着头。

"然后，我再说一点，"藤木向前探出身子，双手交叉放在桌子上，抬头看着尚美，脸上浮现了一个意味深长的笑容，"知道整个案件情况的人不止是你一个，我们也知道。是警视厅的尾崎管理官告诉我们的。"

"欸？"尚美吃惊地交替看着面前的两位上司，"是这样啊。"

"不过只有我和田仓两个人知道。"

"那么之所以没有对外公布，是因为被要求不要说吗？"

"嗯，有这方面的原因。但基本上是我们自己的判断，认为不要公布比较好。"

"为什么呢？"

藤木交叉的双手自然地放在桌子上，身体再次向后仰去。

"如果公布了，确实有可能让第四起案件的犯人中止犯罪计划。可是这样的事情要如何确认呢？犯人总不可能来告诉我们，说他已经放弃了吧。最终的结果就是，还要继续在饭店里安排警察，作为客人，也不想住到一间那么可怕的饭店里吧。所以我们是这样对尾崎管理官说的，这件事情就当我们没有听说过吧。"

尚美眨着眼睛，倒吸了一口气。在看起来永远充满真诚的藤木的目光里，捕捉到了一丝狡猾。

"……原来只有我一个人，在为这种无聊的事情烦恼。"尚美用近乎呻吟的声音说道。

"这也是学习。任何事情都是学习。"这次说话的是田仓。

尚美点了点头，再次注视着面前的两位上司。

在饭店里戴着面具的不仅仅是客人——尚美重新认识到了这一点。

44

"长仓麻贵以优异的成绩从大学毕业，不仅仅是专业，她在数学方面也有出类拔萃的成绩，本来就是一个头脑聪敏的人。高中时期还担任了学生会副会长，"能势边翻着记事本边说，"这次她使用的药物是一种叫作司可林的肌肉松弛剂。被用作全身麻醉，通过静脉注射的话只需要0.01克就能够引起呼吸和心跳停止。这东西进入体内后会迅速分解，使人原有的状态产生变化。以前她工作的动物医院里有这种药，可能是那个时候偷出来的。偷盗的目的不明，可能是她预想将来有一天会需要它。总之，她就是那种我不想接近的女性类型。"

"能想出那样的计划，头脑一定很聪明，"新田说，"反过来说是聪明过了头。她想出这个计划的根本原因是害怕当松冈高志和山岸尚美接连被杀害后，自己会被怀疑，但即使这两个人被杀了，警察也不一定会将两件案子联系到一起。即使是药物杀人的手法相同，至少从山岸尚美那边无论怎么查，都不会查到长仓麻贵身上。"

"我也有同感。只要冷静下来想想就会发现，如果因为一些细枝末节的小事去憎恨别人，被憎恨的一方一般都不会放在心上，也不会留下什么深刻的印象。想通了这一点，她就没有必要想出像这次这样麻烦的计划了。实际上，即使给山岸尚美看了长仓麻贵去年的照片，她不是也没能马上就想起来吗？"

"关于这个嘛，"新田举起食指抵在自己的嘴唇上，"还是别在她面前提起了。她对自己没能看穿长仓麻贵的乔装打扮，甚至连看到真面目时都想不起是谁的这件事有点灰心丧气。忘记客人的长相，对于她那个水准的饭店人员是不被允许的。"

"哈哈哈，原来如此。那还真是辛苦呢。"能势笑着摇头。

两个人此时正坐在东京柯尔特西亚大饭店的大堂里。新田身上穿的已经不是饭店制服了。他心里有些失落，虽然嘴上没说。

能势看向新田身后，表情柔和下来。新田回过头，看见山岸尚美正朝这边走来。

"非常感谢今天的招待。"新田站了起来，低头致意。

"哪里的话，彼此彼此。上次真是承蒙你的照顾了。今天晚上请放松心情，度过一个美好的夜晚吧。"

山岸尚美的声音在新田的耳边温柔地回响着。虽然只有短短的一周没见面，新田竟然觉得有些怀念。她那清爽的笑容也如此耀眼。

"其实吃饭这种事就不用叫我了吧。我又没干什么了不起的工作。"能势挠着头说道。只有这个男人，不是假谦虚而是发自内心在说这番话。

"没关系。你的功劳，我们都知道。"山岸尚美微笑着说。

今晚的会餐是由尚美邀请的，起源是藤木总经理说要向抓住犯人的新田表示感谢。

乘电梯来到饭店顶层，进入了法式餐厅。餐厅已经预备好了三个人的包间，直接把他们带了过去。

"藤木托我向你们二位致意，"山岸尚美在席间说道，"本来今天他也想要参加的，但是又怕他在会让你们太拘束。"

"不会，怎么会呢。"新田边说边松了口气。和一流饭店的总经理面对面吃饭，光是想想就觉得很郁闷。

菜已经点好了。三个人的面前都放上了香槟酒杯。

突然，能势开始变得坐立不安。

"啊，不好意思——什么事啊，怎么这个时候打电话。"能势从上衣内兜里掏出手机，走出了包间。

"警察真的一直都很辛苦呢。"尚美说道。

"没错，"新田说着点了点头，看着尚美说，"你看起来状态不错，那就好。"

"你也一样。"

两人四目相对，但只有一瞬间，因为新田马上移开了视线。

服务生过来，开始往酒杯里倒香槟。是佩里尼翁香槟。因为一时找不到话题，新田只能盯着杯子里的泡沫。

能势终于回来了。

"哎呀，真是头疼。我女儿突然把男朋友带回家了。"

"欸？"新田瞪大了眼睛，"那然后呢？"

"真是不好意思，我能先回去吗？因为实在是担心家里的事。"能势露出带着歉意的笑,做了一个双手合十拜托的动作。

新田和山岸尚美对视了一下,又看向了能势:"那就算了吧,发生这样的事情也没有办法。"

"是吧。那我就先回去了。山岸小姐,承蒙你招待,真是抱歉,那我就先走了,多谢多谢。"能势后退着离开了包间。

新田有些茫然,再看着尚美,好像也在发呆。两个人不约而同苦笑起来。

"一般会因为这种原因回去吗?"新田说。

"这个嘛。"尚美也歪着头纳闷起来。

事实应该是——

能势在为新田考虑。当他得知今天藤木不会来,只有他们三人的一瞬间,就已经决定了自己要走。这种随机应变对能势来说简直就是小菜一碟。

"不管怎么样,我们先干杯吧。"新田举起了酒杯。

尚美也将酒杯举了起来。

撞在一起的两支香槟酒杯上,映照着东京的美丽夜景。

(全书完)